노래의 날개

노래의 날개

이윤기 소설

민음사

차례

옛이야기

"산으로 들어오면 말이 산을 닮소?"

"뜬금없이."

"……주차장 벗어나더니 부안(扶安) 형의 말수도 많이 줄어든 것 같소."

산에 들면 말이 산을 닮는 듯한 인상을 받는다. 산이, 봉우리로 모이면서 작아지듯이 산과 관련되면 말도 오를수록 짧아지지 않나 싶다. '산'이라는 말부터가, 더 줄일 수 없을 정도로 짧으니.

"이건 뭐요?"

"길."

"그러면 이것은?"

“돌.”

“우리 목적지는?”

“절.”

“거기 사는 지명당(知鳴堂)은?”

“중.”

“여기, 흐르는 이것은?”

“물.”

“여기 말라가고 있는 이것은?”

“풀.”

“저기 저 질척거리는 놈은?”

“논.”

“저기 저 뽀송뽀송한 놈은?”

“싱겁기는…… 밭.”

“봐요, 모두 단음절이지.”

“맞기도 하고 맞지 않기도 해. 내가 한번 해봐? 우리
가 타고 온 게 뭐야?”

“자동차.”

“심술부리지 말고.”

“차.”

“내가 오면서 차에 가솔린 넣고 지불한 게 뭐야?”

“현금.”

“다시.”

“돈.”

“우리가 어젯밤에 같이 먹은 게 뭐야?”

“밥.”

“마신 것은?”

“술.”

“술 마시고, 집에 들어가서 뭘 했어?”

“잠.”

“겨우 잠이야? 그런 거라고…… 말이란, 의미 공간의 확보가 끝나면 육탈(肉脫)의 프로세스를 시작한다는 게 나의 지론…… 이게 뭐야? 몸이지. 이건? 살, 이건 뼈, 그리고 그 사이를 흐르는 것은 피…… 그리고 이것은 배, 더 내려가면…… 그러니까 육탈의 프로세스를 끝내고 화석화(化石化)하지 않은 말들은 이런 모양으로 남을까, 저런 모양으로 남을까 하면서 고개를 갸웃거리는 말들이야, 어때?”

“…… ‘옛이야기’ 또한 그렇지요.”

단군제(檀君祭) 가는 길이었다. 단군제는 내 친구 지명 스님이 이십 년 전에 시작한 제사다. 단군성조(檀君聖祖)의 자손 된 몸으로 일년 삼백육십오 일 부처님만 모시는 게 미안하다면서 지명이 시작한 게 단군제다. 이날만은 지명도, 불상을 한지(韓紙)로 가리고, 그 위에 지

방(紙榜)을 붙이고 제사를 모신다. 단 하루만 불상 대신
'국조단군성조신위(國祖檀君聖祖神位)'를 모시는 것이다.
　우리가 '기특한 중'이라고 부르는 지명은, 입으로는
하루만 단군 성조 제사에 할애한다고 하지만 사실은 그
렇지 않다. 그는, 절집에 딸려 있기 마련인 채마밭 한
뙈기쯤은 반드시 밀밭으로 할애한다. 그러고는 거기에다
밀을 심고 손수 걸운다. 그에게는 이십 년 전에 가까운
도반(道伴)과 함께 어렵게어렵게 구했다는 우리나라 토
종 밀씨가 있다. 그는 옛 농법으로 밀을 걸우고, 거두
고, 빻고, 누룩을 딛고, 찹쌀 팔아다 술을 담고 그 술로
단군제를 치른다. 그러니까 오래오래 준비하는 것이지
하루만 단군 성조께 할애하는 것이 아니다. 단군제 지내
는 날은 불와장취(不臥長醉), 눕지 않고 밤새 마신다. 쉰
살이 넘어 'OB'에 편입되어야 누울 수 있다. 우리는 지
명에게 단군제는 명분에 불과한 것이 아닐까, 자주 의심
한다. 하지만 단군제 통문(通文)이 돌면 우리는 가슴 두
근거리면서 그날을 기다린다. 시월상달의 날이 좋고 달
이 좋은 날, 춥지도 덥지도 않은 그 계절, 호젓한 산중
에 여남은 명 친구들이 모여 밤새 마시는 날이니…… 다
른 모임에는 대체로 가족을 대동하는 우리도 이날만은
홀로 길을 나선다. 우리에게는 하루쯤, 가족에 대한 모
든 권리와 의무에서 해방되어 산대나무처럼 홀가분하게

바람에 한번쯤 쏼쏼 나부껴 보는 호사를 누릴 자유가 있다. 이 자유에 절도(節度) 있는 범위 안에서 누려야 한다는 단서가 붙어 있는 것은 아니다. 하지만 절도는 흐트러져 본 적이 없다.

이래저래 지명이 단군제 모시는 날이 되면 우리는 단음절(單飮節)이 된다. 지명이 절을 자주 옮겨 다녀서 단군제 지내는 절은 한두 해가 다르게 바뀐다. 하지만 그날은 우리의 흉금에서 풀려나온 말과 노래가, 지명이 담아내는 노란 동동주, 달착지근한 술 냄새를 맡고 날아와 죽은 벌의 시체가 무수히 떠 있기 마련인 그 동동주를 만나는 날이다: 여남은 명의 단음절이 만나 새로운 명사를 지어내는 날이기도 하다.

지명 스님이 주석한 절의 요사체에 속인(俗人) 두서넛이 기거하지 않는 경우는 거의 없다. 지명의 속가(俗家) 친구들이 기거하는 일도 있고, 우리들 중 신상이 바뀌어 잠깐씩 그 요사에 몸을 붙이는 경우도 있다. 산중 사람 지명의 요사에 기거하는, 과거가 거의 처음 알려지는 사오십 대 사내들에게는 드라마가 풍부하다. 우리 친구들의 교유(交遊)는, 그런 처사(處士)들을 통해 넓어지기도 하고 깊어지기도 했다.

"일찍 길 나선 모양이구먼…… 그런데 홀가분한 것을

보니 칫솔도 안 챙겨 온 풍신이네?"

지명 스님이 먼 산에 던지듯이 한 말이다. 빈손으로 왔구나, 그런 뜻이다. 하지만 우리는 빈손으로 간 것이 아니었다. 지명이 술을 넉넉하게 담기는 했지만 그 자리에 모이는 면면은 거의 모두가 말술이었다. 새벽녘에 술이 떨어진 것이 한두 번이 아니었다. 속이 깊은 부안 형이 대전에서 사서 자동차 트렁크에다 넣어놓은, 맛 좋기로 유명한 한산소곡주(韓山素穀酒)가 여러 병 있었다. 하지만 우리는 절로 올라갈 때 그 술을 가져가지 않았다. 새벽녘에 여러 사람을 놀라게 해줄 심산이었다. 지명은, 자동차에 술을 싣고 왔으리라고 짐작하고도 짐짓 우리 둘의 흥을 돋우어 주자고 말 마중을 엇비슥하게 했을 수도 있다.

"지명당 칫솔 빌려서 쓰면 되지."

"또…… 퉤퉤."

지명 스님과 우리가 하던 말이 들렸던지 화답하는 노래가 있었다. 나와 부안은 서로의 얼굴을 바라보았다. 놀라웠다. 자동차 타고 오면서 우리 두 사람의 화제가 되었던 소월(素月)의 시 「옛이야기」를 누가 노래로 부르고 있었으니.

고요하고 어두운 밤이 오며는

어스레한 등불에 밤이 되며는
외로움에 아픔에 다만 혼자서
하염없는 눈물에 저는 웁니다.

"세상에…… 사당(寺黨)이 벌써 와 있네? 저 게으른
자가 웬 일이래?"
내가 물었다. 우리는 친구들이 오래 산 동네 이름으로
별호를 삼았다. '사당'은 서울의 사당동에 오래 산 친구
였다. 오래 산 동네 이름이 별호로 적당하지 않으면 고
향으로 별호를 삼았다. 부안은 그래서 부안이다.
"'벌써' 왔고말고. 두 주일 전에 왔으니."
"어쩐 일이래?"
"두 주일 전부터 저러고 있구먼. 슬프다, 슬프다, 하
면서."
"뭐가 그렇게 슬프대?"
"사연이 많은 모양…… 내가 아까 공자님 흉내를 한번
내었어. 공자님이 사람 친 거 알지? 공자님이 원양(原
壤)이라는 옛친구를 쳤어. 지팡이로 정갱이를 쳤어."
"기억이 가물가물하네. 이천오백 년이나 되어서."
"죽마고우 원양이, 어릴 적에는 망나니 행세를 했고
(幼而不孫第), 커서도 발전이 없고(長而無述焉), 늙어서
는 죽지도 않는다(老而不死)고, 지팡이로 정갱이를 쳤어

(以杖叩其脛). 공자님이…… 성조제(聖祖祭) 때문에 바빠 죽겠는데, 아침부터 술에 취해 저러고 있어. 그래서…….”

“중이 사람을 쳤어?”

“……인간 되라고…… 자네들 온다고 방 좀 치우랬더니, 오전 내내 저래 뭉기적거리고 있는 거라. 그래서 빗자루로 정갱이를 한 대 쳤더니 질질 짜면서 오후 내내 저 노래를 부르고 있어. 중이 사람 친다, 중이 사람 친다, 하면서…… 뵈기 싫어 죽겠어.”

“머리를 확 깎아 버리지 그랬어?”

“아무나 머리를 깎아? 내가 저런 물건의 머리나 깎아 주자고 이러고 있는 줄 알아?”

“그나저나 그것 참 공교롭기도 하다. 부안 형하고 나하고, 서울서 내려오면서 차 안에서 내내 저 노래를 불렀어.”

우리 목소리를 들었을 터인데도 사당은 방 문도 열어 보지 않은 채 2절을 불렀다. 목소리나 그 목소리의 떨림이나, 가을 날씨에 어울리게 처연(凄然)하다 못해 추연(啾然)하기까지 했다. 사당의 저음부(低音部)에서는 첼로 소리가 났다.

……제 한 몸도 예전에 눈물 모르고

조그마한 세상을 보냈습니다
그때는 지난날의 옛이야기도
아무 설움 모르고 외웠습니다

　그랬다..「옛이야기」는 부안 형과 내가 오래전에 배워 함께 부르던 노래다. 시는 소월의 시가 틀림없는데 작곡자 이름은 우리 기억에 남아 있지 않다. 부안 형이, 실성기가 있던 자기 이모가 즐겨 부르던 노래라면서 내게 가르쳐주었다. 그는 단단한 사람이라 술 취해도 눈물 보이는 일이 드문데 이 노래 부를 때만은 더러 눈가가 붉어지고는 했다. 부안 형의 차 안에서 이 노래 부르다 말고 내가 물었었다.
　"나는 이 노래 부르고 있으면요, 오래 살기는 당초에 틀린 사람이라는 생각이 들어요. 소월 말이에요. 서른셋에 죽었지요, 아마?"
　"그렇지."
　"예수님도 서른셋에, 알렉산드로스도 서른셋에…… 삼 곱하기 삼은 아홉이니, 이것도 아홉수에 들어요?"
　"소월은 만 서른두 살에 세상을 떠났어."
　"하지만 우리 나이로 서른셋이었으니 심정적으로는 삼 곱하기 삼은 구, 아홉수가 아니오?"
　"그렇게 되나?"

　"나는 소월이…… 공을 끝까지 보면서 치는 정교한 타자(打者) 같다는 생각을 늘 해요. 슬픔을 끝까지 보고 산 듯한 사람 같아서."

　"아편 과용(過用)이었다지, 아마? 부인에게도 아편을 권했다지 아마? 그러다 혼자만 갔다지, 아마?"

　우리가 여러 차례 부른 대목, 많은 이야기를 나눈 대목도 바로 2절의 '제 한 몸도 예전에 눈물 모르고 / 조그마한 세상을 보냈습니다', 바로 이 대목이었다. 소월은 '눈물을 모르고 산 예전의 세상'을 '조그마한 세상'이라고 부르고 있는데 그게 그렇게 짠할 수가 없었다. 그때는 지난날의 옛이야기도 아무 설움 모르고 외웠습니다…… 나는 이 노래 부를 때마다 '아무 설움 모르고 외운 옛이야기'가 더 큰 슬픔의 씨앗이 될 것임을 두고두고 예감하고는 했다. 그 노래 부를 때마다, 1절은, 2절이 노래할 슬픔의 씨앗, 2절은, 3절이 노래하는 슬픔의 씨앗이 된다는 것을 늘 확인하면서도 나는 그것을 자꾸만 '예감'이라고 부르고 싶었다.

　……제 한 몸도 예전에 눈물 모르고…… 조그마한 세상을 보냈습니다…… 그때는 지난날의 옛이야기도…… 아무 설움 모르고 외웠습니다……

　"아이고, 선생님들 오셨어요?"

모르는 아낙네였다. 윗도리의 팔과, 바지의 재봉선에
하얀 선이 든 까만 운동복 차림의 마흔 이쪽저쪽 되어
보이는, 몸피 튼실한 아낙네가 요사체 부엌에서 나와 합
장을 했다. 본 적이 있다 싶을 뿐, 누구인지 짐작이 가
지 않았다.

“실례지만…….”

나는 그에게 자기소개를 하게 하지 않으면 안 되었다.

“……오래되었습니다, 참 오래되었습니다. 도연(徒然)
입니다. 머리 기른 도연입니다.”

“도연 스님…… 아, 도연 스님…….”

믿을 수 없었다. 믿어지지 않았다. 십칠 년 전, 앳된
비구니 모습으로 만났던 도연 스님이었다. 도연 스님이
었다.

“……섭섭하네요? 한나절 업고 다닌 꽃다운 처녀를,
세월 좀 지났다고 낯설어 하시다니 정말 섭섭하네요. 짐
짓 한번 그래보는 것이라고 하시면 겨우 용서가 되겠지
만요.”

“미안해요. 정말 까맣게 잊고 있었어요. 미안해요. 잊
다니, 내가 잊다니…….”

“……선생님 생각하면 생굴회가 눈에 선한데…….”

도연이 눈을 흘기는데, 그 가느다란 눈길이 내 안으로
들어와 굵은 떨림이 되었다. 아, 세월이 흐르면 모두 이

렇게 변하는구나, 싶었다. ‘생굴’이라는 말이 나오자 비위 약한 지명 스님이 고개를 돌렸다.
“내, 저놈의 이야기 나올 줄 알았다.”

십칠 년 전이니까 지명 스님이 단군제 시작하고 얼마 되지 않았을 때다. 지명 스님이 전라도 적상산(赤裳山)의, 스님들이 ‘토굴(土窟)’이라고 부르는 암자에 기거하고 있을 때의 일이다. 단군제 모시러 내려갔다가 도연 스님을 처음 뵈었다. 단군제 당일 밤에는 도연 스님을 만난 것 같지 않다. 모르기는 하지만 함께 온 다른 비구니 한분과, 공양주 없는 암자의 부엌 일을 전담하고 있었기 때문일 것이다. 아닐지도 모른다. 그때까지만 해도 도연 스님은 나이가 어려 다른 비구 스님이나 우리 같은 속인들 어울리는 자리를 낯설어 했기 때문인지도 모른다. 하지만 이 추측으로도 단군제 다음 날 하산하면서 생긴 일을 설명해 내지 못한다.
하산하면서 처음으로 도연을 자세히 볼 수 있었다. 비구니를 자세히 보기는 처음이었다. 도연은 체수가 작았다. 그런 도연이 산길 내려오다 말고 물가에 주저앉았다. 회색 종이를 구겨놓은 것 같다, 싶었다.
“스님, 왜 그러세요?”
내가 물었다.

"발 삐었나 봐요. 나 어쩌니, 발 삔 것 같아."

아무개야, 나 어쩌니, 발 삔 것 같다, 이렇게 말했던 같다. 아무개는 함께 산 오른 다른 비구니의 법명이었던 것 같지만 그 이름은 당시에 주의 깊게 들은 것 같지도 않고, 내 기억에 편입된 것 같지도 않고 따라서 지금 내 기억에도 남아 있지 않다.

우리의 눈길이 지명 스님에게 쏠렸던 것 같다. 그는 예나 지금이나 기골이 장대하다. 도연 스님 하나 업어봐야, 바랑 하나 더 지는 것에 지나지 않았을 것이다. 하지만 지명 스님은 고개를 설레설레 흔들더니 턱으로 나를 가리켰다. 자네가 업어서 모셔…… 이런 뜻이었다. 나도 선뜻 나서기가 어려웠다. 아무래도 기억에 오래 남을 것 같아서 그랬다.

"자네가 업어서 모셔."

내가 망설이자 지명이 기어이 이 말을 했다. 나는 등을 들이대었다.

가벼웠다. 조금 과장하면 짚단같이 가벼웠다. 하지만 업힌 사람이 업은 사람을 돕지 않으면 이 짚단은 아주 빠른 속도로 무거워지는 법이다. 잠든 아기 업고 다니기가 아주 어려운 것은 이 때문이다. 도연은 그걸 잘 알고 있었음에 분명하다.

"사람, 처음 업어 보셨어요?"

도연이 나를 나무랐다.

"처음 업어 보다뇨?"

"손을 그렇게 흔들면서 내려가실 건가요?"

그랬다. 업기는 했지만 손으로 비구니의 엉덩이를 받칠 수는 없는 노릇이어서 나는 손을 늘어뜨린 채 덜렁덜렁 흔들면서 몇 걸음 옮겨 놓았던 듯하다. 약간 멋쩍어하면서 비구니의 엉덩이를 받쳤던 것 같다.

"……진작 이러실 일이지."

믿어지지 않는 일이 내 주위에서 자주 일어난다. 도연은 한나절을 업고 내려왔다고 했다. 하지만 내 기억에는 단 몇 분간의 일로 남아 있다. 도연은 많이 업혀본 어린 아이처럼, 두 팔에 적당하게 힘을 들여 내 목을 감아 체중을 흩트려 주었다. 덕분에, 엉덩이를 받친 내 손은 큰 힘을 들이지 않아도 좋았다. 까실까실한 승복(僧服)의 감촉이 내 손등에 남은 것 같기도 했고 안 남은 것 같기도 했다.

지명 스님은 기골이 장대한데도 비위가 약했다. 미처 칫솔 준비하지 못하고 산을 올라 아침에 칫솔 좀 빌리자고 하면 눈을 화등잔만 하게 뜨는 스님이 지명이었다. 지명 스님 주석하는 절은 꼭 계획 세워서 가는 것만은 아니다. 도시를 훌쩍 떠나 뜬금없이 들이닥치는 게 우리 버릇이었다. 그러니 그렇게 산 다니면서 한번도 빠뜨리지 않고 칫솔 준비하기는 쉬운 노릇이 아니다. 그래서 우리가 어쩌다 칫솔이라도 한번 빌려 쓸라치면 지명은 비누로 박박 씻은 다음에야 쓰고는 했다. 그런 지명 놀려 먹느라고 내가 생굴회 얘기를 했던 것 같다.

"……우리 부안 형은 바닷가에서 자라서 잘 아시겠지만…… 어떤 사람이 설악산 다니다 길을 잃어 산자락의 한 농가에 들었대요. 노인 한 분이 사는 방에 들어 하룻밤을 잤는데…… 아침에 목이 마르더래요. 그래서 머리맡을 더듬는데…… 자기 마누라는 아침마다 자리끼를 봐주었나 봐요. 머리맡을 더듬으니…… 사발이 있는 거라. 끌어서 마시니, 뜻밖에도 생굴회더래요. 도연 스님, 생굴회가 무엇인지 알지요? 바닷가 아낙네들이 조그만 석화(石花)를 까서 모은 것…… 우리 부안 형은 바닷가에서 자라서 잘 아시지요. 아침에 이거 한 그릇 마시면 얼마나 시원한대요? 문제의 산꾼, 이 산중에서 웬 횡재냐 싶어서 배릿한 생굴회 맛을 음미하고 있는데…….".

"아이, 얘기가 왜 이렇게 진도가 안 나가요? 음미하고 있는데?"

"노인이 잠을 깨어 그 그릇 끌어당기고는 가래를……."

"저 빌어먹을 놈의 화상!"

비위 약한 지명 스님이 더 이상 참지 못하고 내 쪽을

향해 그 큰 주먹으로 쑥떡을 날리고는 길가 실개천 쪽으로 달려가 쭈그리고 앉더니만 웩웩 토하기 시작했다. 내 등에 업힌 도연 스님이 그 조그만 주먹으로 내 어깨를 치면서 깔깔깔 웃었다.

"아이고, 재미있어, 아이고, 재미있어."

"무엇이 그렇게 재미있어요? 생굴회 이야기가요?"

"아니에요, 아니에요, 저 지명 스님 좀 보세요. 아이고, 저 지명 스님 좀 보세요."

도연 스님이 어린아이처럼 깔깔거리다가 내 등에서 땅바닥으로 내려서는데, 발 삐었다는 것은 빈말이었다. 내 등에 붙은 채 구겨져 있던 몸을 맨손 체조 비슷한 몸짓으로 푸는데, 몸놀림이 가볍고 빠르고 부드러웠다.

버스를 타고 영동에 이르렀다. 우리가 타고 서울로 가야 할 기차, 도연 스님이 타고 경상도 남쪽으로 갈 기차는 그 역에만 있었다. 지명 스님이 내게, 그런 얘기 또 하려거든 아예 산에도 올라오지 못하게 하겠다면서 나를 시퍼렇게 을러멘 뒤에 다시 암자로 오른 다음의 일이었다. 영동의 중국집에서 저녁을 먹을 때는 나, 부안 형, 도연 스님, 그리고 도연 스님의 도반, 이렇게 넷이었던 같다.

생각났다. 그제서야 생각났다. 지명 스님 절에서, 머

리를 기르고 까만 운동복 입은 아낙을 만나지 않았다면 영동의 개울가에서 있었던 일은, 적상산에서 내려올 때 있었던 일과 함께 내 기억의 미로 속에서 길을 찾지 못했을 것이다. 내가 어떻게 그런 일을 잊고 있을 수 있었을까, 싶었다.

영동의 중국집에서 저녁을 먹었던 것으로 기억한다. 중국집이 아니고, 그날 마신 술이 배갈이어서 중국집이었던 것으로 기억하는 것일까? 하여튼 보리찻잔으로 배갈을 마셨다. 그런데 음식 먹은 뒤끝이었을 것이다. 안주인이 뒤뜰에서 딴 것이라면서 호두를, 조그만 대바구니에 담아 왔다. 소도시의 가을 인심이었다.
"내 정신 봐라, 망치를 안 가지고 왔네."
안주인이 호두 바구니를 우리 밥상에 내려놓고 안채로 들어간 직후였다. 나는, 망치 없이 호두 까는 방법을, 군대에서 배워서 알고 있었다. 양말을 벗어 그 안에 호두를 잔뜩 넣고 방바닥에다 가볍게 툭툭 치면 된다. 한동안 그렇게 치다가 양말을 뒤집어 보면 단단한 호두 껍데기가 잘게잘게 부서져 있다. 알을 꺼내 먹으면 그만이다. 새 양말이 있으면 좋겠지만, 신고 있던 양말이라도, 군대에서는 괜찮았다. 하지만 두 비구니 앞에서 그런 식으로 호두를 깰 수는 없는 일이어서 가만히 망설이

고 있었다. 그런데 내 눈 앞에서 놀라운 일이 벌어지고
있었다.

도연 스님의 조그만 손이 호두 두 개를 집어 밥상 밑
으로 들어가는데 연하여 빠지직빠지직, 호두 껍데기 깨
어지는 소리가 들려왔다. 도연 스님은, 아무 일도 없었
던 듯이, 호두 집어들고 들어갔던 손을 꺼내어 펴는데,
호두 알이 그 속에 잔뜩 들어 있었다. 도연이 왼손 손가
락으로 깨어진 호두 껍데기를 뒤지고 호두 알을 집어 밥
상 위에 가지런히 놓는데, 그 손동작은 흡사 군밤 까서
밥상 위에 놓는 듯이 임의롭고 부드러웠다. 여성의 악력
(握力)으로 할 수 있는 일이 아니었다.

"별 거 아니에요. 호두 두 개를 같이 쥐고 손아귀에
힘을 주면요, 저희끼리 몸싸움을 벌이다 그 중 하나가
깨어져요."

나도 해보았다. 신통하게도 두 개 중 하나가 깨어졌
다. 부안 형과, 동행하던 비구니는 그나마 해내지 못했
다. 동행하던 비구니가 이런 말을 했던 것 같다.

"도연 스님은요, 당수(唐手)가 3단이래요."

"3단이나요?"

"포교원에서 애들 가르친대요."

"……아, 그래서 그랬군요."

"까부는 남자들, 혼 잘 낸대요."

동행하던 비구니의 말에 도연 스님은 웃기만 했다.

"한 수 가르쳐 주실래요?"

취기가 호기에다 불을 질렀다. 부안 형이, 아서, 이 사람아, 하는 듯한 뜻을 눈길에 실었다. 동행하던 비구니의 눈이 반짝거렸다. 그것뿐, 둘 중 어느 하나도 막아서려고는 하지 않았다.

"그러죠, 뭐."

시냇가 자갈밭이 음식점에서 아주 가까운 데 있었다. 달이 밝았다. 지명이, 단군제일을 받되, 거의 반드시라고 해도 좋을 정도로 날씨가 좋고 달이 밝은 날을 잡아준 덕분이었다. 뒷날 부안 형은 물소리가 좋았다고 했지만 나는 그날 물소리를 들은 기억이 없다.

나와 도연은 시냇가에, 달빛을 받으며 마주 섰다. 부안 형과, 동행하던 비구니는 앉아 있었던 것 같다. 한 수 가르쳐 주실래요, 했지만 정말 도연 스님과 대련(對鍊)할 생각이 있었던 것은 아니다. 술이, 몸속에 숨어 있던 무수한 장난꾸러기들의 잠을 깨운 탓이었을 것이다. 도연 스님의 몸속에 숨어 있던 무수한 장난꾸러기들도 잠을 깬 탓이었을 것이다.

도연 스님이 달빛을 받으면서 가만히 장삼 옷고름 푸는 것을 바라보았다. 그는 장삼을 벗더니, 왼팔 팔꿈치에 올려 반으로 차악 접고 오른손으로 집어 가만히 자갈

밭에다 내려놓고는, 산에서 보았던 예의 그 맨손 체조를
하는데…… 숨이 막히는 것 같았다. 그렇게 아름다운 자
태를 또 어디서 보았을까 싶었다.

"스님…… 졌습니다. 싸워보지 않고도 저는 압니다.
졌습니다."

"……아이고, 내 정신 봐라, 기차 시간 늦겠네. 제가
잘 이래요."

도연 스님이, 접었던 가사 소매를 풀어 내리고는 장삼
을 다시 집어 입었다. 부안 형이 앞장서고, 두 비구니
스님이 뒤따르고…… 나는 맨 뒤에서 터벅터벅 걸어 영
동 기차역으로 갔다. 부안 형과 나는 서울로, 두 비구니
스님들은 남행 열차를 탔다. 우리가 두 분 남겨놓고 먼
저 떠났는지, 두 분이 우리를 남겨놓고 먼저 떠났는지
그것은 잊었다.

이상한 일도 다 있지. 그렇게 강렬하면서도 고즈넉한
인상을 주었던 도연 스님이 내 기억에 다시 떠오른 것은
십칠 년 동안 딱 한 번뿐이다. 지명 스님이 언제, 자네
도연 스님 기억나나, 하고 물었을 때다. 오륙 년 전이다.

"도연 스님이라니?"

"자네와 영동에서 대련 한판 붙었다던데?"

"아, 그 스님…… 생각난다."

"환속(還俗)했어."

"환속?"

"진짜 보살의 보살행(菩薩行)은 따로 있더라고."

나는 더 이상 묻지 않았다. 지명 스님도, 이야기를 한 참 한 뒤에야 내가 귀 기울이고 있지 않다는 걸 알고서야, 아이고, 재미없어라, 하고는 나오던 이야기를 가두어 버렸다.

"도연 스님…… 아, 도연 스님……."

그 도연 스님을 다시 만난 것이다. 산골 절이라 공양주도 없을 것 같아서, 단군제 지낸다기에 다섯 살 난 아들을 데리고 올라왔다고 했다. 아기 아버지는 퇴근하고 대전에서 기차 타니까 밤늦게야 도착할 수 있을 것이라고 했다. 우리 만났던 게 스물세 살 때였다고 했다. 얘기를 조금 더 하고 싶었는데 도연이, 아이고, 내 정신 봐라, 제 모실 메를 올려놓고…… 이 말 남기고는 부엌 쪽으로 사라졌다. 지명 스님이 들릴락말락, 느시렁거리는 목소리로 중얼거렸다.

"……몇 생을 보살로 살아온 것 같아. 산에 있을 때는 바깥세상을 잊더니, 산을 내려오고 나서는 산 일을 잊은 것 같아. 서방 다독거려 가면서 아이 키우며 사는데 어찌나 예쁘게 사는지 이 목석이 다 질투가 몸살로 바뀔 지경이다. 그런데 저 사당이라는 화상은 저 나이에 저 지랄을 하고 있으니…….”

“……저 중놈이 사람 흉을 보고 있지 않나, 시방.”

사당이 방문을 탁 소리가 나게 열면서 소리쳤다. 몰골이 초췌했다. 머리카락이 번들거렸다. 오래 감지 않았음에 분명했다. 사당은 머리를 잘 감지 않았다. 무슨 생각에 몰두하고 있을 때는 수염도 깎지 않았다.

“……너 왔구나. 부안 형님도 오셨네?”

“그래. 신수가 안 좋아 보인다. 너 실연했냐?”

“실연 같은 소리 한다. 뒷간 갔다 올 테니까 꼼짝 말고 거기 있거라.”

뒷간으로 가면서도 사당은 계속해서 노래를 불렀다. 그의 목소리가 카랑카랑하게 들린 것은 아니다. 하지만 내 귀에는 잘 들렸다. 내 기억이 돕고 있었기 때문이다.

> ……그런데 우리 님이 가신 뒤에는
> 아주 저를 버리고 가신 뒤에는
> 전날에 제게 있던 모든 것들이
> 가지가지 없어지고 말았습니다.

“형님 오셨습니까?”

낯설지 않은데, 누구인지 기억나지 않았다. 부안 형의

눈치를 살폈다. 그 역시 기억나지 않는 모양이었다.

"가만있자……."

"지선 스님……."

"그래, 자네 지선 스님 아우였지. 광주 원효사에서 만났지. 스님 모시고 승주 송광사 다비장으로 함께 갔었지."

"형님, 억울합니다. 억울합니다."

"……."

"형님들을 일년에 한 번밖에 뵙지 못하다니…… 억울합니다, 억울합니다."

"지선 스님 일을 생각하면 나도 억울하네. 마흔 살을 채우지 못하고 가셨으니……."

"스님은 출가하면서 훌훌 털었지만, 아버지 어머니는 스님을 털어내지 못하시고…… 스님 돌아가신 뒤에 애돌 애돌해하시다가…… 작년에 마침내 나란히 가셨습니다. 저는 산에도 들지 못하고 마을에도 머물지 못하고…… 한 세상을, 절집 처사로 살까 합니다."

"……."

단군제 얘기야 길게 할 것이 없다. 지명 스님이 산으로 불러올린 칠 인조 풍물패가 산신각(山神閣) 앞에 진설된 제상을 돌면서 풍물을 울렸다. 사회자는 그로써 그 공간이 성화(聖化)한 것인 만큼 더 이상 절에 속하는 공간이 아니라고 선언했다. 지명 스님이 '만남의 의례'라고 이름 지은 대목은, 환웅 할배가 곰과 호랑이에게 쑥한 다발과 마늘 스무 개씩 나누어주는 의례를 재현하는 대목이다. 지명 스님으로부터, 도연이 그 쑥과 마을을 받았다. 풍물패가 제상을 거꾸로 돌면서 풍물을 울렸다. 사회자는 그로써 그 공간이 다시 속화하여 절의 공간에 편입된다고 선언했다.

철상(撤床)이 끝나기도 전에 법당에서 뚝 떨어져 있는 살림채 마당에서 불길이 올랐다. 산중이라 고사목이 지천이었기 때문이겠지만, 불길에 법당까지 훤했다. 여러 차례 다녀본 가늠으로 나는 그 자리의 시작과 끝을 짐작하고 있었다. 초장에는 노래패들이 풍물패에게 밀릴 터였다. 열시면 떠나야 한다니까, 풍물패가 떠나면 노래 좋아하는 패들이 모닥불 가를 차지할 터였다. 부안 형과 나란히 앉아 손뼉을 치면서 신명을 돋우어 보았다. 올라오지 않았다. 가슴속에 묻혀 있는 노래가 잠을 깨어줄 것 같지 않았다. 신명이 오르지 않으니 등이 차가웠다. 앞에 앉은 면면을 보니, 우리가 끝까지 지켜야 할 자리도 아니지 싶었다. 노래가 무척 젊어져 있어서, 우리가 부르는 노래를 따라 부르는 이가 많지 않았다.

부안 형에게 일어서자는 눈치를 보이는데, 사당의 노
랫소리가 들려왔다. 사당은, 법당 앞 죽담에 서서, 모닥
불을 내려다보면서 노래를 불렀는데, 흡사 오페라 가수
가 발코니에 서서, 환호하는 사람들을 향해 노래를 부르
는 형국이었다. 아이디어가 좋았기 때문이겠지만 사당의
노래는 옛 노래인데도 박수를 많이 받았다.

　　……그러나 그 한때에 외워 두었던
　　옛이야기뿐만은 남았습니다.
　　나날이 짙어가는 옛이야기는
　　부질없이 제 몸을 울려줍니다

부안 형과 모닥불 앞에서 일어섰다. 방으로는 들어가
고 싶지 않았다.
"내려가서 우리끼리 속닥하게 한잔 더 하더라고."
그가 턱으로 산 중턱의 주차장을 가리켰다. 거기에는
그의 자동차가 있었다. 자동차 트렁크에는 그가 대전에
서 사온 한산소곡주가 됫병으로 다섯 병이나 들어 있었
다. 달빛이 우리 내려가는 길을 잘 밝혀주었다. 주차장
에서 조금 내려서는 물매가 가파른 시내였다. 바위에 자
리 잡고 앉아 소곡주 병을 땄지만 추웠다. 모닥불을 안
고 있을 때는 등으로 느껴지는 냉기가 견딜 만했지만 시

냇가에서는 아니었다. 우리는 소곡주 병을 한 손에 하나씩 잡고 다시 올라갔다. 모닥불 가에 벌써 우리 자리는 없었다. 사당의 노래가 또 들려왔다. 「옛이야기」 2절이었다. 내가 가장 좋아하는 2절이었다.

……제 한 몸도 예전에 눈물 모르고
조그마한 세상을 보냈습니다
그때는 지난날의 옛이야기도
아무 설움 모르고 외웠습니다

지명 스님 방에서 'OB' 멤버들끼리 소곡주 네 병을 다 마시고 마악 잠이 드는 참인데, 사이렌 소리가 들려왔다. 눈을 떴지만 거기가 절집 주지실이라는 것을 도무지 실감할 수 없었다. 산중 어디에서, 불자동차의 사이렌 소리가 들려오나 싶었다. 어디일까 싶었다. 지명 스님의 다탁(茶卓)에 머리를 부딪고, 미끄러져 내리는 찻잔 몇 개를 제자리에다 둔 뒤에야 거기가 주지실인 줄 알았다. 부안 형이 옆에서 자고 있었다. 지명의 모습은 보이지 않았다. 다시 눈을 감고 잠이 들었다.

해가 중천에 오른 뒤에야 잠을 깨었다. 부안 형도 나와 거의 같은 시각에 잠을 깨었다. 모닥불 가에서 밤을 샌 'YB' 멤버들의 노랫소리가 들려왔다. 문 밖에서 발자국 소리가 들리자 부안 형이 물었다.

"거기 누구요?"

"접니다."

목소리가 대답했다. 문을 여는데 보니 세상 떠난 지선 스님의 아우였다. 얼굴이 가을 추위에 시퍼렇게 얼어 있어서 모닥불 가에 있지 않았구나 싶었다.

"지명 스님은 연락이 없나?"

"생명에는 지장이 없겠다고 합니다."

그가 대답했다.

"대체 무슨 소리요? 지명 스님 연락이라니? 생명은 지장이 없다니?"

부안 형에게 물었다. 부안 형이 담배를 찾으면서 중얼거렸다.

"……자네 잠버릇은 하여튼…… 새벽녘에, 사당이가 불길에 몸을 던졌어."

"비틀거리다가 쓰러진 게 아니고요?"

"아니야. 불길 겨냥하고 퍽 엎어지면서 시뻘겋게 타고 있던 나무들을 한 아름 껴안았다고 하더라. 거기에다 입을 맞추었다고 하더라."

"그래서 사이렌 소리가 났었던 거로군요."

"119가 달려오고…… 그런 난리가 없었다."

"그런데 왜 나 안 깨웠어요?"

“나도, 문 앞에서 들리는 말로써 짐작할 뿐이다.”

“……나가 보지 않았다는 뜻인가요?”

“……뭐, 놀랄 일도 아니지. 들어보라고…… 저 젊은 친구들 노랫소리…… 저 친구들도 별로 놀라는 것 같지 않더라고. 소방서 구급차 사이렌 소리 잦아드니까 저 친구들 노래가 바로 이어지더라고…….”

“지명이가 구급차 타고 따라간 거군요.”

“……설거지 한번 오지게 한다면서 툴툴거리더란다. 우리도 가야지?”

밖으로 나왔다.

도연은 흔적도 없었다. 밤늦게 올라온 남편과 함께 아침 일찍 절을 떠났다고 했다. 노래 부르던 패들이 요사채로 옮겨 앉은 지 오래여서 모닥불은 식어 있었다. 길 나서려는데, 지명 스님이, 이마와 턱과 양손에 붕대를 감은 사당을 데리고 올라왔다. 상처에서 나온 것일 터인 누런 진물이 붕대 여기저기에 스며들어 있었다.

사당은, 지명 스님의 아침 상머리에서 물집이 잡힌 입으로 「옛이야기」를 몇 차례 더 부른 다음에야 우리를 놓아주었다. 사당에게, 왜 불길 속으로 뛰어들었느냐고는 아무도 묻지 않았다. 사당도 「옛이야기」만 지겹게 불러 댈 뿐, 그 일에 대해서는 일언반구도 하지 않았다.

노래의 날개

1 노래

　"……옛날 한 옛날, 한 나라에 슬픈 노래를 잘 짓는 시인이 둘 살고 있었다. 어찌나 잘 지었던지…… 노랫말이 어찌나 절실했던지 이 두 시인이 지은 노래를 불러본 사람들은, 어떤 노래 부르고는 귀신의 얼굴이라도 본 양 기절초풍해서 쓰러지고, 어떤 노래 부르고는 문득 세상이 비어보이던지 식음절(食飮絶)하고 멀뚱거리다가 고목 나무 쓰러지듯이 그렇게 쓰러지더란다. 애를 끓이다가…… 애가 끊어져 죽는 사람 또한 없지 않았다. 기절초풍해서 죽고 애가 끊어져 죽고…… 사람들이 자꾸 죽어쌓으니, 사람들은 그 두 시인의 노래를 '애간장 끊는

노래'라고 불렀더란다. '비상(砒霜) 든 노래'라고 불렀
더란다. 너…… 애 끓이는 슬픔, 애끓는 슬픔을 아느냐?
단장(斷腸)의 슬픔, '단장의 미아리 고개' 할 때의 이
'단장'을 아느냐? 창자가 끊어진다는 뜻이다.

　이 시인들이 살던 시절보다 더 아득한 옛날, 혈기방장
한 한량이 동무들 모아 뱃놀이를 갔다. 배를 몰아 협곡
을 지나다 보니, 새끼를 배에다 달고 나무를 오르내리는
원숭이가 있는 거라…… 한량 패거리 중의 짓궂은 한 녀
석이, 지루한 뱃길의 노리개 삼으려고 어미 원숭이로부
터 이 새끼 원숭이를 빼앗았겠다? 어미 원숭이가 하루
내내 그 배를 따라오면서 울어쌓는데…… 나뭇가지 위에
서 울어쌓다가 울어쌓다가 마침내 피를 토하면서 뱃머리
로 떨어져 죽더란다. 한량들이, 피 토하면서 떨어지는
것을 기이하게 여겨 배를 갈라 보았더니…… 짓궂은 녀
석들…… 원숭이의 배를 가를 일이냐…… 자식 빼앗긴
설움에, 어미 원숭이의 창자가 토막토막 끊어져 있더라
고 하는데…… 이것이 단장의 슬픔이라고 하는 것이다.
젊은 시절에, 두보(杜甫)의 「석호리(石壕吏)」를 읽고, 글
이 초라한 이 나도 단장의 슬픔을 조금 맛보았거니……
또 있구나…… 조선에도 있구나. 김립(金笠)이 있구나.

　……노래 때문에 사람들이 이렇듯이 쓰러져가니, 나
라가 무슨 조처를 취한 것은 당연지사…… 나라님은 도

승지(都承旨)에게 명하여, 그 노래책, 그러니까 시집을 구하여 오게 했다. 나라님은 그 시를 읽어보았을 테지. 하지만 나라님의 애간장은 끓지도 끊어지지도 않았다. 신하들 애간장도 무사…… 나라님과 대소신료(大小臣僚)의 애간장은 필시 절창(絶唱)에 무딘 물건들이어서 무사했으리…… 하지만 절창에 애간장이 끊어져 죽어나가는 백성이 늘어나면서, 재야 선비들 상소가 빗발치고 재조(在朝) 신료들이 맞장구치는데 어쩌겠는가? 나라님은 형조(刑曹)에 명하여 시인들을 잡아들여 죽이게 하고, 예조(禮曹)에 명하여 나라 안에 퍼져 있던 노래책을 거두어 불사르게 했다. 그러고 난 연후에도 도제조(都提調) 내의원(內醫院)에 명하여, 나라 안에 초상난 집이 있으면 반드시 망자(亡者)의 사인을 엄중히 조사하되, 만일에 사인이 분명하지 않으면 필시 '비상 든 노래책'이 부린 농간임에 분명하니…… 가택 단단히 뒤짐질하여 '비상이 든 노래책'을 기어이 찾아 불사르게 했다.

이렇듯이 나라님이 용포의 소매를 걷고 나서니, 사람들이 '비상 든 노래책'을 두렵게 여기고 따라서 그로 인하여 죽어나가는 사람이 현저하게 줄어들다가 이윽고 '비상 든 노래책' 애기는 소리소문이 되고, 세월이 한참 흐르고 나니 마침내 전설이 되더란다.

그리고 기나긴 세월이 무심하게 많이도 흘렀다. 전라

도 어느 땅에, 낮에는 논밭 갈고 밤에는 한 스승 모시고 한 집에서 공부하던, 말하자면 동문수학(同門修學)하던 두 젊은이가 있었다. 이들이 낮에 쟁기로 묵정밭을 가는데, 갈아도 그냥 가는 것이 아니라 힘을 들여 심경(深耕)을 하는데, 자꾸만 숯덩어리 같은 게 나오고, 옹기 조각 같은 게 나오고 그랬다더라.

옛날에 불탄 집의, 집터였던 모양이다……

이렇게 생각하면서 밭을 가는데 쟁기 보습에 둔탁하게 걸리는 물건이 있었어. 둘 중의 하나가 소를 멎게 한 뒤 쟁기 눕히고, 보습에 걸린 물건이 무엇인지 살펴보았겠다? 불에 그을린, 칠피(漆皮) 문갑(文匣)이었어. 오랜 세월 묻혀 있었을 테지만 문갑은 귀퉁이가 조금 썩었을 뿐, 안은 썩지 않았어. 문갑 안에는 한지로 맨 책이 두 권 들어 있었는데, 책은 온전하다고는 할 수 없어도 읽을 만은 했어. 불난 집에서 녹아내린 촛농이 문갑의 틈을 꽉꽉 틀어막았기 때문이었을 거라. 모를 일이다만, 그랬을 테지. 그 오랜 세월 비를 맞고도 문갑에 물이 들어가지 않은 것은, 이 책 주인 집에 화재가 나고, 굵기가 팔뚝만 한 백랍촉(白蠟燭) 촛농이 흘러내리면서 문갑의 틈을 막아준 덕분이었을 테지. 하여튼, 동문수학하던 두 젊은이는 두 책을 한 책씩 나누어가지고 들어가…… 밤에 호롱불 밑에서 읽었을 터…… 어찌 되었는 줄 아느냐?

밭에 나갈 시각이 되어도 젊은이들이 나서지 않는 걸 보고, 스승 되는 이가 문을 열어보았다. 한 젊은이는 서책을 든 채로 죽어 있고, 또 한 젊은이는 깊이 잠들어 있었다. 스승이 죽은 젊은이에게 까닭을 물을 수는 없는 일…… 살아 있는 젊은이에게 늦잠 잔 까닭을 물었더니 젊은이는, 책은 옛 노래책인데 하도 재미있어서 먼동 틔우고 나서야 잠들 수 있었다고 대답하더란다. 스승이 두 책을 거두어 읽으려고 펴보니, 이 일을 어쩌느냐, 전설에 나오던 바로 그 '비상 든 책'이라…… 필경은 공자맹자를 섬기던 양반임에 분명한 그 스승이 어찌했겠느냐, 그제야 그 두 책이 모두, 시인이 읽는 이들의 애간장이 끊어지도록 절창한 문제의 '비상 든 책'이라는 것을 알고는 서둘러 불살랐다고 하더라.

그러면 두 권의 노래책 중 어찌하여 한 책은 전설에 나오는 대로 여전히 '비상 든 책'인데 견주어, 다른 한 책은 어찌하여 그 비상이기를 그만두었겠느냐? 한 책은 구원(久遠)의 절창, 다른 한 책은 당대의 절창이었기 때문이 아니겠느냐? 책을 쓰자면 마땅히 구원한 절창이어야 하고 책을 읽으려면 마땅히 구원한 절창을 읽고 책의 목숨도 끊어지고 사람의 목숨도 끊어지는 그런 경지가 되어야 마땅할 터……

그런데도 너는 어쩌자고 비상이 들기는커녕 해가 몇

번 바뀌면 필경은 쓰레기가 될 책들을 싸가지고 다니면서 읽으니……

아이고, 내가 말을 너무 많이 했구나…… 오래간만에…… 듣는 귀 있다고…….”

2 악몽

절섬에서 한 해 여름을 날 때 ‘하인 선생’으로부터 들은 얘기다. 이름과 성이 있어도 다만 ‘하인 선생’으로만 불리던 그는 쉰 중반의 자칭 ‘처사(處士)’였다. 출가하셨더랬습니까, 하고 물어도 웃고, 절에 사셨습니까, 하고 물어도 이렇다 저렇다 대답 않고 웃던 분이었다. 그래서 나도 재미 없어서 더 묻지 않았다. 그분에게 뭘 배우겠다고 생각했던 적은 없다. 그분에게 뭘 배우러 섬으로 들어갔던 것도 아니다. 나는 그분을 스승이라고 생각해본 적도 거의 없다.

섬으로 들어갈 당시 내 짐에는 책이 몇 권 들어 있었다. 심훈의 『상록수』, 박계주의 『구원(久遠)의 정화(情火)』 같은 책이었던 것으로 기억한다. 하인 선생은 나에게, 그런 책에는 비상(砒霜)이 들어 있지 않다, 라는 말 끝에 ‘비상 든 노래책’ 얘기를 했던 것 같다.

하인 선생은 나를, 세상에 그런 노래가 있을 수 있다고 참말로 믿는 아이로 승인했음에 분명하다.

뒷날, 얼마나 슬픈 노래인지, 두보의 「석호리」라는 시를 일삼아 찾아 읽어보았다. 새벽에 읽었는데, 속이 몹시 쓰렸다. 초저녁에 마신 술 때문에 속이 쓰렸던 것이 아니다. 내 나이 열여덟 살 때의 일이다. 나는 진작에 술을 배워, 열여덟 살 때는 아침에도 마시고 저녁에도 마시고 그랬다. 그로부터 긴 세월이 지난 지금, 술 안 마시고 읽어도 여전히 가슴이 아프고 속이 쓰리다.

해거름 석호촌에 잠자러 들었는데(暮投石壕村)
한밤중에 포졸이 사람 잡으러 왔더라(有吏夜捉人)
영감은 담 넘어 도망치고(老翁踰牆走)
할멈이 문간으로 나가 맞는데(老婦出門看)
포졸은 어인 일로 그렇게 화를 내고(吏呼一何怒)
할멈은 어인 일로 그리 슬피 울던지(婦啼一何苦)
할멈의 사연을 들어보자니 이러하구나(聽婦前致詞),
"세 아들 다 싸움터에 나갔는데(三男鄴城戍)
한 아들이 편지를 보내어 뜯어보았더니(一男附書至)
두 아들이 죽었다는 사연입디다(二男新戰死)
산 녀석이야 어찌어찌 살아 돌아오겠지만(存者且偷生)

죽은 녀석들이 어찌 올 것이오(死者長已矣)?
방 안에는 아무도 없으니(室中便無人)
다만 젖먹이 손자가 있을 뿐(惟有乳下孫)
에미는 친정 가고 싶어도 못 간다오(有孫母未去).
치마 한벌 없어 들도 나도 못한다오(出入無完裙).
힘 떨어진 이 늙은이가 무슨 일을 할 수 있으리오만
(老嫗力雖衰)
청컨대 나라도 이 밤에 나으리를 따르게 해주오(請從
吏夜歸).
잰걸음으로 하양 부대에 닿으면(急應河陽役)
새벽 밥은 지어낼 수 있을 것이오(猶得備晨炊)."
밤이 이슥해지자 말소리도 끊어지고(夜久語聲絶)
목메어 우는 소리만 들리는 듯하더니(如聞泣幽咽)
날 밝아 길 떠나려니(天明登前途)
영감 혼자 나와서 작별 인사를 하더라(獨與老翁別).

「석호리」는 슬픈 노래였다. '애간장을 끊어 사람을 죽
이는 노래'까지는 아니라고 하더라도 나는 '비상이 아주
조금 든 노래'라는 것은 인정할 수 있었다. 가슴이 답답
했다. 세상에 그런 노래가 있다는 것이 내게는 견디기
어려웠다. 세상에 그런 노래 짓는 사람이 있는데, 그런
노래를 짓고 있지 못해서 가슴이 답답했다.

‘김삿갓’이라는 이름이 더 익숙한 난고(蘭皐) 김병연(金炳淵)의 시편도 찾아 읽었다. 「한식날 북루에 올라 읊다(寒食日登北樓吟)」를 다 읽고 울었다.

넓은 바닷가에 작두향 싹 오르는데(十里平沙岸上莎)
흰옷 입은 과부 울음소리가 노래 같구나(素衣靑女哭如歌)
가련하여라. 오늘 서방의 무덤 앞에 놓은 저 술은(可憐今日墳前酒)
필시 서방이 심고 죽은 나락으로 빚은 것일 테지(釀得阿郞手種禾)

속이 쓰렸다. 상투적으로, 조금만 더 과장해서 말하자면 ‘창자가 끊어질 것 같았다’. 마지막 한 줄이 평지에다 잔잔한 슬픔의 풍파를 일으키는 것 같았다. 처음의 석 줄이 젯상이라면 마지막 한 줄은 그 젯상 앞에서 토해내는 상주의 슬픈 울음 같았다.

‘비상이 든 노래’ 이야기는 노래에 대한 내 생각에 맹독처럼 퍼졌다. 나는 세상이 그런 노래가 있을 것이라고 믿었지만 내 노래는 한 마디도 지어낼 수 없었다. 나는, 하인 선생도 그런 노래가 있다는 것을 아는 바에 노래를 지을 수 없을 것이라고 생각했다.

그런데 그로부터 사 년 뒤 군대 생활 시작하면서 나는 '비상 든 노래'와 아주 비슷한 노래를 들은 적이 있다. 정확하게 말하자면 '비상 든 노래'는 '시'를 말하고, 그로부터 오 년 뒤에 들은 노래는 글자 그대로 '노래'다. 하지만 나는 이 두 가지를 동의어로 쓰는 것을 좋아한다.

훈련병 시절의 일이다. 기간병들 회식(會食)에 불려갔던, 몸집이 작은 안경잡이 훈련병이 밤늦게 막사로 돌아왔다. 그는 두 손으로 배를 감싸고 들어왔는데, 얼굴이 백지처럼 하얗다.

나는 왜 그러느냐고 물었다.

"좀 맞았어. 그런데 왜 배를 차냐?"

그가 대답했다.

"왜?"

"노래 안 부른다고."

"부르지 그랬어?"

"……."

안경잡이 훈병은 기간병 회식에 불려가기는 했어도 부르라는 노래는 죽자고 안 불렀던 모양이다. 이런 훈련병에게, 질이 좋지 못한 기간병이 한 짓은 상상하기 어렵지 않았다.

그 다음 날의 일이다. 휴식 시간이 되자마자 조교가 안경잡이 훈련병을 불렀다. 그 조교 옆에는, 언제 왔는지 다른 소대의 조교들도 모여들어 있었다.

"쉬엇, 차렷!"

조교가 앉은 채로 안경잡이에게 명령했다. 안경잡이가 그대로 했다.

"뒤로 돌앗!"

안경잡이가 제식훈련(制式訓練) 시간에 배운 대로 통일화(統一靴) 뒤축에서 팍 소리가 나게 제대로 돌아섰다.

"시키는 대로 한다, 알았나? 복창(復唱)한다. 훈련병 아무개 노래 '일발장전(一發裝塡)!'"

"……."

우리는 그 희한한 광경을 바라보았다. 안경잡이는 시키는 대로 하지 않았다. 조교의 흥이 바야흐로 고조되는 순간이었다.

"이 새끼 봐라. 여기는 늬네 집 아랫목이 아니다. 다시 한번 명령한다. 복창하라. 훈련병 아무개 노래 '일발장전'……."

"……."

"기름을 더 먹여야 가죽이 부드러워지겠다."

다른 조교가 거들었다.

"야, 박수가 모자라는 모양이다. 박수!"

조교의 말에 우리는 사연도 모르고 박수를 쳤다. 그러나 훈련병은 '일발장전'을 신고하지 않았다.

“그래? 좋아, 훈련병들 잘 들어! 이 새끼가 노래를 하지 않으면 지금 이 시간부터 십 분간 휴식은 없다. 그 시간에 군가를 연습한다.”

문제의 조교가 훈련병들을 선동하기 시작했다. 상등병 조교에게 정말 십 분간 휴식 시간을 빼앗을 권리가 있는 줄만 알았던 훈련병들은 저마다 안경잡이에게 한 마디씩 했다.

“네가 뭔데 분위기 탁하게 만드냐?”

“너 하나 희생하면 누이 좋고 매부 좋은 거 아냐? 해라, 해.”

“저 새끼 저거 안정저해사범(安定沮害事犯) 아냐?”

“하지 마, 지금 이 시각에도 국방부 시계는 돌아간다고.”

그러나 안경잡이는 끝내 노래 일발장전을 신고하지 않았다.

그런데 조교의 호루라기 소리를 듣고 일어서려고 소총을 집는데, 신고도 없이 그의 노래가 시작되고 있었다.

“……검푸른 바닷가에 비가 내리면…….”

분위기가 음산한, 그때까지 내가 들어보지 못하던 노래였다. 그는 자그만 몸집에는 어울리지 않게 굵고 섬뜩한 목소리로 노래했다. 그것은 여느 사람의 목소리가 아니었다. 직업적인 성악가의 목소리도 아니었다. 부드러움 떨림을 지닌 목소리였다.

"……그 모두 진정이라 우겨 말하면, 어느 누구 하나 홀로 일어나 아니라고 말할 사람 누가 있겠소……."

안경잡이의 안경 안에서 눈물이 반짝거리고 있었다.

이상하게도, 노래가 끝났는데도 박수치는 훈련병이 없었다. 한동안 연병장은 그렇게 고요할 수 없었다. 우리는 불과 몇 주일 전에 떠난 저마다의 '사회' 일을 생각하느라고, 조교가 휴식 끝을 알리는 호루라기를 세 번이나 불 때까지 자리에서 일어나지 못했다.

훈련이 끝날 때까지 우리는 그 안경잡이에게 노래를 청하지 못했다. 안경잡이 덕분에, 조교의 회식에 불려가 노래 부르기를 강요당한 훈련병도 없었다. 부르지 않겠다고 고집을 부리다 얻어맞고 돌아온 훈련병도 물론 없었다.

그런데 내가 어떻게 함부로 노래를 지을 수 있겠는가? 어떻게 허투루 노래를 부를 수 있겠는가?

절섬 들어가기 직전, 내게는, 두 가지만이 사람이 할 일이겠다 싶어서 싸움질과 노래짓기로 보내던 한 세월이 있다. 우리는 일대일 겨루기를 '맞장 뜨기'라고 불렀다. 그 어리고 어리석던 시절 나는 맞장 뜨기를 '껄끄러운 진실을 용감하게 직면하기'와 동일시하고 있었음에 분명하다. 나는 맞장 뜨기에서 상당 기간 승승장구했다. 나의, 껄끄러운 진실과 용감하게 직면하기는 상당 기간 성공적이었다. 내가, 나의 맞수에게도 그렇게 용감하게 직면해야 하는 껄끄러운 진실이 있다는 것을 안 것은 맞장 뜨기에서 죽도록 얻어맞아본 직후의 일이다. 그 쓰라린 패배를 맛보고 나서야 나는 진실이라는 것이 몹시 쓰라린 것임을 알았다. 부끄러웠다. 죽고 싶을 정도로 부끄러웠다. 하지만 그 부끄러움을 통해 내 진실의 지평은 조금 더 넓어졌던 것 같다.

나는, 당시 '맞장 뜨기'를 노래짓기와도 동일시했던 것 같다. 노래짓기 또한 노래하는 대상과의 일대일 맞장 뜨기, 껄끄러운 진실과 용감하게 직면하기였으니…… 맞장 뜨기에서 죽도록 얻어맞고 세상에서 사라지고 싶었던 것은, 노래짓기에 벽이 있다는 것을 깨달은 순간과 거의 일치한다. 부끄러운 일이다. '사라지기'를 꿈꾼다는 것은 무엇인가? 바깥을 의식하고 있었다는 뜻이 아닌가? 나는 숨고 싶었던 것임에 분명하다. 바깥이 없다면 숨기는 왜 숨는가? 나는 인정한다. 나의 진실은 내 안의 진실이 아니었다. 바깥을 향한 진실이었다.

절섬 사는 하인 선생의 부인이 내 이모의 동향 친구였다. 울릉도 출신이어서 나는 그 이모 친구를 '도동 아지매'라고 불렀다.

나의 빛바랜 수첩에는, 앞이 안 보이던, 그 암담하던 시절에 꾸었던 한 자락의 꿈에 대한 메모가 남아 있다. 절섬으로 숨어 들어가기 직전에 씌어진 것이다.

……20세기가 아님…… 증거는 없지만 21세기…… 꿈을 깬 직후의 느낌이 그렇다…… 장소는 지하에 지어진 폐수 정화장(淨化場)…… 정화장은 무수한 칸막이 정수조로 이루어져 있다. 벌집 같기도 하고…… 아니다, 바둑판에 가깝다…… 정수장 끝이 보이지 않았다. 내 눈에 보이는 것은, 도중에서 사람이 만나도 비켜설 수 없는, 콘크리트로 만들어진 비좁은 길…… 전후좌우 일정한 간격으로 펼쳐진 무수한 길, 바둑판의 무늬처럼 그려진 무수한 외나무다리…… 나는 방향도 모르는 채, 희미한 빛이 비쳐드는 쪽을 향해 그 길을 간다. 하염없이. 벽 없는 미로, 아니, 벽 위로 난 미로…… 방향 수정은, 좌로든 우로든 직각으로 꺾어야 가능하다. 그런데 문득 의심이 고개를 든다. 정말 아무도 없을까, 여기에는? 의심이 생기는 순간 사람의 그림자들이 보이기 시작한다. 바둑판 위에 바둑알이 늘어나듯이 그림자 수는 시시각각으로 늘어난다. 좌우를 살피면서 걷다가 그만 균형을 잃고 만다. 몸이 기우뚱…… 두 팔을 벌려 허공에 내젓고 나서야 겨우 균형을 되찾는다. 균형을 잡고 보니, 바로 앞에

그림자가 하나 서서 나를 기다리고 있다. 아이다. 나보다 어린 아이다. 거지 아이다. 아이는 한 손을 벌리고 서 있다. 다른 한 손으로는 막대 사탕 같은 것을 들고는 빨고 있다. 나에게는 아이에게 줄 것이 없다. 돈도 먹을 것도…… . 아이를 피해 직각으로 방향을 틀고 조심스럽게 걷는다. 아이는 따라오지 않는다. 하지만 아이는 따라올 필요가 없다. 직각으로 꺾고 보니, 똑같은 아이가 또 하나 거기에 서 있었으니까…… 손을 벌린 채. 다른 한 손으로는 막대 사탕을 들고 빨면서…… 방향을 바꾸어, 그림자 수가 적은 곳을 향해 달린다. 달린다고는 하나, 몸이 자주 기우뚱거려서 왼쪽오른쪽으로 번갈아, 폐수에 귀를 기울이면서 달리는 것 같다. 내가 달리자 그림자들의 움직임도 빨라진다. 하나뿐인 흰 바둑돌의 퇴로를 차단하는 무수한 검은 바둑돌 같다. 달린다, 달리고 또 달린다…… 직각으로, 직각으로 방향을 틀면서 달리고 또 달린다. 순간 빠른 속도로 다가온 그림자 하나가 손을 내밀어 내 옷자락을 잡으려고 한다. 손(고사리 손이다)을 잡아 비틀면서 밀어버린다. 그림자는, 거지 아이의 그림자가 칸막이 속의 폐수로 떨어진다. 아이는 허우적거릴 겨를도 없다. 순식간에 녹아버렸으니…… 나는 어쩌자고 그 지독한 폐수의 정화장으로 들어갔던 것일까? 모른다. 외나무 다리 같은 콘크리트 칸막이 위에서 내 꿈이 시작되었으니…… 어둠에 눈이 익어갔다. 아이들의 포위망은 좁혀 들어왔다. 무수한 아이 그림자들이 한 손을 벌린 채, 다른 한 손으로는 막대 사탕 같은 것을 들고 빨면서 내게로 다가오고 있었다. 문득 내 눈에 띈, 거대한 기둥 뒤에 몸을 감추고 서 있는 노파. 바구니를 들고 있었다. 막대 사탕이 가득 든 바구니를 들고 서 있었다. 막대 사탕 장수…… 그 노파가 아이들 그림자를 사주하고 있다. 내게는 돈이 한 푼도 없는데, 아이들은 대체 어쩌려고 악마구리같이 내게 다가오고 있었던 것일까. 노파를 폐수 칸막이에 처넣어야겠다는 생각이 들었다. 그래서 노파에게 다가가려고 했다. 그러다, 노파는 하나뿐이 아니다…… 기둥마다 노파가 하나씩 몸을 숨기고 있다는 것을 알았다. 노파를 물리치지 않고 거지 아이들 손에서 놓여날 방법은 없다, 절망적이다, 절망적이다, 이런 생각과 함께 꿈을 깨었다.
　이것은 무엇인가?

3 도동 아지매

　사람들은 그 섬을 '절섬'이라고 불렀다. 행정 관청 지도에는 부르기 까다로운 이름 '즐도(櫛島)'로 올라 있다. '즐도'면 '빗섬'이 아닌가? 키 큰 흑송이 우뚝우뚝 솟아 있는, 기울기 완만한 섬이 멀리서 보면, 봉창 가에다 얼레빗 세워놓은 것 같아 그런 이름을 얻었다고 했다. 하지만 '즐도'라는 이름도 '빗섬'이라는 이름도 살아남지 못했다. '즐도'와 '빗섬'은 어려운 한자를 즐기는 풍속, 빗살 성긴 빗을 얼레빗이라고 부르던 풍속이 사라지면서 함께 사라졌기가 쉽다.

대신 얻은 이름이 '절섬'이었다. 절섬에 절이 있었던가? 종교 단체들이, 뭍에서 뱃길로 한 시간 거리인 그 섬에다 수련원 지을 것을 검토하느라고 들락거리면서(실제로 그런 일이 있었다), 그러다 수련원 비슷한 건물이 자리 잡으면서 '즐섬'은 엉뚱하게도 '절섬'이 되었던 것이 아닐까 싶다. 섬에 거주하는 유일한 세대의 세대주 하인 선생이 자칭 '절집 처사'였던 것과도 무관하지 않을 것이다. 하인 선생은 절을 염두에 두고 살림채 곁에다 '수련원'을 짓고 있었던 것일까?

한 사물의 이름은 중의성(重意性)을 얻은 다음에야 그 사물의 완벽한 이름으로 굳어지는 것이 아닐까 싶다. '즐(櫛)'이라고 하는 원래 이름에 '절'이 개입한 것이야말로 중의성의 화룡점정(畵龍點睛)이라고 할 수 있으니.

사고(史庫)가 있는 것으로 유명한 전라도 무주의 적상산(赤裳山)에서 그걸 배웠다. 무엇을 '적상'이라고 일컫느냐는 내 물음에 안국사의 한 스님은 적상산 정상의 치맛말 같은 붉은 바위를 '붉은 치마 바위'라고 부른다 했고, 또 다른 스님은 봄이면 차례로 산 사면을 덮는 진달래와 철쭉이 흡사 붉은 치마 같아서 '적상'이라고 부른다 했다.

하인 선생과 도동 아지매의 거처는 절섬 꼭대기, 흑송 숲에 있었고, 내 거처는 섬이 끼고 있는 내포(內浦)의 접안대(接岸臺)에 면해 있었다. 내가 거처하던 곳은 집이라기보다는, 접안한 배가 부린 건축자재를 간수하는, 창고와 흡사했다. 실제로 하인 선생은 내 거처를 '고야〔小屋〕라고 부르고는 했다. '창고'를 뜻하는 일본말이라고 했다. 나는 그 '고야'에서 하인 선생이 사다놓은 막소주도 야금야금 훔쳐 마시고, 책도 읽고, 낚시질도 하고, 자위도 하면서 시간을 보내다 끼니때가 되면 절섬 위로 올라갔다. 하루에 세 차례씩이나 오르내렸다.

낮에 오르내리는 것은 아무렇지도 않은데, 밤에는 내 거처를 위요하는 시누대 숲 지나기가 싫었다. 올라갈 때는 어둠이 깔리기 전이니까 싫을 것이 없는데, 내려올 때는 자꾸만 어둠 속의 뒤가 캥겨서 싫었다. 도동 아지매가 기르던 고양이는, 내가 낚시질한 날은 어김없이 내 거처로 내려오고는 했는데, 내가 물고기를 한 마리 던져주면 고양이가 찾아들어가는 데가 바로 그 시누대 숲이

었다. 늦은 밤에 내려올 때는, 시누대 숲에서 고양이가
뛰어나오는 것이 싫어, 도동 아지매 옆에 붙어 있는 것
을 확인하고서야 내려오고는 했다. 도동 아지매는 사람
은 좋은데 말실수가 잦았다.

"……시누대 숲이 전에는 그렇게 짙지 않았어. 밀물
타고 밀려온 영장 갖다 묻고는……."

하인 선생이 던지는 송곳 같은 시선을 받고서야 도동
아지매는 입을 다물었다. 하지만 도동 아지매가 입을 다
물었어도 그 이야기는 기승전결이 완벽한 한 편의 소설
이 되어 나의 밤길을 괴롭혔다.

저녁 먹고 내려올 때 시누대 숲 지나는 것도 싫고, 내
방에 들어설 때는 어두운 네 구석을 먼저 살피는 것도
싫었다. 그래서 창고에 보관되어 있던 하인 선생의 막소
주를 한 사발 훔쳐 마시고는 갑신 취한 김에 몽둥이 하
나 다듬어 들고 그 시누대 숲에 들어간 일도 있고, 섬을
한 바퀴 돈 적도 있다. 아무것도 없었다. 그 섬에는 하
인 선생 부부와 나밖에는 아무것도 없었다. 없다는 것을
확인하고는 내 방으로 돌아갔다. 창고 구석에, 두 개의
눈이 달빛에 반짝이고 있었다. 기겁을 하고서야 도동 아
지매의 고양이가 그 섬에 있다는 것을 새삼스럽게 깨달
았다. 취기를 빌려 밤새도록 부렸던 객기는, 놀란 가슴
을 쓸어내리는 순간 그만 물거품이 되었다.

아침 상머리에서 그 이야기를 하는 것이 아니었다. 하인 선생이 단칼로 무찔렀다.

"몽둥이가 틀렸어."

그로부터 며칠 뒤의 일이다. 아침 먹으러 올라갔는데, 하인 선생과 도동 아지매 사이에 찬 기운이 돌았다. 심하게 다투었던 것임에 분명했다. 하인 선생께 연유를 물을 수는 없는 노릇이었다. 나는 그에게 묵언을 과시할 기회를 주고 싶지도 않았다.

하인 선생은 상을 물리자마자 수련원 공사장을 향해 자리를 떴다. 도동 아지매는 내가 묻지도 않았는데, 두 사람 사이에 찬 기운이 돌게 된 내력을 말하기 시작했다.

"……고양이 때문에 영감이 저렇게 부었어."

"고양이가 어쨌게요?"

"귀여워하지 말라, 마음 주지 말라 해쌓는데……."

"……."

"내가 마음 붙일 데가 어디 있어? 영감하고 마주 앉아봐야 면벽참선(面壁參禪)이 따로 없는데?"

"……."

"……어제는, 총각이 잡아온 물고기에 입을 대길래 대걸레 빗자루로 몇 대 때려주었어. 고양이라는 게 애물이야. 빗자루로 때리면 빗자루에 묻어 다니거든. 잘 안 맞아."

"한 마리 나눠주시지 그랬어요? 꽤 잡히던데?"

"……때려주고는 잊어버리고 잠이 들었는데, 아, 글쎄, 밤새 그 악물(惡物)이 내 방에 들어왔던가 봐. 쥐를 한 마리 물어다 내 머리맡에다 발기발기 찢어놓은 것이 아니겠어?"

"고양이가요?"

"그러면 누가 그랬겠어? 영감이 그랬을 리 없고, 총각이 그랬을 리 없고……."

"세상에……."

"그래서 오늘 아침, 내 이놈의 고양이를 죽여버려야지 하면서 빗자루를 들고 뛰어다니다 영감한테 들켰어. 영감이 나를 풀머거리 먹은 강아지 후리듯이 후리는데……."

"……."

"귀여워하지도 말고 미워하지도 말아야 한다는데, 어쩌겠어, 나는 사람인데."

"……."

"나 때문에 공부가 되느니 안 되느니 하는데, 저 양반은 나 때문에 공부가 되고 있지 싶어."

4 날개

　묵언을 맹세한 듯이 며칠 동안 입을 다물다시피 하고 지내던 하인 선생이 마침내 입을 열었다. 아침 상머리를 떠나는 내게, 그는 허공에다 던지듯이 물었다.
　"적적하지?"
　"……."
　"여기가 원래 그런 데라."
　"……."
　나는 대답하지 않았다. '비상 든 노래' 이야기를 들려 준 뒤로 근 열흘 동안 그는, 몽둥이가 틀렸어, 이 한 마디 이외에는 내게 말을 건 적이 없다. 나도 말을 걸지 않았다. 한 수 배우고 싶다는 눈치 같은 것은 더더욱 보이지 않았다.
　"하루에 세 번씩이나 오르내려야 하니 그것만으로 힘들겠지만……."
　"……."
　"……물가에는 돌이 많지 않나? 노는 입에 염불한다고……."
　"……."
　"……올라오는 길에 그거 하나씩 들고 올라오면…… 안 좋겠나…… 파적(破寂)이 될 것이라."

“……그러죠.”
“그래라.”
“…….”
무엇에 쓸 것이냐고 묻지 않았다. 그 역시, 왜 묻지 않느냐고 묻지 않았다. 도동 아지매도, 오래간만에 말문을 연 하인 선생과, 뜨악한 얼굴을 하고 돌아서는 나를 번갈아 바라볼 뿐, 아무 말도 내어놓지 못했다.

그날 저녁부터 돌을 하나씩 주어다 살림집 마당에다 놓았다. 나는 돌의 용도를 묻지 않았는데 그게 오히려 잘 된 일이었다. 용도를 묻지 않음으로써 나는 돌의 크기를 묻지 않은 셈이었다. 무인도나 다름없는 그 절섬의 살림집에 담을 쌓으려고 했을 리 만무하다 싶었다. 담 쌓을 돌이라고 했다면 나는 거절했을 것이다. 나는 노동하러 그 섬에 들어간 것이 아니었다. 적석(積石)으로 수상하게 공들이는 일이었어도 나는 거절했을 것이다.
아침에는 손에 힘이 들어가지 않아서 큰 돌은 운반하기 싫었다. 그래서 두 손으로 들어 배에 붙이고 올라갈 수 있을 만한 돌을 골랐다. 점심때는 더워서 큰 돌을 집기 싫었다. 그래서 두 손으로 들기는 쉽고 한 손으로 들기는 벅찬 정도가 되는 돌을 골랐다. 저녁때는 제법 큰 돌을 어깨에다 메고 올라갔다. 하인 선생은 돌에 대해 어떤 언급도 하지 않았다. 나도 아무 말 하지 않았다.

열흘 정도, 나는 그 언제도 보람 있을 수 없는 일을 계속했을 것이다. 흡사 흘러가는 강물 퍼서 남 주는 듯하다고 생각하면서도 돌 나르는 일을 계속했을 것이다. 날이 갈수록 내가 하고 있는 짓이 우스꽝스러웠다. 모르기는 하지만 마당에다 돌 내려놓는 소리는 나날이 커져 갔을 것이다. 그만두기로 작정하고부터는, 내가 내려놓는 돌을 맞고 부서지는 돌도 생기기 시작했다.

그만두었다. 하인 선생이 그만둔 까닭을 물을 줄 알았지만 그는 묻지 않았다. 까닭을 물었다면, 나는, 비상든 노래의 묘가 이겁니까, 하면서 대들었을지도 모르겠다. 열여덟 살 먹은 천둥벌거숭이였다. 돌 나르기를 그만두기로 작정할 즈음의 나에게는 무서운 것이 없었다. 시누대 숲조차도 무섭지 않았다. 하인 선생이 메기라면, 나는 패기만만한 미꾸라지, 입 큰 메기가 조금도 무섭지 않은 미꾸라지였다.

한 달을 머물렀다. 부끄러움이 사라지고 두려움이 사라지고 보니 뭍이 그리웠다. 섬살이는 열여덟 살 먹은 천둥벌거숭이에게는 어울리지 않았다. 섬을 떠난 직후부터 일상의 고단한 나날이 나를 기다리고 있었다. 내가 부딪쳐야 했기 때문에 고단한 삶도 있었고, 내가 지어낸 고단

한 삶도 있었다. 세월이 많이 흘렀다. 나는 하인 선생이니 도동 아지매를 그 뒤로는 한번도 만난 적이 없다.

나이 들어 차 마시는 버릇을 들였다. 차를 마시고 나면 인색한 향기가 침샘 주위를 어른거리는 것이 좋았다. 은은하게 남아서 입안을 도는 것이 좋았다. 나는 아직도, 남의 애간장을 끊는 노래는 부르지 못한다. 하지만 나에게는 아주 좋은 추억이 하나 있다. 가장 불쾌한 추억이 될 줄 알았는데 가장 흐뭇한 추억이 되어 있다.

돌 나르기…… 언제도 보람이 있을 수 없는 그 돌 나르기가, 차 향기처럼 내 몸과 정신의 주변을 서성거린다. 내가 초라하게나마 노래를 부르게 되는 날 하인 선생이 명한 돌 나르기는 내 노래의 날개가 될 것 같다. 그분이 보고 싶기는 하다. 하지만 지금 그분을 찾아가는 것에 무슨 의미가 있겠는가?

전설과 진실

들에는 들국화 소소로이 피고
길에는 코스모스 수런수런 피었네
높푸른 하늘엔 흰 구름 떠가고
그리워라 그 얼굴 보고 싶어라
아…… 가을인가
아…… 사랑의 계절

이 노래, 즐겨 불렀는데, 이제 자주는 부르지 못한다. 너무 슬픈 추억의 압축 파일이 한꺼번에 풀려나와 내 목을 막는 바람에 부르다 그만둔 적도 있다. 하지만 시월이 오면 이 노래 부를 일이 생기고는 한다. 들국화가

‘소소로이’, 코스모스가 ‘수런수런’ 피는 시월은 내가 한 친구를 잃은 달이다.

서울 올림픽 폐막식이 열리던 날인 1988년 10월 2일 나는 전라남도 화순의 한 절에 내려가 있었다. 나뿐만이 아니었다. 주지 스님의 간곡한 초대가 있어서 가까운 친구들은 다 거기 있었다. 절 앞의 대숲이 장관이었다. 하도 좋아서 주지 스님을 살살 꾀어 대숲 한가운데 술상을 차려내게 하고 여덟이 둘러앉아 ‘죽림칠현’을 시늉했다. 가을 모기가 극성이었지만 서로, 야, 죽림칠현하기가 쉬운 줄 아냐, 이러면서 꾹 참았다. 여덟이어서 죽림칠현이 되려면 하나가 많았다. 하지만 저마다 저만은 현명함을 얻지 못했다고 사양했으니, 일곱 수의 아귀가 맞았다.

주지 스님이, 당시로서는 매우 귀하던, 목침만 한 손전화로, 그 자리에 합류하지 못한 박정만에게 전화를 걸었다. 스님은 좋게 말하면 ‘목소리나 듣기 위해서’, 나쁘게 말하면 ‘약이나 올려주기 위해서’ 전화를 걸었을 터이다. 우리는 그런 짓을 많이 했다. 저쪽과 몇 마디 주고받던 스님이 별안간 말을 버벅거렸다.

“……허이구, 시상으, 허이구, 시상으, 언제…….”

전화통에다 대고 이러던 스님의 표정이 잊혀지지 않는다. 장난 걸었다가 귀싸대기 맞은 사람의 얼굴 같았다. 지금 어디에…… 어디? 스님은 몇 마디 더 주고받더

니, 손전화의 '통화끝' 단추를 꾹 누른 채 말을 잇지 못
하고 하늘만 바라보았다. 그러고는 한참 만에 돌아앉으
면서 한숨에다 말소리를 실어내었다.

"……허이구, 시상으, 정만이가 죽었디야, 허이구, 시
상으, 박정만이가 죽었디야……."

스님으로서는 장난 전화 비슷한 걸 걸었다가 부고를
받았으니 얼마나 황당했으랴. 우리 심경도 그랬다. 내가
'우리 심경'이라고 하는 것은 그 자리에 시인 박정만을
모르는 사람은 하나도 없었다는 뜻이다. 하지만 박정만
의 부고는 우리의 주흥을 깨뜨리지 못했다. 슬픈 소식은
술자리를 차지게 하는 법이라고 나는 생각한다. 우리는
비밀결사처럼, 박정만의 부고는 젖혀놓고 차지게 '집지
게' 마셨다. 죽은 사람만 억울하다는 말은 이래서 생긴
것인가? 박정만의 죽음이 기정사실이 된 것은 술자리가
파한 뒤였다. 슬픔을 드러내는 방식은 하나같지 않았다.
나중에 안 일이지만 스님은 법당으로 올라가 해뜨기까지
나오지 않더라고 한다. 우리가 잠자리로 쓰던 요사체에
서 흐느끼는 소리가 새어나왔다. 주먹으로 벽을 치는 소
리도 다른 방에서 들려왔다. 나는 산골짜기로 올라갔다.
다음 날 아침 누군가가, 산에서 짐승 우는 소리가 들리
더라고 했다.

다음 날 일정을 비틀어 화순에서 귀경하는 전세 버스

에서 나와 스님은 마음이 바빴다. 친구 하나가 나에게 박정만의 '18번'이던 「들에는 들국화……」를 청했다. 열 번 가까이 불렀다. 버스에는, 그 노래가 박정만의 '18번'이라는 사실을 아는 사람이 모르는 사람보다 많았다. 박정만은 '길에는 코스모스 수런수런 피었네'의 '수런수런'을 꼭 '수련수련'으로 불렀다. 그는 '수련'을 '불쌍하게 여겨 동정한다'는 뜻을 지닌 '수련(垂憐)'으로 들은 것인가?

나와 박정만은 노래를 좋아했다. 노래 부르다가 울기도 많이 울었다. 「들에는 들국화……」는 박정만이 나에게 가르쳐 준 노래다. 나도 박정만에게 노래를 여러 가락 가르쳤는데 그 중의 대표적인 곡이, 봄날에는 꽃 안개, 아름다운 꿈속에서 처음 그대를 만났네…… 이렇게 시작되는 「사랑은 영원히」다.

박정만에게는 못된 버릇이 있었다. 나는 어디에서 「들에는 들국화……」를 부를 때면, 꼭 그래야 할 필요가 있을 경우 박정만으로부터 배운 노래라는 것을 반드시 밝히는데, 박정만은 나한테서 배운 노래일 경우에도 그걸 밝히기는커녕 오히려 제 쪽에서 나를 가르쳤다고 우기는 버릇이 있었다. '저작권'에 관한 한 박정만은 굉장히 치사했다.

이삼십 대에 내가 잘 하던 장난이 하나 있다. 가령

「굳세어라 금순아」를 부를 경우, 마지막 마디, ‘영도다리 난간 위에 초생달만 외로히 떴다’를 한달음에 부르지 않고 ‘영도다리 난간 위에 초생달만……’, 여기까지만 부르고는 좌중을 향해 절을 하면서 ‘감사합니다’ 하고 인사한 다음 박수를 받으면서 ‘……외로히 떠었다’로 끝맺는 장난이 그것이다. 6,70년대의 무대에서 익히 보아오던 가수들의 노래 끝내기 방식이다. 내가 박정만의 대학동창들이 많이 모인 자리에서 이 장난 쳤더니 하나같이 박정만의 흉내를 낸다면서 손가락질했다. 노래나 제스처를 내게서 배우고도 저희 대학 동창들에게는 나에게 가르쳤다면서 저의 ‘저작권’을 주장하는 박정만의 아주 추접한 버릇 때문에 이런 일이 생기고는 했다. 그는 내게 배운 노래도 나보다 더 화려한 제스처와 함께, 꼭 성악가가 가곡 발표하듯이 부름으로써 자기주장을 강화하고는 했다. 하여튼 나는 귀경하면서 「들에는 들국화……」를 열 번 가까이 불렀다. 다섯 번쯤은 채근에 못이겨서, 다섯 번쯤은 박정만의 치사한 버르장머리를 슬프게 추억하면서 불렀다.

얌마, 이 노래, 너는 이제 더 이상 못 부르는 거야.

박정만은 경기도 양평군의 공원묘지에 묻혔다.

그 뒤로 해마다 계속되었을 터인 박정만 제사나 성묘

에는 참례하지 못했다. 박정만이 세상을 떠난 직후 나는 근 십 년 동안 나라 밖을 떠돌아야 했다. 1998년에 박정만 10주기 성묘 행사가 있었다. 공원묘지 가는 전세 버스 안에서 나는 「들에는 들국화……」를 두 번 불렀다. 한번은 내 느낌에 못 이겨, 한번은 열화와 같은 요청에 못 이겨, 이렇게 두 번 불렀다. 무덤 앞에서 후배들이 나에게 박정만과의 아름다운 추억에 관한 '한 말씀'을 요청했다. 나는 '한 말씀' 대신 「들에는 들국화……」를 불렀다.

박정만의 시비(詩碑) 제막식은 원래 11주기가 되는 1999년 10월로 잡혀 있었지만 시비건립추진위원회의 약속은 지켜지지 못했다. 시비 세우기에 들어가는 예산 때문이었다. 이 약속은 그해 겨울인 12월 19일에야 이루어졌다. 전라북도 정주시 내장산 초입의 호수 공원에 그의 시비가 서 있다. 근처를 지나는 일 있으면 일정을 구부려서라도 일삼아 찾아가 볼 일이다. 시비에는 그의 독특한 오행시(五行詩)가 새겨져 있다.

메아리도 살지 않는 산 아래 앉아
그리운 이름 하나 불러 봅니다
먼 산이 물소리에 녹을 때까지
입속말로 입속말로 불러 봅니다

내 귀가 산보다 깊어집니다.

　시비 제막하고, 밥 먹고 술 마시고 귀경하는 전세 버스에서 나는 「들에는 들국화……」를 불렀다. 버스가 전라도를 지날 동안은 설경 때문에, 충청도를 지날 동안은 을씨년스러운 겨울 풍경 때문에 노래 맛이 살아나지 않았다. 내 나름의 비감도 있었다. 박정만에 대한 가슴 쓰라린 추억들이 많이 묽어져 있었다. 이 노래, 또 언제 부르랴, 싶은 마음 또한 없지 않았다.
　박정만이 사라져도 별 지장이 없는 세월이 그로부터 이 년이나 더 흘렀다. 내가, 박정만이 묻힌 경기도 양평군의 군민이 된 지도 일년이 되어간다. 더러는 그의 무덤이 있는 양평군 서종면을 자동차로 지나치기도 한다. 언제 공원묘지에 한번 올라가 보아야지, 보아야지 하면서도 쫓기는 일에서 코를 빼지 못했다.
　시월 끝자락이었다. 두 친구가 나의 양평 집을 급습했다. 박정만의 대학 선배와 동갑나기 후배였다. 사이로 말하자면 나보다는 그들이 박정만과 더 가까웠다. 선배는 박정만 시비건립추진위원회의 주무 공동위원장을 맡은 시인 김영석, 후배는 시비에다 글씨를 쓴 서예가 조영호다. 술잔 몇 순배 돌자 서예가 조영호가 내게 말했다.
　"자네, 들국화나 한번 피우지 그래?"

　그래서 '들국화'도 피우고 '코스모스'도 피웠다. 네 번째 마디 '그리워라 그 얼굴 보고 싶어라'를 부를 때는 정말 박정만이 조금 보고 싶기도 했다. 친구들이 떠난 직후, 술상을 설거지하면서야 나는 이제 써도 되겠다 싶었다. 그에 관한 전설과 그의 진실을 써도 되겠다 싶었다.

　박정만은 죽음을 맞기 십 개월 전에 낸 시집 말미에 실은 산문 「사랑아, 내 마지막 눈물로 그리움의 나라에 가고 싶다」에서 이렇게 쓰고 있다.

　　나를 죽인 것은 오월의 그날이다…… 그런데 왜 가십란에도 못 오르는 뭇매가 나를 때리는가. 적어도 나는 건강하게 살려고 했던 이 땅의 보통 사람에 불과했다.

　그는 '오월의 그날'이라고 쓰고 있지만 사실은 사흘 동안에 일어난 일이다. 첫날은 아무 일도 없이 지나갔다. 적어도 그와 떨어져 있던 나에게는 그랬다. 둘째 날 오전 그의 부인에게서 전화가 걸려왔다. 부인은 나에게, 전날 함께 마시지 않았느냐고 물었다. 나는 함께 마시지 않았으므로 함께 마시지 않았다고 대답했다. 오후에는 그가 근무하던 출판회사 직원의 전화가 걸려왔다. 그가 이틀째 출근하지 않고 있어서 댁으로 전화를 걸었더니 부인도 행방을 모른다고 하는데 혹시 마음에 짚이는 것이 없느냐고 물었다. 그가 근무하던 곳은, 나의 번역서를 전담해서 출간하다시피 하던 출판회사였다. 그가 그 회사에 근무하게 된 것과, 내 번역서의 대부분이 그 회사에서 출간되던 것과 무관하지 않다. 평소에도 자주 드나들던 그 회사를, 그가 편집 책임자 자리를 맡은 뒤부터 나는 한 주일에 두세 차례나 드나들었다.

마음에 짚이는 것이 없지 않았다. 뒷날 우리 동아리 중의 하나가 잡지에다 쓴 '시비 제막식 참관기'에 박정만의 행태를 짐작하게 하는 단서가 있다. 「청승과 광기의 시인을 찾아서」를 쓴 소설가 김상렬은 이렇게 술회하고 있다.

……그는 곧잘 장난처럼 증발해 버리고는 했다. 어디론지 숨어들어 한동안 애를 태우게 하고는 했는데, 그러다가 또 문득 날렵한 백구두에 빨간 넥타이를 맨 광대 차림으로 나타나서 우리를 어리둥절하게 만든 적도 있다. 때로는 병원에서, 때로는 절간이나 바람 부는 강변 텐트에서 그 시니컬한 모습을 희번득 드러내기도 했으며…… 그 증발과 실종의 빈도가 얼마나 잦았으면, 필자를 포함한 가까운 친구들이 '행불(行不)'이라는 별로 아름답지 못한 아호까지 냉큼 지어주었겠는가……

  '행불'의 '증발'과 '실종'의 기간은 동행이 있고 없음
에 따라 길어지기도 했고 짧아지기도 했다. 동행의 정체
에 관해서는, 나에게 아는 바가 없다. 그가 헤어나지 못
해 전전긍긍하던 것 중의 하나가 여성의 치마폭이었다고
는 하지 않겠다. 나는 그런 증발을 자발적 실종으로 여
겼다. '행불'에게는 자주 일어나는 일이었다.
  사흘째 되는 날에야 사라진 것은 '행불'뿐만이 아니라
는 소문이 돌았다. '행불'과는 대학의 국문과 동창이었
던 소설가, 그 소설가가 장편 소설을 연재하고 있던 신
문사의 편집국 간부 두 사람도 나타나지 않고 있다는 소
문이 돌았다. 문제의 신문에 연재되고 있던 소설의 정밀
한 독자들에게서, 그들의 소재와 그들의 처지에 대한 조
심스러운 전망이 흘러나오기 시작했다. 나라가 어지럽던
시기였다. 신문에 연재된 소설의, '독재자'로 불리던 당
시 대통령에 대한, 몇 줄의 상당히 희화적인 묘사가 정
보 당국에 빌미를 제공했으리라는 전망이 설득력을 얻어
갔다.
  닷새째 되는 날 박정만에게서 전화가 걸려왔다. 회사
에 나와 있다고 했다. 달려나갔다. 그는 몸을 잘 가누지
못했다.
  "……여기에서 어느 시인의 원고를 읽고 있는데, 건장
한 놈 셋이 들이닥치더라고. 박 아무개냐…… 그렇

다…… 알고 왔다…… 알고 왔으면 묻기는 왜 물어……
소설가 한 아무개를 알지…… 안다…… 얼마 전에 함께
술을 마신 적이 있지…… 있다, 대학 동창이다…… 알고
왔다, 같이 좀 가줘야겠다…… 좋다. 세 놈 중에서 두
놈이 내 골마리를 잡고 밖으로 끌어내는데, 그 중 우두
머리인 듯한 녀석이, 밖에 서 있는 지프를 향해 소리를
치는 거야.

'야, 차, 빼!'

웃기지 않아? 야, 차, 빼!"

박정만은, 이렇게 해서 정보기관으로 끌려가 사흘 동
안 매를 맞고 돌아왔다면서 쓸쓸하게 웃었다. '야, 차,
빼'는 한동안 우리 동아리의 유행어가 되었다. 동아리
중에, 체제에 '아기똥한' 소리를 하는 사람이 있을 경
우, 손나팔을 만들어 입에다 대고 밖을 향하여 이렇게
외치는 친구가 생겨나고는 했다.

"야, 차, 빼!"

반체제 발언, 반정부 언사가 난무하던 그 시절, 발언
과 언사에는 어김없이 폭압이 날아들던 그 시절, 상대에
대한 설득이 제대로 먹혀 들어가지 않을 경우, 우리는
짐짓 이런 말로 상대를 위협하기도 했다.

"이 친구, 차 한번 빼야 쓰겠구먼……."

그날 밤 술자리에서 박정만은 우리 앞에서 옷을 벗고,

겉보기에는 멀쩡하던 제 몸을 보여주었다. 겉으로 멀쩡해 보였던 것은 놈들이 드러나는 부분과 옷에 가려지는 부분을 정확하게 나누어놓고 매질했다는 증거였다. 기술자가 아니면 할 수 없는 참으로 정교한 매질이었다. 노타이셔츠가 가리고 있던 부분, 바지가 가리고 있던 부분은 시퍼렇게, 멍들어 있었다. 많이 맞아본 내가 잘 알고 있다. 치명적인 타격, 결정적인 타격이 가해진 자리는 어느 한 곳도 없었다. 초곤초곤한 매질로 불러낸, 대상을 위협하고, 그것을 보는 사람을 위협하는 피멍이었다. 그 피멍 앞에서 나는 흐느꼈고 소설가 이외수는 통곡했다. 이때부터 세상을 떠나기까지 칠 년 동안 그가 받은 정신적 육체적 고통은 바로 이 사흘간의 경험에서 비롯되었다고 나는 생각한다. 나는, 사진기로 그의 몸을 찍어두지 않은 것을 많이 후회한다.

나는 시퍼렇게 피멍든 그의 몸을 바라보면서 청동상을 떠올렸다. 로댕의 「청동 시대」를 떠올렸다. 죽음을 맞은 해인 1988년에 낸 시집 『혼자 있는 봄날』에 박정만은 다음과 같이 자서(自序)하고 있는데 여기 등장하는 '청동'은 바로 그 「청동 시대」의 청동 아닌가 몰라.

그해 여름, 나는 거의 매일 밤마다 먼 바다를 헤매다 돌아오는 한 사내의 고독한 프로필과 만나지 않으면 안 되었다. 그의 옷은 언제나 끈적끈적한 비에 젖어 있었고 그의 발걸음은 이 지상의 가장 어둡고 험한 곳을 밟고 온 나그네의 발소리처럼 늘 간이 죽어 있었다. 비참함과 고통으로 일그러진 그의 얼굴은 오랜 세월 풍상에 시달린 청동의 조각 같았다. 청동의 팔, 청동의 다리, 청동의 몸통, 눈, 코, 입, 그리고 청동의 영혼, 너무나도 오랜 낮과 밤의 어둠이 앙금처럼 가라앉아 응집된, 움직이는 청동의 사람. 언제부터인가 그의 몸에 푸른 독이 묻어 있음을 나는 보았다. 만지기만 하면 금방이라도 청산가리 같은 독이 퍼져 게거품을 물고 죽어 자빠질 것 같은 그것은 너무나도 처절한 아름다움이었다.

그 이야기를 이에 적는다.

다른 시집 『저 쓰라린 세월』 말미에 붙인 산문에서 박정만은 정보기관에서 돌아온 직후의 일을 이렇게 쓰고 있다.

……삼 일간의 모질고 쓰라린 추억을 몰고 온 나에게 마누라가,

"어디서 술 마시다 또 얻어 터졌군."

하고 말했다. 그러고 나니 한편으로 돌아누워도 잠이 올 까닭이 없었다. 도저히 어떻게 할 수 없으니까 마누

라가 빚을 내어 한약 한 제를 지어와서 다려 주었는데,
그때 나로서는 거의 초고처럼 쓴 글이 있다. 토씨 하나
도 고치지 않고 그대로 발표한 시다. 나는 비교적 한 마
흔 번의 퇴고를 거치고 난 후 내 입성에 맞아야 발표를
하는 편인데 내가 쉽게 얻은 몇 시 가운데 하나다. 이에
이 글에 옮긴다.

어혈을 풀기 위해
한약 한 제를 지어 왔다.
코 위에 안경을 걸친
한약방 주인이
물에다 끓이지 말고
막걸리를 부어 끓이라 한다.
술 먹고 대한민국처럼 망가진
내 몸뚱이의 내력을
소상히 알고 있는 듯한 말투다
……

박정만이 부인을, '어디서 술 마시다 또 얻어 터졌
군', 이렇게 말한 사람으로 그리고 있지만 이것은 아무
래도 사실과 좀 다르거나, 그가 자기 입장을 합리화하기
위해 과장하고 있는 것 같다. 그와 부인이 결혼한 것은

1970년, 그의 나이 겨우 스물네 살 때의 일이다. 어렵던 시대, 어린 신랑과 신부 사이에서 아이들이 차례로 태어났다. 신랑은 유능하지도 삶에 충실하지도 않았다. 부인의 만고 고생은 예정된 순서를 교과서적으로 밟았다. 가까이서 본 내가 잘 안다.

내가 그를 처음 만난 것은 1973년의 일이다. 나의 잡지사 근무 경력은 길지 않은데, 두 곳에서의 근무 경력이 나와 맞물린다. 1974년부터 사 년간, 이 세상에서 그와 가장 가까운 거리에서 가장 오랜 시간을 보낸 사람은 그의 부인이 아니라 나였기가 쉽다. 하루 여덟 시간 함께 근무하고, 하루 다섯 시간 함께 마신 날이 대부분이었다. 직장에서 그가 살던 곳까지는 버스에서 두 시간 이상 시달려야 할 정도로 멀고 또 멀었다. 그는 퇴근 시간이 되면 나에게 애원하고는 했다.

"지금 이 시각에 나가면 콩나물 버스에서 배 터져 죽는다. 두 시간만, 버스 안이 휑해질 때까지만 함께 마셔다오."

통금 시간에 등을 떠밀려 자리를 뜰 때도 그는 등 떠밀리는 인상을 주지 않으려고 호기를 부리고는 했다.

"……영양가 없는 안주에 근기 없는 술 마시느니, 에라 집에 가서 시나 써야겠다."

'오월의 사건'이 있고 나서 오래지 않아 그는 잠깐 몸

담고 있던 회사를 떠났고, 다음 해에는 세 아이를 기르면서 난파선 같은 집을 지키던 부인과 헤어졌다. 내가 잘 알고 있거니와 그는 부인에게 충실한 남편이 못 되었다. 경제적으로만 그랬던 것이 아니다. 그에게는 여자 친구가 여럿 있었다. 그렇다고 해서 바람둥이였던 것은 아니다. 그는 천상 '대책 없는 로맨티스트'였다. 그는 어떤 여성을 만나든, 출구가 보이지 않는데도 불구하고, 비극의 씨앗이 명약관화로 약여한데도 맹목적으로 돌진했다. 그에게는 그런 자기 파괴 본능이 있었다. 이혼 직후 그는 나이 어린 여성과 재혼했다. 그에 의해 '능금나무 열매 같은 친구들'로 표현된 우리가 그 자리에 있기는 했다. 하지만 우리는 얼마나 불편했던가? 그가 시집에 쓴 산문에다 그 젊은 여자의 이름을 밝힌 것은 얼마나 부적절한 처사였던가? 우리가 예견했던 대로 이 '대책 없는 로맨티스트'의 재혼은 오래가지 못했다. 그의 두 번째 아내에게, 시집에 찍혀버린 이름 석 자는 영원히 지울 수 없는 '진홍 글씨'가 되었다. 그는 사랑의 대상에게도 파괴적이었다.

두 번째의 헤어짐은 기나긴 투병 생활로 이어졌다. 1987년에 들면서 그가 접신의 경지에서 수백 편의 시를 쏟아낸 것은 이제 전설에 속한다. 그는 '정신도 없이 밤낮을 가리지 않고 어떤 보이지 않는 손의 인도를 따라 쓴 것'들을 연달아 시집으로 묶어 내었다. 그가 '1987년 8월 22일부터 보름 동안 나는 280편의 시를 얻었는데'라고 쓴 것을 보라. 그의 받아 적기가 전설이 되어가면서 그의 '오월의 사흘간'도 전설이 되어갔다.

박정만 시비건립추진위원회가 만든 제막식 안내 팸플릿의 시인 연보는 1981년 일을 이렇게, 우리가 알고 있는 대로 비교적 정확하게 기록하고 있다.

오월 소설가 한수산이 중앙일보에 연재하던 장편소설 『욕망의 거리』의 필화 사건으로 연행이 됨. 이때 받은 고문이 끝내 그를 몸져눕게 하였으며, 그의 가정적인 불행으로 이어졌다. 이 고문의 후유증은 결국 그의 건강을 극심하게 악화시켜 말년에 간경화증을 얻어 죽음에 이르게 되었다. 그러나 그의 시 세계는 이 무렵부터 새로운 변모를 하게 된다.

세상을 떠나기 불과 사 개월 전 그는 술이 취한 채 나에게 전화를 걸어 자기 집까지 와줄 것을 '명령'했다. 나에게는 그날 밤에 긴하게 할 일이 있었다. 갈 수 없었다. 그는 말했다. 유언장을 작성해야 하니까, 와야 한다. 가지 않을 수 없었다.

그래서 두 번 불려갔다. 방으로 들어가는데 향수 냄새

가 코를 찔렀다. 나는 원래 향수 같은 것을 좋아하지 않는다. 은근 슬쩍 스치는 향수 냄새조차 좋아하지 않는다. 그런데 그의 방에서 나는 냄새는 조금 뿌린 향수 냄새가 아니었다.

"내 몸에서 시체 냄새가 나지 않도록 지금 향수를 뿌리고 있다."

그는 이렇게 중얼거리면서 향수를 배에다 쏟아 붓고 있었는데, 그게 술 냄새, 땀 냄새와 어울려 견딜 수 없이 역겨웠다. 벽 앞에는 술병과 향수병이 즐비했다. 함께 술 마실 계제가 아니었지만 나는 술에 취하지 않고는 그 앞에 앉아 있을 수가 없었다. 나는 두 차례에 걸쳐 그로부터 들은 서로 엇비슷한 말을 따옴표에 가두지 못한다. 내용만을 기억하고 있기 때문이다.

……내 말 잘 들어라. 나는 광주 월산동에서 산 적이 있는 사람인데도 불구하고 그 땅이 피바다가 될 때 소리 한 마디 내어놓지 못했다. 친구들이 줄줄이 붙들려 들어갈 때도 나는 성명서에 이름 석 자 걸어보지 못했다. 광주에 대한 부끄러움이, '오월'의 치욕이 나를 조금씩 죽여 왔다. 내가 매 맞을 까닭이 있어서 매를 맞았다면 이렇게 괴롭지는 않을 것이다. 놈들이 한수산에게 물었다. 어제는 누구랑 마셨느냐? 박 아무개와 마셨다. 어디 있

느냐? 아무개 출판사에 있다. 이것뿐이다. 정말 이것뿐
이다. 그런데 최근 들어 나에 대한 해괴한 전설이 떠돈
다. 너도 알다시피 그것은 한수산의 필화 사건이 아니었
냐? 나는 모진 놈 곁에 있다가 벼락 맞은 데 지나지 않
는 놈이 아니었냐? 이렇게 부끄러운 노릇이 어디에 있
냐? 그런데 그로부터 육 년이 지난 지금 이게 나의 필화
사건으로 둔갑하고 만 것을 너는 알고 있냐? 전에는 부
끄러움이, 치욕이 나를 죽이더니 요즘은 이 해괴한 전설
이 나를 죽이고 있다. 젊은 것들이 나를 민주 투사처럼
받드는 이 해괴한 사태를 나는 어떻게 받아들이면 좋으
냐…… 나는 아무래도 이 왜곡된 전설 때문에 이 왜곡된
전설을 바로잡지 못하고 죽을 것 같다…… 네가 꼭 알고
있어야 한다.
　……너도 술 좋아하는 놈이니 잘 알 것이다. 너나 나
나 술맛보다 더 맛있는 것을 알지 못하는 놈이니 잘 알
것이다. 나는 죽는 방법을 잘 알고 있다. 술 여러 상자
사다 쟁여놓고, 마시고 또 마시면 된다. 정신을 잃으면?
깨어나서 이 맛있는 것을 또 마시면 된다. 마시고, 기절
하고, 마시고 기절하고, 마시고 기절하고…… 나는 잘
알고 있다. 나는 나를 파괴하는 방법을 잘 알고 있다.
나 죽거든 그렇게 죽은 줄 알아라.
　……화장이다. 똑바로 들어라. 화장이다. 나는 저 광

활한 우주 속으로 떠나고 싶어하는 사람이다. 네가 내 친구임에 분명하거든 바라건대 나를 흙무덤에다 가두지 마라. 화장이다. 화장이다…… 예수쟁이들이 묻어야 한다고 우기거든, 너와 스님, 둘 다 힘 좋잖냐, 영장을 훔쳐 달아나더라도 화장…… 화장이다……

박정만이 세상을 떠난 다음 날, 전세 버스로 귀경하면서 스님의 마음과 내 마음이 몹시 바빴던 까닭이 여기에 있다. 한밤중에 불려가 그의 유언을 들은 사람은 그의 사망 직후 우리가 알기로는 스님과 나, 이렇게 두 사람뿐이었다(나중에 알고 보니 여럿이었다). 우리는 서둘러 상가로 직행했다. 장례 집행을 맡은 여류 시인에게 그의 '유언'을 전했다. 독실한 기독교인인 원로 시인은 일언지하에 거절했다.

"……시인에게는 무덤이 있어야 해요. 시를 읽은 사람들이 가만히 찾아가서 그 앞에 고개라도 숙여볼 무덤이 있어야 해요."

나는 항변했다.

"그 친구는 그것마저 거절하고 있습니다. 언필칭 '적멸' 입니다. 그 친구가 간절히 그걸 바라고 있었습니다."

원로 시인은 내 옆에 선 스님에게 날이 선 시선을 보내고는 나온 곳으로 들어가 버렸다. 우리는 하릴없이 돌아셨다.

　박정만 시비건립추진위원회가 작성한 연보에는 1988년을 이렇게 쓰고 있다.

　10월 2일 오후, 잠실 올림픽 메인스타디움에서 제24회 올림픽이 끝나던 날, 봉천동 자택에서 홀로 운명하다. 사망 시각은 오후 2시에서 5시 사이로 추정된다. 10월 4일 경기도 양평군 서종면 도장리 산 26 무궁화묘원에 묻히다.

　10월에서 12월에 걸쳐서 중앙 일간지 및 여성지, 문예지 등이 다투어 그의 특집을 꾸밈. 특히 KBS-1TV는 그의 일대기를 극화하여 40여 분 동안 방영하다.

　중앙일간지와 문예지가 다룬 것은 박정만의 진실에 가까웠지만 여성지들이 다룬 것은 박정만의 전설이었다. 박정만의 유언대로 그를 화장하는 데 실패한 경력이 있는 나는 그가 밝힌 진실로써 그때 이미 광범위하게 유포된 전설을 바로잡아 보고자 했다. 하지만 전설은 힘이 세어서 바로잡히지 않았다. TV 방송 프로듀서가 프로그램을 만들기 전에 나를 찾아와 조언을 구했을 때도 나는 그의 진실을 아주 명토까지 박아가면서 들려주었다. 그러나 나의 노력은 성공적이지 못했다.

박정만, 나는 어떻게 들어야 하느냐? 1990년, 한 대학생이 나에게 한 이 위험한 한 마디를…… 너의 진실에 모래를 끼얹는 발언으로 들어도 되겠느냐?
"박정만 시인이 독재에 저항하다 서빙고에서 매 맞고 있을 때 선생님은 뭐 했어요?"

봄날은 간다

"땅이 이렇게 넓으면 이게 수월찮게 들 텐데?"

내 작업실을 찾아온 민우 선배가 오른손 엄지와 검지를 구부려 동그라미를 만들어 보이면서 웃었다. 작업실 뒤쪽의 거친 들판을 둘러본 직후였다. 내 눈길은 자동적으로 동그라미로 쏠렸다.

"들겠지만 어쩝니까? 나무만이 희망일 것 같은데? 보람을 뒤쪽으로 안 내려면 이 방법밖에 없을 것 같은데요."

참으로 오랜만에, 어렵게어렵게 만났는데 경솔하게 겨우 시작부터 돈 이야긴가, 싶었다. 게다가 그가 보여 준, 돈을 뜻하는 손동작은 그에게 너무도 안 어울렸다. 오래 안 보고 지냈는데 그동안 때가 묻은 모양인가? 학창 시절에는 우리들의 우정과 존경을 한 몸에 받던, 조금 과장해서 말하면 우상 노릇까지도 더러 하던 사람이었다. 하지만 우리가 서로 안부 모르는 채 산 세월이 너무 길었다. 가벼운 불안이 가슴을 잠깐 스쳐 지나갔다. 하지만 그것뿐이었다. 크게는 달라지지 않았으리라는 믿음이 불안을 지웠을 터이다. 오래 만나지 못했다고는 하나 돈 때문에 밀고 당기고 할 처지는, 적어도 내 쪽에서 보면 아니었다. 얼굴 붉힐 사이는 더더욱 아니었다. 다행히도 이어서 한 말 몇 마디가 듣기에 좋았다. 나는 방침을 정했다. 달라는 대로 주기로 했다. 사람들 중에는 상대가 어려워할 부탁은 절대로 하지 않는 사람이 있다. 학창 시절의 민우 선배가 바로 그런 사람이었다. 자신이 그런 부탁을 받는 경우, 말하자면 상당히 어렵게 발화(發話)된 부탁을 절대로 내치지 않는 사람 또한 민우 선배이었다. 서로 헤어진 지 오래되었지만 나는, 시세보다 조금 높게 매기더라도 그가 부르는 나무 값을 그대로 치르기로 했다.

"나무만이 희망이다…… 눈치 챘어? 도시 사람이 그거 눈치 채기 쉬운 일 아닌데?"

"눈치야 진작 챘지만, 애들 다 자라기 전에는 결행하기가 쉬운 일이 아니었을 뿐이지요."

"크기는? 설마 잔챙이 묘목 갖다 꽂자는 것은 아니지?"

“좀 따져보고요.”

“경제성?”

“경제성은, 조림의 목적과는 아무 관계가 없다니까요. 따져봐야 할 것은…….”

“경제성 때문이 아니라면 따질 거 없어. 당신 나이 오십 줄이야. 묘목 심어서 언제 영화(榮華) 봐?”

“영화 볼 줄 몰라서 이러겠어요?”

“이십 대에 나무를 심으면, 그 나무로 이루어진 숲 속에서 오십 대를 보낼 수 있다. 적어도 삼십 년은 나무와 애증을 나눠야 한다는 뜻이다. 당신은 그러기에는 너무 늦었어. 숲 안 볼 건가? 숲 보는 특권은 후대로 넘길 건가?”

“절반은 남의 땅이라니까요. 남의 땅에다 나무 심겠다는데 그러네요.”

“그렇게 심어서 영화 안 보겠다면 흘러가는 물 퍼서 남 주긴가?”

“숲은 남겠지요.”

“와, 마음에 드는 소리 정말 많이 한다. 분위기가 점점 좋아지고 있다.”

“무슨 분위기요?”

“나무 심는 분위기.”

　신학대학 선배인 김민우, 어디서 목사 노릇 하고 있는 줄 알았더니 나무 장사 하고 있었다. 하기야, 신학대학 뛰쳐나간 사람이 목사 되기가 쉽지는 않았겠다. 경상도 봉화의 갑부집 아들이라고 했다. 신학도에게는 어울리지 않는, 이런 소리를 하고 다녔다.

　"우리 아버지 잘 나갈 때는, 기차 하나 가득 춘양목(春陽木) 목재 싣고 청량리역에다 부리고 하룻밤에 술집에 한 '곱배(輛)', 수청든 춘향이에게 한 '곱배'…… 그 죄 대속(代贖)하느라고 내 고생이 심하다, 심해."

　학창 시절부터 사람이 좀 삐딱했다. 목회보다는 사업에 어울려 보였다. 신학도 중에 부잣집 자제는 없다시피 했다. 부잣집 아들이었던 그는 꾀죄죄하면서도 근엄한 신학의 분위기와 조금도 어울리지 않았다. 하는 짓도 그랬다. 그는 신학 관련 도서 읽기보다는 문학작품이나 인문사회과학 서적 읽기를 더 좋아하고, 성가(聖歌)보다는, 연분홍 치마가 봄바람에 휘날리더라, 이런 노랫말로 시작, 알뜰한 그 맹세에 봄날은 간다, 이렇게 끝나는 유행가 「봄날은 간다」를 비롯, 흘러간 유행가를 더 즐겨 불렀다. 학창 시절부터 함께 어울려 술도 마시고 담배도 피우고 그랬다. 그가 먼저 학교를 뛰쳐나갔다. 술 마시고 담배 피울 동무가 없었다. 학교에서 담배 참기가 그렇게 어려웠다. 그래서 그에게 하소연한 적이 있다.

“저, 아주 잔챙이 소인배인가 봐요. 담배에 다 휘둘리니.”

“그냥 피우는 거야.”

“애들한테 담배 몰래 피우는 꼴 보여주기가 싫어요.”

“그러면 안 피우면 되지.”

그의 뒤를 이어 나도 학교를 뛰쳐나왔다. 입대하면서 서로 소식이 끊겼다. 나만 그런가? 내 삶은, 역사가 기원 전후로 나뉘듯이, 입대 전과 제대 후로 크게 나뉜다.

“수종(樹種)은?”

“느티나무가 자꾸 좋아 보입디다.”

“느티나무가 좋아 보인다…… 사람이 좀 오래되었다는 증거지. 젊은 사람들 눈에는 잘 안 들어오는 나무가 그 나무야. 또?”

“은행나무도 참 좋아 보이고요. 이 마을 이름이 행소리(杏蘇里)랍니다. 은행나무가 잘 돼요. 용문사 은행나무 아세요? 천이백 살이나 자신 거목. 그 나무 계시는 데가 여기에서 겨우 20킬로 떨어져 있어요.”

“우리나라가 은행나무 잎을 수출해. 이뇨제(利尿劑) 만드는 데 쓰인다던가? 그런데 이 고장에서 나온 거 아니면 안 된대. 은행나무까지 생각했다면 생각 꽤 많이 한 거네?”

"대나무도 탐나는데……."

"대나무는 안 돼. 추위 때문에. 겨울에는 서울에 견주어 이 고장 기온이 5,6도 낮을 거라. 대나무는 서울이 거의 북방한계선이야."

"그러면 죽림(竹林)에서 마실 팔자는 못 되네요. 그런데 목련도 좋아 보여요? 봄에 일찍 꽃 볼 수 있어서."

"당신은 운, 진짜 좋은 사람이다. 나를 만났으니."

"무슨 뜻이에요?"

"내 수목원에 다 있는 나무들이라는 뜻."

대도시에서는 비싼 땅을 '금싸라기 땅'이라고 부르지만, 시골에서는 땅이라는 게 그렇게 비싼 물건이 아니다. 작업실을 아주 궁벽한 시골로 옮긴 직후에 그걸 알았다. 작업실에 딸려 있는 땅이 천 평쯤 된다. 내 작업실은 이 땅을 등지고, 집 앞의 농로(農路)에 면해 있다. 그러니까 천 평이나 되는 땅은 작업실의 매우 너른 뒷마당인 셈이다. 앞마당이면 좀 좋으랴 싶었다. 천 평이나 되는 땅을 지나 내 작업실 앞에다 자동차를 터억 세울 수 있으면 얼마나 근사하랴 싶었다. 하지만 농촌에서는 아무 곳에나 집을 들일 수 있는 것이 아니다. 대부분의 집들은 농로에 면해 있다. 도로를 최소화함으로써 용지(用地) 효율을 최대한 높이기 위해 그런 규제가 마련되었던 모양이다.

큰돈을 들여서 산 것이 아니다. 그리 높지는 않지만 기울기가 가파른 작은 산들에 둘러싸인 땅이었다. 그래서 오전에는 볕이 늦게 들고 오후에는 산 그림자가 일찍 떨어졌다. 게다가, 여름이면 큰물이 자주 들어 겉흙을 쓸어가고는 하는 바람에 바닥에 자갈이 많았다. 마을 사람들 중에 그 땅 탐낸 사람은 전부터 없었다고 했다. 농지로는 쓰임새가 거의 없다시피 했다는 뜻이다. 그래서 믿어지지 않을 만큼 싼값에 손에 넣을 수 있었다.

작업실 뒤쪽으로 그런 땅이, 내 땅 말고도 천여 평쯤 더 있었다. 곤궁하던 시절에는 그런 황무지도 손질해서 논을 뜨거나 밭으로 일구어 갈아먹었겠지만 이제 그런 생고생 사서 하는 사람 흔하지 않다. 농산물 수입이 점점 늘어나다가 결국 쌀 시장조차 위태롭게 되지 않았는가? 정부가 가을 곡식 수매량을 자꾸 낮추고 수매가 인상에 인색해지고부터 내가 사는 고장에는 노는 땅이 늘어갔다. 결국, 정부는 수매가를 인하하고, 일본을 좇아 감작정책(減作政策)이나 휴경보상(休耕補償) 제도를 현실화하기에 이르렀다.

가까이 지내게 된 마을 사람에게, 저 땅 빌려주지 않는대요, 하고 물어보았다.

"돌 자갈밭 빌려서 뭣 하게요?"

그분이 뜨악한 얼굴을 하고는 반문했다.

"쓸 데가 있어서요."

"씨 뿌려봐야 멧돼지, 고라니, 멧토끼 차지가 되고 마는 땅을 뭣 하러? 콩을 갈면 콩밭이 아니라 꿩밭이에요. 농사 못 지어먹어요……."

경기도 북부 사람들은 '못' 대신 '뭇'을 쓴다. '돈을 번다'고 하지 않고 '돈을 분다'고 하는 게 재미있었다. 하기야 경상도에서는 '돈을 버린다'로 말한다. 밭주인에게 말이나 넣어보라고 구분을 채근했다.

"여기 사람들은 '도지(賃貸)'를 놓으면 십 년, 이십 년, 이렇게 놓아요."

"그럼 저는 삼십 년. 삼십 년 동안 빌리자고 해보세요."

"삼십 년?"

"너무 길어서요?"

"긴 것 같아도 잠깐이에요. 14대 내려오도록 이 골짜기에서 살아온 우리 같은 사람들에게는."

'삼십 년'이라는 말을 내뱉은 뒤에야, 아뿔싸, 말실수했구나 싶었다. 그분의 얼굴에 나를 부러워하는 듯한 표정이 잠깐 지나갔다. 너는 좋겠다, 젊어서…… 잠깐 이런 생각을 했던 것인지도 모른다. 그분은 곧 실소로써 그 표정을 지웠다. 일흔 살에 다 다가간 분이었다. 아주

짧은 시간에 그분은 칠십에다 삼십을 재빨리 더해 보았
는지도 모른다. 그래서, 잠깐이에요, 했던 것일까? 하기
야 삼십 년이라면 그분의 집안이 그 골짜기에서 살아온
세월의 십사분의 일밖에 안 되는 세월이기는 하다. 어쨌
든 퍽 미안했다.

　내가 '그'라고 가치중립적으로 건조하게 지칭하는 대
신 '그분'이라고 따뜻하게 지칭하는 데엔 사연이 있다.

　나의 작업실 뒤에는 한 아름이 훨씬 넘는 두 그루의
아름드리 잣나무가 있다. '크다'라는 말보다는 '거대하
다'는 말을 써야 어울린다. 키는 15미터에 이른다. 우듬
지로는 온갖 새가 다 날아든다. 다람쥐와 청설모도 오르
내린다. 그 마을에서만 14대를 살았다는 그분에게 물어
보았다.

　"저 나무 얼마나 되었는지 아세요?"

　내 질문에 그분이 참 재미있는 이야기를 들려주었다.

　"저 노인네들요? 일흔네 살 되셨어요. 저분들을 저기
에다 심은 분이 내 이종형인데 아직까지 이 마을에 살고
있지요. 심을 당시에는 3, 4년생이었지요. 어디 셈해 보
자…… 명우 형님 열 살 때 심었으니까…… 두 분 연세
는 일흔넷이 아니라 일흔세 살인 셈이네요. 잣나무가 칠
십 년 동안 얼마나 자랄 수 있는지를 우리 이종형만큼
빠삭하게 아는 사람은 세상에 없을 겁니다. 그런데 우리

명우 형님은 그 자리에 그 잣나무를 심었다는 걸 몰라
요. 잊어버린 것이지요. 망령이 들어 아들도 ‘못’ 알아
봐요.”

　시골 살이 두 해. 이제는 내 손에 물집 같은 것은 잡
히지 않는다. 내 손바닥은 야구 선수의 오른손 손바닥
같다. 프로 야구 선수와 악수 한번 해보고 나서 알았다.
손바닥 전체가 굳은살이었다.
　굳은살을 내 고향 경상도에서는 ‘구덕살’이라고 부른
다. 젖어 있던 물건이 반쯤 마른 상태를 나타내는 말에
‘구덕구덕하다’가 있다. ‘구덕살’을 만져보면 정말 ‘구
덕구덕하다’. ‘굳은살’은 형용사로 쓸 수 없지만 내 고
향 사투리 ‘구덕살’은 형용사로도 쓸 수 있으니 표준말
보다 윗길 아닌가? 하지만 표준말을 쓰겠다. 열 살 되기
까지 농촌에 살면서 어머니를 거들었지만 손발에 굳은살
이 박였던 기억은 없다. 살갗이 부드럽고 연해서 그랬거
나 굳은살 박일 만큼 힘들여서 일을 하지 않아서 그랬을
것이다.
　군에 입대하면서 굳은살을 알았다. 60년대의 소총은
무거웠다. 훈련병 시절부터 무겁디무거운 엠원(M1) 소
총을, 세운 채로 들어올리고 내리기를 무수히 되풀이했
다. 오른쪽 엄지손가락 첫마디 오른쪽에 굳은살이 박였

다. 그 시절 행군은 얼마나 무지막지했던가? 발과 양말의 마찰을 줄여 물집이 잡히지 않도록 하느라고 양말 속에 비눗가루를 넣고 걸었다. 미끄러워서 물집이 덜 잡히기는 했다. 하지만 무수히 물을 건너면서 며칠 행군하다 보면 발바닥이 불기와 마르기를 되풀이하다가 가죽이 아예 붕 떠버리는 경우가 허다했다. 밤이면 모닥불에다 발을 구웠다. 화상 입을 때쯤 되어야 가죽이 발바닥에 다시 붙었다. 이러기를 되풀이하면 발바닥 전체가 굳은살이 된다. 제대한 뒤, 몇 달 동안이나 칼로 깎아내고 돌로 갈아내어야 했다.

제대하고 나서부터 글을 썼다. 십오 년간 나는 십오만 장 가까운 이백자 원고지를 글로 메웠던 것 같다. 1988년 무렵까지 내 오른손의 가운뎃손가락 첫마디에는 굳은살이 박여 있었다. 만년필이 되었든 볼펜이 되었든, 필기구를 잡고 글을 쓰면 그 자리에 힘이 가장 많이 실리기 때문이다. 우리들에게 오른손 가운뎃손가락의 굳은살은 훈장과 같은 것이었다. 글 쓰는 이들끼리 만나면 손가락의 굳은살을 서로 견주고는 했다. 서울 올림픽을 전후해서 필기구를 워드프로세서로 바꾸었다. 굳은살이여, 안녕.

지난 세기 말에는, 배낭 메고 유럽 여러 나라를 여행했다. 그 넓은 땅을 때로는 자동차로 때로는 발로 누볐

다. 로마는 걸어 다니면서도 유적지를 거의 다 볼 수 있
는 도시다. 발로 누볐다. 파리에서도 걷고 또 걸었다.
무수히 걸었다. 길고 오랜 여행에서 돌아온 가을, 굳은
살을 칼로 깎아 내었다. 손가락품이 발품으로 바뀌었을
뿐, '굳은살이여, 안녕'은 아니었다.

새 천년이 시작되던 그 해 봄, 시골로 작업실 옮기고
나서부터 텃밭을 일구고, 여남은 살 어름에 잡던 농기구
를 근 사십 년 만에 다시 잡았다. 어머니 대지와의 재회
는 내 어머니와의 재회이기도 했다. 잊고 있던 잡초 이
름들이 고스란히 다시 생각났다. 손가락 구석구석에 물
집이 잡혀 일하다 말고 일회용 반창고 붙이는 일이 잦았
다. 석양 무렵이면 내 집 뜰에서 마을 어른들과 술을 마
시고는 했다. 나와 함께 마시는 분들은 대부분 일흔 살
을 앞둔 분들이었다. 잣나무를 '저 노인네'라고 부르던
그분도 나와 자주 어울렸다. 하루는 그분이 논물 보러
올라왔다가, 들마루에 앉아 손가락에다 일회용 반창고를
붙이고 있는 나를 보고는 지나가는 듯한 말투로 중얼거
렸다.

"……연장마다 물집 잡히는 데가 다 다르지요?"

세상 살면서 들은 많은 말 중에서 가장 깊은 울림을
지어낸 말마디 중의 하나라고 나는 생각한다. 내 정신
의, 오래되고 또 오래된 희망 사항이기도 했다. 이러니

내가 어떻게 그분을 '그'라고 부를 수 있겠는가?

그분이 며칠 뜸을 들이다가 밭주인의 의중을 떠보았던 모양이다. 밭주인에게도 역시 아들과 상의할 시간이 필요했으리라. 시일이 꽤 지난 뒤 그분이, 밭주인이 제시하는 임대 조건의 초안을 들고 나를 찾아왔다. 밭주인 역시 일흔에 가까운 분이었다. 임대 조건 중의, 구조물 설치 금지, 삼십 년 후 원상 복귀 같은 낱말들이 눈에 들어왔다. 그런 조건이 들어가 있다는 것은 전혀 놀라운 일이 아니었다. 정작 놀라운 것은 일흔 살이 다 된 분들이 보여준, '삼십 년'이라는 말에 대한 그분들의 태도였다. 그분들은 망설이거나 머뭇거리는 태도를 조금도 보여주지 않았다. 삼십 년 계약이 만료되는 시점까지 생존해 있을 가능성은 매우 낮은데도 불구하고 그분들은 그것을 암시조차 하지 않았다. 원칙에만 확인하고 자세한 것은 땅 주인의 아들과 상의해서 서류를 작성하기로 했다.

더욱 놀라운 것은 삼십 년 임대료였다. 운동장이 딸린 초등학교의 부지가 약 이천 평이다. 그 절반에 해당하는 땅 천 평의 삼십 년 임대료가, 내가 살고 있던 수도권 살림집의 겨우 한 평 값이었다. 아득했다. 나는 대도시에 있던 내 살림집이 조금도 자랑스럽지 않았다. 나는, 팔아치우면, 내 작업실이 있는 고장의 땅 천 평을 구백

년간 임대할 수 있는, 그 옹색한 살림집에 살고 있었던 셈이다. 희생의 반생(半生)이었다. 기가 막혔다.

처음부터 나무를 심을 생각이었다. 그래서 살림집에서 가까운 서울 양재동의 나무 시장을 기웃거리다 민우 선배를 재회한 것이다. 가까운 친구가 서울 양재동 묘목 시장의 큰 손이라고 했다. 나무 시장이 궁금해서 자주 기웃거릴 뿐, 자기 사업과 직접적인 연관이 있는 것은 아니라고 했다.

"삼십 년 전 우리를 만나게 한 것은 기독교였다. 하지만 우리 인연의 약발은 오래가지 못했다. 그런데 이번에는 나무로구나. 인연이 있으니까, 나무로써 새 인연을 지으니까 또 이렇게 만나는구나. 내 고향 봉화에는 아버지가 춘양목 팔아 번 돈으로 사들인, 전답 딸린 산이 있다. 그 산, 팔아먹을 궁리 오래 했지만 팔리지 않았다. 구 년 전에 들어가서 나무를 심기 시작했다. 당신이 원하는 나무가 어떤 나무인지 모르겠지만, 어쩌면 내가 도움을 줄 수 있을지도 모르겠다. 당신이 내게 도움을 줄 수 있을지도 모르겠고."

삼십여 년…… 나는 우리가 만나지 못한 채로 보낸 세월을 헤아리다가 나는 '삼십 년'을 다시 만났다. 내 안에 육화해 있는 삼십 년과 견주어 보니 별로 유구하게도 장구하게도 느껴지지 않는 세월이었다. 나무 팔아서 먹고 산다는 민우 선배는 꼭 여러 해 잘 자란 나무 같았다. 예순에 가까워지고 있을 터인데도 팔이 떡갈나무 몽둥이처럼 튼튼했다. 그동안 무엇을 하고 살았는가? 지금은 어떤 일을 하고 있는가? 삶을 어떤 눈으로 바라보고 있는가? 어떤 생각을 하면서 사는가? 과천의 한 술집에서 탐색전을 오래 했다. 생각이 높고 깊어 보였다. 내 마음에 드는 말을 자주 했다. 내 속에서 '내 말이 그 말입니다'가 여러 차례 되풀이되었다. 조금 과장해서 말하자면, 내 희망 사항의 반쪽이 타자화(他者化)해서 내 앞에 앉아 있는 것 같았다. 한 주일 뒤, 그가 경기도로 와서, 내가 나무를 심으려는 땅을 보고 싶다고 했다. 자신은 경험이 풍부한 사람이니까, 자연적인 입지 조건을 검토한 뒤에 나무의 종류나 크기 따위를 의논하자고 했다. 봄날이 가고 있는 만큼 서둘러야 한다고 했다. 시원시원했다. 하지만 나는 초조했다. 천 그루 정도를 심을 수 있다고 했는데 도대체 나무 값을 얼마나 내라고 할지 조금도 가늠할 수 없었다. 당신이 내게 도움을 줄 수 있을지도 모르겠고…… 이 말이 마음 밭에 여러 번 채였다. 잔챙이 소인배…… 내가 나를 여러 번 질책했다.

　내 작업실과 나무 심을 곳을 둘러본 그 날, 그는 내

집에 묵고 싶어했다. 그렇다면 내가 저녁 식사와 술안주를 마련해야 했다. 그런데 그의 이야기는, 시간이 흐를수록 맹렬해져 갔다. 나는 이야기의 열기가 조금 숙어드는 순간을 낚아채어 잽싸게 읍내 정육점을 다녀올 생각이었다. 작업실 마당의 널평상에 앉아 그와 이야기를 나누면서 나는 몸을 뺄 틈을 엿보고 있었던 것이다.

"경제성을 염두에 두지 않는다…… 그렇다면 왜 나무를 심는데?"

"그냥 나무가 좋아서요."

나는 그의 맹렬한 기세에 질려 있었음에 분명하다.

"좋은 까닭을 설명해 보라니까."

"그냥 좋다니까요."

"아까 낮에 그러지 않았어? 보람 있는 일로 느껴진다고."

"사실은 나무로써 '시간 박물관' 같은 거 만들면 어떨까 생각하고 있어요. 기념 식수와는 조금 다른 방식으로."

"좋다."

"백년, 이백 년 세월이 흐르면 볼 만해지지 않겠어요?"

"천년, 이천 년 세월이 흐르면 더 볼 만해질 테지. 좋다. 시간에다 다는 방울 같은 것이다. 나무라는 것이."

"방울?"

"시간에 방울을 달아놓으면, 설사 그것이 쇠 방울이라고 할지라도, 세월을 어찌 보내느냐에 따라 은방울로 되기도 하고 금방울로 되기도 한다고 들었다. 세월을 잘못 보내면 쇠 방울은 녹슨 쇠 방울로밖에는 되지 못할 테지. 세월에 주머니를 채워놓으면, 그것이 빈 주머니라고 할지라도 세월을 어찌 보내느냐에 따라 그 주머니가 은돈으로 차기도 하고 금돈으로 차기도 한다고 들었다. 하지만 나는 시간에 방울을 매달지 못했고 주머니도 채우지 못했다. 당신 말이야, 「봄날은 간다」라는 노래가 그 오랜 세월 잊혀지지 않고 불리는 줄 알아?"

나는 짐작은 하고 있었지만 대답은 하지 않았다. '내 말이 그 말입니다'가 입가를 맴돌았다. 나는 그가 그 까닭을 어떻게 설명할 것인지 벌써 짐작하고 있었다. 그와 내가 이인삼각(二人三脚)이라도 하고 있는 것 같았다.

"시간에 방울을 달지 못한 자들의 노래야. 그런데 당신은 통 말을 하지 않는군? 나만 지껄이게 만들고 있군, 아까부터?"

나는, 아무래도 그의 생각과 비슷할 터인 나의 생각을 쏟아내기로 했다.

"선배가, 제가 하고 싶은 말을 다 하고 있어요. 일주일 전부터…… 말, 할게요. 하면 될 거 아닌가요? 21세기가 시작되는 해인 2001년 오월, 저의 작업실 앞에서 여섯 그루의 잣나무가 자연 발아했어요. 칠십 년 가까이 된, 제 작업실 앞의 잣나무에서 떨어진 잣에서 발아한 것이지요. 잣 깍지 쓰고 세상으로 나온 아기 나무가 잣 깍지를 벗는 것까지 저는 관찰했어요. 21세기의 시작을 기념할 만한 나무 같아서, 돌멩이를 주워, 사람이나 짐 승이 아기 나무를 밟지 못하도록 울타리를 만들어두었어요. 한 해 동안 5센티 크기로 자라나더군요. 칠십 년 뒤에는 아름드리로 자라나 있겠지요. 저는 아기 잣나무와 늙은 잣나무를 갈마들이로 바라보면서 결심했어요. 시간을 기억하고, 세월을 기억하는 데 필요한 눈금을 땅에다 새기고자 결심했지요.

저의 몸, 이거 시간의 눈금입니다. 저는 1947년생입니다. 저의 몸은 1948년생인 대한민국보다는 조금 더 오래된 것이지요. 1950년에 터진 6·25전쟁보다도 더 오래된 것이지요. 4·19도, 5·16도 저 몸에는 기록으로 남아 있습니다. 월남전의 기억도 저의 몸 아주 깊은 곳에 남아 있습니다. 하지만 저의 몸은 세월의 눈금으로 그리 오래는 남아 있지 못합니다. 선배의 몸이 그렇듯이요. 다른 눈금이 필요합니다. 나무. 저의 오래된 꿈입니다.

저는 '부질없다'라는 말을 자주 하는 사람입니다. 여기 이 건물 들일 때, 처음에는 건물이 들어서는 과정을 사진으로 찍어둘까 하다가 부질없는 짓 같아서 그저 물끄러미 바라보기만 했습니다. 하지만 저는 나무 앞에서는 '부질없음'을 말하지 않습니다.

저는 그러니까 이 작업실 주위에다 '조그만 시간 박물관' 같은 것을 꾸미고 싶어하는 겁니다. 이 시간(세월)의 눈금을 저는 새로운 시계로 삼고자 하는 겁니다. 저는 나무를 심을 때마다 그 나무 밑에다 조그만 비석을 세우기로 했습니다. 저도 은행나무를 심고 싶습니다. '내가 나무를 심기 시작한 해'의 기록은 은행나무 밑에다 남겨두려고 합니다. 주목(朱木)은, 살아서 천년, 죽어서 천년을 이 땅에 남아 있는 나무라지요. 통일이 되면 주목 밑에다 비석을 남길 겁니다. 세월이 흘러, 저도 선배도 이 세상을 뜬 뒤에도 나무는 남아서, 살아 천년, 죽어 천년 이 땅에 남은 채로, 보는 사람들에게 세월의 부피를 증언할 거 아닙니다. 꿈이 너무 사치스러운가요?"

"아니다. 조금도 사치스럽지 않다. 당신 멋지다. 이제 나도 내 생각을 말하겠다. 나나 당신이나 학교 바깥에서 공부한 사람들이다. 당신은 어린 시절, 가난해서 고생 많이 했노라고 했다. 나는 부잣집 아들이었다. 그렇다면 나는 고생을 모르고 자랐을까? 그렇지 않다. 나의 정신적 고생도 당신의 물리적 고생 못지않다. 나의 형과 아우는 'KS' 마크로 쫙 뽑고 승승가도를 달렸다. 형은 장관 지낸 뒤 지금 서초동 빌라에서 빌빌거린다. 아우는 국립대학교 총장 지내고 나서 빌빌거린다. 그들은 죽은 거나 다름없다. 그런데 나는 펄펄 살아 있다. 무엇인데 펄펄 살아 있나? 나는 무엇이냐? 나는 나무 장수다. 장관 지내고, 국립대학교 총장 지낸 형과 아우는 정신적으로 이미 죽은 사람인데 나는 현재 진행형으로 펄펄 살아 있다. 비결을 알려주마. 당신은 배울 자격이 있는 것 같다.

청소년 시절, 입학시험에 번번이 낙방하는 바람에 나는 학교를 제대로 다닐 수 없었다. 좋은 학교는 나를 받아주지 않았고, 나쁜 학교는 내가 받아주지 않았다. 그래서 나는 당신처럼 학교 밖에서 공부했다. 나에게도 중학교 시절, 고등학교 시절, 대학 시절이 있다. 하지만 그 시절은, 대학에서 당신이 보았다시피 짧다. 짧아서 마치 한 차례의 질풍노도로 지나가 버린 것 같다. 형과 아우는 욱일승천이었다. 나는 대구로 나와 사설 학원을 전전했다. 사설 학원을 전전하면서도 교복은 꼭 입고 다녔다. 배지도 안 붙은 교복을 입고 다녔다. 학교 다니는 애들이 부러웠다. 부러운데도 부럽다는 말을 못하면 어떻게 하는지 당신은 잘 알 거다. 당신 역시 경험이 풍부한 것 같으니까. 그렇다. 나는 학교 밖에서 공부하면서 학교 안에서 공부하는 친구들을 비난하는 데 유용한 논리를 하나 발명했다. 이걸 방어기제라고 하나? 인마, 왜 세월을 믿어? 왜 시간을 믿어? 친구들 깔보기는 내게 적지 않은 위안이 되었다. 하지만 늘 자신만만하게 친구들을 깔볼 수 있었던 것은 아니다. 친구들이 고등학교, 대학교, 대학원을 차례로 졸업하는 걸 보는 내 마음은 착잡했다. 가까운 친구들이 박사학위를 받기 시작했을 때 나는 마음고생을 많이 했다. 그때 내가 어설프게 내린 결론은 이것이다. 아, 시간에다 방울을 매달면 언젠가 그 방울은 금방울이 되는 것이구나! 나는, 언젠가는 금방울이 될, 여느 방울 하나 매달지 않은 채로 시간을 흘려보내고 있구나. 내 손으로 방울을 매달지 않은 채 흘려보내는 세월, 나의 방울을 달지 않은 채 흐르는 세월, 그 세월을 바라보고 있는 일이 얼마나 고통스러운 일이었는지 일일이 설명할 수는 없다.

'조통수'는 불어도 세월은 간다, 거꾸로 매달려 있어도 국방부 시계는 돌아간다…… 군대 살이 할 때 우리가 잘 쓰던 말이지, 왜? 군대 살이를 경험한 남성 중에 이 말을 모르는 사람은 없다. 군대 살이는 자지로 만든 퉁소를 부는 것만큼이나 고통스럽지만, 그 고통을 견디고 있으면 특별히 재수 없는 일이 일어나지 않는 한, 훈련병에서 이등병으로, 이등병에서 상등병으로, 상등병에서 병장으로 계급이 오른다. 그리고 시간이 더 흐르면 군복을 벗는다. 우리가 거꾸로 매달려 있을 때도 국방부 시계는 돌아가는 것이다. 나는 군복을 벗으면서 시간에다 방울을 매다는 일, 세월에다 주머니를 매다는 일이 얼마나 중요한 일인지 깨달았다. 하지만 나는 시간에 방울을 매달지 않았다. 매달 줄 몰랐던 것이다. 시간에, 세월에 저항하는 인간에게 흘러가는 봄날은 처참한 것이다. 시간에 저항하는 인간에게 「봄날은 간다」만큼 잔인한 노래는 없다. 세월로부터 진급을 보장받지 못하는 인간들, 세월로부터 퇴직금도 연금도 약속받지 못하는 인간들이 누구인가? 시간에 방울을 달지 못한 인간들이다. 「봄날은 간다」를 가장 잘 부르는 인간들은 아마도 이런 인간들일 것이다.

나는 마흔 살을 넘긴 뒤에야 가족과 함께 미국으로 떠났다. 시간에 방울을 매다는 새로운 삶을 시작하기 위해서였다. 늦게나마 석박사 과정에 등록하고자 했다. 시간에다 방울을 매달고자 했다. 하지만 나는 공부가 안 받는 모양이다. 체질이 아닌 모양이다. 결국 학교를 마치지 못했다., 시간에다 방울 매다는 데 마지막으로 실패한 것이다. 나는 시간에다 방울을 매다는 대신, 봄이면 미국의 셋집 뜰에다 씨앗을 묻거나 나무를 심거나 했다. 가는 봄날이 덜 심란했다. 오 년 세월을 그렇게 보냈다. 귀국한 직후에는 서울의 아파트에 살지 않으면 안 되었다. 내 마누라는 이녁 손으로 씨를 묻지 않은 봄날을 견디기 어려워했다. 나도 그랬다. 내 손으로 씨를 묻지 않은 봄날, 내 손으로 나무를 심지 않은 봄날이 참 힘들었다. 아항, 바로 요것이구나, 내게도 터전이라는 게 있구나…… 할렐루야!

그래서 구 년 전, 마누라와 아이들 서울에다 떼어놓고 시골로 내려갔다. 우리 아버지가 사둔, 산과 전답을 일구어 나무를 심었다. 첫해, 그 나무들이 어린 데다 뿌리를 내리느라고 푸르름을 지어내지 못했다. 하지만 삼 년 지나자 숲이 되었다. 봄날 가는 것이 점점 덜 심란했다. 아니다. 세월이 맹렬한 속도로 흐르기를 나는 은근히 기다리기까지 했다. 세월이 흘러야 내 나무들은 빠른 속도로 숲이 되어갈 것이 아닌가? 나는 해마다 봄이 오면 나는 아주 많은 나무들이 꾸미는 숲 속으로, 백목련·자목련 숲 속에 몸을 숨길 수도 있다. 확인하러 가자. 내가 시간에다 매단 이 방울이 금방울이 될 것은 거의 확실하다. 나는 왜 나무를 심는가? 우리는, 우리가 심지 않은 나무를 쓴다, 그러니 뒤에 올 사람들을 위하여 우리가 나무를 심어야 하지 않겠는가, 이런 단순하고 순진한 논리를 업고 나무를 심는 것이 아니다. 나무는 나의 종교가 되었다. 비로소 나는 종교를 얻은 것이다. 당신이 왜 신학교, 기독교를 등졌는지 나는 모른다. 나의 경우는 그리스도를 들쳐 업고는 죄인들만 신학교와 교회에 남겨 놓고 나와 버렸다. 하지만 그리스도는 나의 종교가 아니었다. 나의 친구였다. 그리스도가 '나무'라는 거 당신 아나? 십자가가 서 있던 골고다의 그 자리가 아담의 무덤 자리였다는 이론이 있다는 거 당신 아나? 중세 사람들이 그리스도를 '아보르 비타에 크루치피크사에', 곧 '십자가에 못 박힌 생명나무'라고 불렀다는 거 당신 아나? 부활의 특권을 누리는 것은 그리스도와 나무밖에 없다. 당신이 그러지 않았나? 칠십 년 된 잣나무에서 떨어진 씨앗이 발아하더라고. 보라고. 잣나무는 처음 열매를 매단 그해부터 세세연년 부활했던 거다. 나는 평화를 거의 찾은 것 같다. 나는 나무로 부활할 것이 거의 확실하다. 그래서 내가 죽으면 내 숲에, 내 나무뿌리에 묻어달라고 아이들에게 유언해 놓았다. 인성(人性)이니, 신성(神性)이니 하는 따위의 말 나는 거의 쓰지 않는다. 숲에는 그런 구분이 없다. 제 손으로 가꾼 숲길을 걸어보면 당신도 그런 말을 쓰지 않을 것이다. 확인하러 나와 함께 봉화로 내려가자. 나의 자랑스러운 종교가 어떤 모습을 하고 있는지 확인하러 가자."

웃지 말았으면 좋겠다. 아니다. 웃으려면 웃고 말려면 말아도 좋다. 그런 일이 있었다. 선배의 간증 어느 시점에서 그런 일이 일어났는지는 잘 모르겠다. 그 일 때문에 선배의 간증이 끊겼던 것은 확실하다. 가까운 개울의 갈대밭에서 까투리 두 마리가 날아올랐다. 들고양이에 쫓겼던 것일까? 푸드득 소리를 듣는 순간 내가 벌떡 일어섰다. 두 마리의 까투리 중 한 마리는 내 머리 바로 위에서 거의 수직상승에 가깝게 날아올랐다. 꿩은 원래, 단거리 비행을 잠깐씩 할 뿐, 장거리 비행에 능하지 못할 뿐 아니라 정교한 비행 솜씨도 없다. 그런데 다른 한 마리는 고도를 높이지 못하고 내 귓가를 스치듯이 날아갔다. 쿵 소리가 났다. 작업실 판유리에 무엇인가가 부딪는 둔탁한 소리였다. 달려가 보았다. 판유리에 꿩의 보드라운 털이 묻어 있었다. 갑자기 널평상에서 일어선 나를 피하여 전속력으로 날던 까투리 한 마리가 판유리에 부딪친 것이다. 땅바닥에 떨어진 까투리는 부리가 부러져 있었다. 입에서는 피가 흘렀다. 즉사였다.

"시작이 좋다. 기적이라고는 말하지 말자. 우리 시골 집에서도 종종 일어나는 일이다."

선배가 물을 끓이고 그 물에 까투리를 담갔다가 털을 뜯었다. 여러 마리 잡아먹어 본 듯한 솜씨였다. 정확한 손질로 선배는 까투리의 배를 가르고 내장을 들어내었다. 모래주머니는 보라색이었다. 선배는 모래주머니를 반으로 가르고는, 속껍질을 솜씨 좋게 벗겨내었다. 모래

주머니의 내용물은 소화되다 만 찔레 열매 세 개가 전부
였다. 한기가 들었다.

"이러고도 공중 나는 새에게 먹거리를 주셨다고 하느
님 찬양해야 하나? 당신, 너무 가슴 아파 하지 마."

그날 우리 둘은 무 썰어 넣고 그 까투리 볶아 맛있게
밥 먹고 술 마셨다.

다음 날 봉화로 내려갔다. 세상에. 골짜기 하나가 그
의 숲이었다. 칠십만 평이라고 했다. 자기 손으로 심은
나무만 삼백만 그루라고 했다. 봄날이 총알같이 지나가
라고 할 만도 했다. 인부들과 트럭 여섯 대가 기다리고
있었다. 나무는 반 이상이 8년생이었다. 8년생으로 골랐
다. 메타세쿼이아 이백 그루, 목련 이백 그루, 값비싸기
로 유명한 배롱 백 그루, 느티나무 이백 그루, 구상나무
이백 그루, 은행나무 이백 그루를, 이틀 동안 캐내고,
뿌리 싸매어 트럭에 실었다. 봉화 떠나던 날 나는 그에
게 나무 값과 거래하는 은행의 계좌 번호를 물었다. 그
가 대답했다.

"인부는 우리 집에서 일하는 분들이다. 나무 심을 동
안 잘 먹여주고 잘 재워주어야 한다. 임금은 지불하지
않아도 된다. 당신에게 주는 나의 작은 선물이다. 트럭
운임은 당신이 지불하는 것이 좋겠다. 부담스러울 테니

까. 나무도 나의 선물이다. 양재동에서 만났을 때 내가 당신에게, 어쩌면 내가 도움을 줄 수 있을지도 모르겠고, 어쩌면 당신이 내게 도움을 줄 수 있을지도 모르겠다고 한 말, 기억할 것이다. 당신에게 약간의 도움을 줄 수 있어서 기쁘다. 사실 욕심이 앞서서 나무들을 밀식(密植)했다. 밀식한 나무는 원래 우듬지가 밉다. 당신에게 선물하는 나무들의 우듬지도 미운 편이다. 서로 햇빛 많이 받으려고 키만 덜렁 클 뿐, 옆으로 뻗어나가지 못하기 때문이다. 팔렸으면 좋겠지만 경제 사정이 안 좋아져 팔리지 않았다. 당신 덕분에 중간 중간 나무를 솎아줄 수 있었다. 그러니까 나만 당신에게 도움을 준 게 아니고 사실은 당신도 내게 도움을 준 것이다. 방울 단 것을 축하한다. 잘 키워라. 올해는 숲 노릇을 못할 것이다. 뿌리 내리느라고. 내년 봄에 한번 초대해 주라. 숲이 되거든 그 숲길 거닐면서 「봄날은 간다」라는 노래를 불러봐라. 느낌이 조금 다를 것이다.”

　나흘 걸려 그 나무 모두 심었다. 아래 마을에 사는 한 부인네가 올라와, 사방천지가 나무인데 어쩌자고 또 나무를 심느냐고 했다. 나는 대꾸하지 않았다. 나와 함께 봄날을 보낼 나무들을 심는다고 하고 싶었지만 나는 아무 말도 하지 않았다. 느티나무를 집 가까이 심으면 내

당(內堂)에 변고가 생긴다고도 했다. 하지만 나는 그런 것이 별로 두렵지 않다. 내가 매단 방울이 어떤 방울로 변할 것인지 그것에는 관심이 없다. 나와 나누는 영적인 교감, 그것 하나면 충분하다. 나무는 나의 재산에 속하지 않을 것이다. 나의 실존에 속할 것이다.

고마운 민우 선배.

나무들이 푸르름을 지어내면 그를 초대할 것이다. 까투리라도 좋고 장끼면 더 좋다. 그날, 또 한 마리의 어리버리한 꿩이 내 작업실 판유리를 상대로 박치기를 해주면 얼마나 유쾌할 것인가?

지도

"오빠, 통화 오래 해도 괜찮아요?"

남이에게는, 안 좋은 버릇이 있다. 제 흉금을, 남들 귀에다 비우듯이 털어놓는 버릇이 그것이다. 문제는, '남들'이 주위에 많지 않은지, 오라비 친구에 지나지 않는 나를 자주 제물로 삼는다는 것이다. 남이에게 이웃이 많지 않다는 것은 어느 정도 사실이다. 사람이 한쪽으로 많이 치우치면 이웃이 적게 마련인데, 남이는 사람이 편벽되어 이웃이 적은지, 이웃이 적으니까 한쪽으로 치우치는 것인지…… 이게 원래 악순환을 거듭하는 속성이 있다.

"무슨 통화를 그렇게 오래 하려고?"

남이가 행복하게 잘 사는 아이라면 나는 망설이지 않

았을 것이다. 하지만 남이는 행복하지 못한 것으로 알려
져 있다. 행복하지 못한 사람과의 긴 통화에는 타인에
대한 험구가 껴들 여지가 있어서 나는 무슨 핑계를 댈까
망설였다.

"고해성사……."

"고해성사라…… 성사(聖事)는 거룩한 일인데? 싫다.
사제가 되고 싶다고 생각한 적이 없기는 하다만, 만일에
있었다고 하더라도, 그놈의 고해성사라는 것 때문에 망
설였을지도 모르겠다."

"……좀 들어주세요."

"싫다. 나는 사제 흉내 내고 싶지 않다."

"사제에게는 하고 싶지 않아요. 죄인에게 하고 싶어
요."

"나는 죄인도 아니다. 나는 착한 사람들이 왜 죄인을
자칭하는지 그 까닭을 아직 모른다. 아무래도 내가 건너
지 못할 강일 것 같다."

"들으셔야 해요. 오빠한테도 책임이 있어요."

"네 오래비한테 들어달라고 하려무나. 네 오래비 책임
이 더 크니."

"생물학적 오빠에 지나지 않는걸요. 게다가, 나무를
놓고 말하자면, 우리 오빠는 나무만 알지 결을 몰라요."

"나는 결을 안다? 아무래도 내가 결 아는 값을 비싸게

112

치러야 할 것 같다."

"……오빠, 저 히라노 만나고 왔어요."

"히라노? 히라노 마사오(廣野正雄)?"

"……네."

"일본 갔다 왔니? 아이고, 그 잔이라면 더더욱 너와 나누고 싶지 않다. 이번만은 피해 가게 해다오."

"……히라노가 서울 왔어요."

"들어는 주겠다만 너무 무거운 책임은 지우지 말아라. '백묵(白墨)'도 알고 있니?"

"……알고 있어요, 알고 있어요…… 그런데 저, 너무 억울해요."

"무엇이 억울한데?"

"……저, 너무 억울해요."

"'백묵'이, 왜, 그동안 감추어 두었던 너의 날개옷을 내어놓겠대? 훨훨 날아가라고?"

"……억울해요."

"네가 하늘나라로 돌아가고 싶어졌다면 이것은 전화로 들을 사안은 아닌 것 같다."

"……안 돼요. 이렇게밖에는 하소연할 수 없어요. 저는 오빠 얼굴을 볼 수 없어요. 얼굴을 안 봐야 정밀하게 말할 수 있을 것 같아요."

"'백묵' 때문이냐?"

“······이기도 하고, 아니기도 해요.”

 ‘백묵’은 남이 서방의 별명이다. 이름이 이백목(李白木)인데, 교사 노릇을 오래 하고 있는데다, 사람이 곧아서, 부러질망정 휘지 않을 것 같은 분위기 때문에 얻은 별명이다. 백묵을 깨물어 먹어본 사람이 있을까만, 그와 함께 앉아 보면, 백묵 씹는 맛이 그렇지 않을까 싶을 정도로 무미건조하다. 하지만 그런 별명 얻은 까닭은 깊은 데 또 있다. 먹〔墨〕은 검어야 하는데, 그는 흰 먹〔白墨〕이다. 칠판이 없으면 그는 제 노릇을 하지 못한다. 학교 밖에서 사람들과 어울리는 것을 보면 그는 흡사 칠판 없는 백묵 같다. 남이에게, 사는 재미가 어떠냐고 물은 적이 몇 번 있다. 오빠, 백묵 씹는 맛이에요, 남이가 이렇게 대답하고는 했다. 그래서 이백목의 별명은 ‘백묵’으로 확실하게 굳었다.

 “네가 히라노 만난 것을 백묵이 안 게로구나.”
 “히라노가, 그 양반에게 먼저 연락을 넣은 모양이에요. 양해를 구한 모양이에요. 오빠, 잘 아시잖아요? 일본 사람들, 남이야 어떻게 되든 제 ‘알리바이’ 하나만은 확실하게 챙겨두는 거. 잘 아시잖아요? 백묵 역시 끝까지 알리바이 챙기는 것으로 유명한 사람이라는 거.”

“나는 히라노에 대해서 할 말이 없다. 이건 매우 예민한 사안이다. 너는, 내게 뭘 묻는 거냐?”

“묻자는 게 아니고요, 들어만 주시면 되어요. 일본 있을 때, ‘지도조차 나오지 않는, 그것도 또한 인생……’, 뭐 이런 가사가 든 노래 듣고, 아뜩해진 적이 있었어요, 그 노래 아시죠?”

“나도 들어보았는데, 지도가 없기는 왜 없는가 싶더라.”

“……있었어요?”

“있었지.”

“……?”

“……원래 있는 것이다. 그런데 울기는 왜 우니?”

“……제게는 없었어요. 그 뒤로도 오래오래…….”

“울어야 하는 사람은 네가 아닌 것 같다.”

“……정말 뭘 모르시네요. 듣기나 하세요.”

모를 수밖에 없다. 사람의 속이 버선목처럼 까뒤집어볼 수 있는 것이 아닌 바에 내가 다 본 듯이 다 알 수는 없는 것이다. 더구나 남녀지간에, 남의 부부지간에 일어나고 있었던 일임에랴. 짐작은 했다. 남이와 히라노, 그리고 이백목 사이에서 일어날 수 있는 일을 나는 상식을 동원해서 짐작만 했다. 하지만 상식을 벗어난 것이라면 상식적인 인간인 나는 짐작도 하지 못한다.

　남이의 도쿄 유학 기간은 일년쯤 나의 도쿄 체류 기간과 겹친다. 남이는 당시, 오챠노미즈(御茶の水) 근방에 있는 대학에 다니고 있었다. 그 근방에 메이지(明治) 대학과 오챠노미즈 대학이 있기는 하지만 남이가 그 두 대학 중 어느 한 대학에 다니지 않았던 것만은 분명하다. 나는 남이가 다니던 대학이 어느 대학이었는지 정확하게는 알지 못한다. 사실 당시까지만 해도 남이는 나의 관심을 끌지 못했다. 남이가 내 관심 영역으로 들어온 것은 '비극적'이라고 해도 좋을 연애 사건 직후의 일이다.

　나는 당시 우에노(上野) 지하철역에서 가까워 도보로 내왕이 가능한 모토아사쿠사(元淺草)에 머물고 있었다. 우에노 지하철역은, 나리타(成田) 공항과 도쿄를 잇는 고속전철의 관문이기도 하다. 도쿄에 대한 정보가 많지 못했고, 서울 나들이가 잦았던 나에게는 모토아사쿠사가 여러 모로 어울렸다. 모토아사쿠사에는 한국 음식점도 많고, 한국인 여행자들을 위한 민박집도 많다. 일본의 셋집은 방문객 재우기에 적합하지 않다. 나를 찾아오는 손님들은 좋아하건 싫어하건 가까운 민박집으로 가야 했다.

　히라노와의 연애 사건이 파국을 맞은 것에 나에게도 일말의 책임이 있다는 남이의 말은 맞다. 남이와, 히라노가 교제한 것을 두고 '연애 사건'이라고 부르는 것도,

지금 같으면 사실은 우스운 일이다. 하지만 당시의 분위기는 조금 달랐다. 7,80년대 일본 호색한들의 한국 기생 관광이 많은 한국인들의 자존심에 상처를 입힌 지 그리 오래되지 않은 시점이었다. 한국인들 자존심의 상처가 채 아물기 전이었다.

나는 간다(神田)의 서점 거리에서, 아키하바라(秋葉原)의 전자 상가에서 서너 차례 남이를 만난 적이 있다. 간다의 진보쪼(神保町), 아키하바라의 면세점 거리는 당시 남이가 살던 오챠노미즈에서는 도보 거리였다. 아키하바라는, 걷기 좋아하는 내게도, 조금 멀기는 하지만 역시 도보 거리였다. 아키하바라 전자 상가는 특히, 한국 학생들이나 관광객들이 걸으면서 기웃거리기를 좋아하던 거리이기도 했다.

만날 때마다 남이는 번번이 히라노라고 하는 일본인 청년과 동행이었다. 히라노는 키가 작고, 머리카락 올과 수염 올이 어찌나 굵은지 흡사 청미레 덩굴로 만든 부엌 솔 같아 보이던 청년이었다. 일본으로 귀화한, '총련(總聯)' 쪽에 속하던 재일 조선인 2세라고 했지만 우리말은 알아듣지도 말하지도 못했다. 몸피가 크고 살결이 흰 남이에게는 어울리지 않게 히라노는 작고 가무잡잡했다. 하지만 일본어에 능숙하지 못했던 남이에게는, 그런 결점이 보이지 않았을 가능성이 있다. 외국 살이를 시작하는 사람에게, 특히 그 나라 말 익히기에 쫓기는 유학생에게는 그 나라 이성(異性)을 과대평가하는 경향이 있다.

서울에서 만난 내 동창 하남우에게, 동생 하남이가 일본 청년과 교제하는 것 같더라는 말을 무심결에 한 것이 화근이 되었다. 나는 당시 남이가, 아버지와 오빠 몰래 일본에 체류하고 있었다는 사실을 알지 못했다. 나는 상식적인 사람이어서, 유학 중인 처녀가 그 나라 청년과 교제하려면 어째서 아버지와 오빠의 동의가 필요한지 전혀 이해하지 못했다.

"……히라노와는, 그 뒤로는 만난 적이 없니? 네가 서울로 '압송' 된 뒤로 말이다."

"……어떻게 만나요?"

"히라노는 그 뒤로도 몇 차례 서울 들어왔던 것으로 아는데? 나는 그렇게 들었는데?"

"그게 좀 복잡해요. 그런데 만나다니요?"

"무슨 뜻이냐?"

"모르세요? '백묵'이 밑줄까지 그어가면서 크로스체크를 하는데?"

"'백묵'에게 그런 면이 있었어?"

"히라노 때문이에요. 웃기는 일이지, '백묵'을 왜 만나요? 히라노는 서울 들어올 때마다 '백묵'을 만났대요.

둘 사이에 우정이 생겼대나 봐요. 마누라 옛 애인과 우정이라, 죽이잖아요?”

“히라노는 우리말을 전혀 못하지 않나? ‘백묵’은 일본말을 전혀 못하지 않나?”

“히라노가 우리말을 배웠대요.”

“히라노가 ‘백묵’을 친구로 사귀기 위해 우리말을 배우지는 않았을 테고.”

“그거야 모르는 일이죠.”

“너에게 히라노는 무엇이었니?”

“……미래.”

“지금도?”

“…….”

“길게 통화할 시간이 있느냐고 물은 것은 너였다. 그런데 네가 말을 아끼는구나.”

“…….”

하 대령은, 장군이 되는 데 실패한 직업 군인이었다. 그가 장수(長壽)하지 못한 것은 열화 같은 성미와, 반평생을 몸 바쳤는데도 불구하고 끝내 별을 달아주지 않은 군대에 대한 배신감과 무관하지 않을 것이다. 그가 일본으로 쳐들어와, 남이의 머리끄덩이를 잡아끌고 나리타 공항으로 압송한 것은 전역(轉役) 직후의 일이라서 그렇다.

히라노가 일본으로 귀화한 조선인이기는 했다. 하지만 그의 부모가 '조총련'에 속해 있었다는 것과 무슨 관계가 있는 것일까? 하 대령이 자신을 약간 과대평가하고 살던 사람이었다면, 도쿄에 파견된 정보기관이 하남이의 애인 히라노의 뒤를 캤을 것이라고 짐작하고 그 때문에 장군 심사에서 탈락한 것인지도 모른다고 생각했음직하다. 하지만 명색이 영관(領官) 장교였는데, 그 정도로 무지했을 가능성은 희박하다.

남이가 서울로 압송되고 난 다음의 이야기는, 나와 무관한 것이 아니어서 그랬을 테지만, 그 뒤로 술 취한 하남우의 입에서 간간이 흘러나왔다.

나는, 하 대령이 딸이 일본인과 사귄 것을 불결하게 여기고, 딸을 연금하는 데 그치지 않고 일본과의 전화나 서신 왕래를 철저하게 봉쇄한 것은 이해할 수 없다. 하지만 아버지의 그런 폭거에 대해 남이가 거의 살의에 가깝다고 해도 좋을 만큼 동물적인 적대감을 보인 것은 이해할 수 있다. 남이가 아버지와의 불화를 삭이지 못해, 일본인 청년 히라노를 잊지 못해 실성기를 내비치기 시작할 즈음(이것은 하남우의 말이다) 이백목이 등장한다.

사람이 곧고 과묵한 이백목은, 하 대령의 부관(副官)을 지낸 적이 있는 열렬한 하 대령 추종자였다. 성격이 서로 극단적으로 다른 사람이 의외로 잘 어울리는 경우가 있다. 자기 성격의 결함을 결함으로 인정하고, 극단적으로 다른 타인의 성격을 통해 이를 완화시키려는 경우인데, 모르기는 하지만 하 대령과 이백목이 그런 사람들이었던 것 같다. 곧고, 과묵하고, 매사에 지나칠 정도로 소극적이고, 생각이 깊은 이백목이, 성격이 불같고, 말하기가 무섭게 행동으로 옮기는 하 대령을 맴돈 것도 그 때문이고, 하 대령이 매우 방만해 보이기까지 하던 딸의 미래를 이백목에게 얹어보자고 생각한 것도 그 때문이었는지 모른다.

남이와 이백목은 결혼식을 올린 직후에 하 대령의 주위를 세상을 떠났다. 하남우의 말에 따르면, 서울로 압송된 뒤부터 하 대령이 세상을 떠나기까지 하 대령과 남이 부녀(父女)는 한마디 말도 나누지 않았다고 한다.

"……구 년 동안이나 한 집안 맴돌면서 살아온 사람을 이렇게 말해서 뭣하지만요, 우리는 부부지간이면서도 아니기도 해요. 저, 그 사람 좋아서 결혼한 거 아니고, 그 사람도 저 좋아서 결혼한 거 아니래요. 믿어지세요? 아버지 명령이라서 어길 수가 없었대요. 세상에…… 일 년간 모신 상관, 그것도 오래전에 모신 상관의 명령을 어길 수가 없었대요. 그 사람이, 그랬어요. 자식도 없고, 날개옷 감춘 것도 아니니까, 일본 가고 싶으면 언제든지

가래요. 히라노 만나고 싶으면 언제든지 만나러 가랬어
요.”

“그 친구도 웃겼지만 너도 웃겼다. 좋아서 한 결혼이
아니라니? 좋아하지 않으면서 어떻게 결혼하나?”

“……아버지에게, 제가 얼마나 철저하게 망가질 수 있
는지 그걸 보여주고 싶었어요. 결혼 직전에는 이백목 씨
와 함께 아니면 저는 외출할 수 없었어요. 이백목 씨와
함께 외출한 날 중에, 제가 취해서 이백목 씨에게 업혀
들어오지 않은 날이 하루도 없었다면, 오빠, 믿어지세
요? 아버지는 아무래도 제가 죽인 것 같아요.”

“듣기는 했다.”

“참 이상한 일도 다 있죠? 나는 이 결혼을 받아들일
수 없다, 그런데도 하고 말겠다…… 이렇게 딱 결심한
뒤로는 음식이 목구멍으로 넘어가지 않았어요. 단식하고
싶다는 생각은 도무지 한 적이 없는데, 이상하게도 음식
이 넘어가지 않더라고요. 물도 마실 수가 없었어요. 말
도 할 수 없었어요. 덕분에, 정신과 치료까지 받았어요.
거식증(拒食症)과 함묵증(緘默症)의 합병 증세…… 정신
과 다녔더니, 아버지는 그러시더랍니다. 히라노라는 왜
놈 못 잊어서 실성을 했다고요. 실성한 것까지는 아니지
만, 못 잊어 했던 것은 사실이에요. 오빠, 히라노, 기억
하시죠?”

“나와도 몇 차례 만나지 않았니?”

“그랬죠. 굉장히 오랫동안 히라노를 생각했죠. ‘백묵’ 같이 뻣뻣한 신랑과, 메이지 법과 다니던 이지적이고, 사근사근하던 미남자 히라노를 견주면서 산 세월이 근 십년이었어요.”

“솔직하게 말하자. 미남자는 아니었던 것 같다. 나는 청미레 부엌솔 둘을, 하나는 머리에 뒤집어쓰고 하나는 턱에다 매달고 끊임없이 전후좌우를 헬금거리는 전형적인 일본인을 생각했다.”

“심하시네요. 남의 일이라고…… 좋아요. 아무렇게나 말씀하세요. 어떻게 살아야 하나, 어떻게 살아야 하나, 하면서 살았어요. ‘지도조차 나오지 않는, 그것도 또한 인생’…… 이러면서 살았어요. 지도가 있으면 좋은데, 지도가 있으면 좋은데, 지도가 없었어요. 지도도 없이, 나침반도 없이 ‘백묵’ 같이 뻣뻣한 저 사람, 무미건조한 저 사람과, 이스라엘 땅 같은 광야를 헤매는 것 같았어요. 오빠는 그렇게 안 살아봤으니까 모르실 거예요.”

“나도 그렇게 살았다. 그것은 그렇고 너는 지도를 그린 거냐, 찾아낸 거냐?”

“아니에요. 지도 이야기는 다음 이야기고…… 일본에 오래 살지 못해서 잘은 모르지만, 일본인이라면 조금 안다고 생각하고 있었어요. 그런데, 오빠, 일본인들에게

는, 우리나라 사람들 경우보다, 관음증이라고 할까, 엿
보는 취미라고 할까, 그런 게 조금 더 심한 경향이 있다
고 생각하지 않으세요?"
 "왜 그런 생각을 하게 되었는데?"
 "히라노가 남편 옆을 맴돈 것을 그럼 달리 어떻게 설
명할 수 있겠어요?"
 "정확성이라고 하자. 일본인들에게는, 뭐든 정확하게
처리하는 버릇이 있다. 사랑조차도…… 그렇거니, 히라
노가 너에 대한 관심을 거두지 않고 있었던 모양이다.
그러냐?"
 "결혼도 안 했대요."
 "저런."
 "남편이 그러대요. 히라노, 서울에 와 있다. 만나보고
싶으면 만나봐라…… 만나라면 못 만날 줄 알아? 불쾌
해. 사내들끼리 뒤에서 쑥떡거리고…… 비겁하게 뒤에서
무슨 짓을 한 거야? 날 두고 암거래했어? 전화 번호 줘
봐. 그러고는 전화했죠. 전화 걸었더니, 여보세요……
우리말을…… 천연덕스럽게…… 하는……."
 "하남이, 남이야……."
 "……."
 "울지 말고……."
 "……억울해요, 억울해요. 만났어요. 만났어요. 만났

더니…… 십년 전에 제가 아키하바라에서 사서 선물했던 그 넥타이를, 보란 듯이 매고 나왔더라고요. 아이고, 쪼잔스러워라. 팍 늙어버린 히라노가 꼬질꼬질한 양복 차림으로 거기에 있더라고요. 앉아서 날 헬금거리면서, 세상에, 오렌지 주스를 쪽쪽 소리 나게 빨고 있더라고요.”

“일본 있을 당시, 네 눈에는 그렇게 멋진 미남자로 보였다며?”

“우리 아버지와는 닮은 데가 조금도 없어서 그랬나 봐요.”

“그러니까 하 대령께서 너의 환상을 부추겼다? 그런 일은 얼마든지 가능할 수 있다.”

“세상에…… 저더러 뭐라고 하는 줄 아세요? 아직도 사랑하고 있다는 거예요. ‘백묵’에게 등 돌리고 자기에게 돌아올 수 있느냐는 거예요. 인간이 어떻게 그럴 수가 있어요? 인간이 어쩌면 그렇게 비겁할 수 있느냐고요. 오빠, 나 억울해요.”

“네 세월이?”

“그래요. 제 세월이 억울해요. 우리 신랑 세월이 억울해요. 저런 것 때문에 내가 그 험한 세월을 그리움 속에서 보내었나 싶어서, 억울해 죽겠더라고요. 우리 신랑을, 저런 것 때문에 속 썩이고 살게 했다고 생각하니 불쌍해 죽겠더라고요.”

　"너무 함부로 말하는 거 아니냐, 너? 사람을 외모만
가지고 그러는 거 아니지. 그 외모라는 것도 네가 오해
한 것이니 그 사람인들 억울하지 않겠느냐고?"
　"그것이 아니에요. 그것이 아니에요. 외모가 아니었어
요. 제가 문제 삼고 있는 것은 태도예요, 태도. 장사꾼
같았어요. 로미오와 줄리엣 연기가 따로 없었어요. '백
묵' 같은 과묵함도 없고, 빳빳함도 없어요. '백묵' 같으
면, 네가 이기나 내가 이기나 해보자, 이런 게 있는데,
히라노에게는 그것도 없었어요. 늦장마의 이불처럼 그렇
게 후줄근하더라고요. 축 늘어진 인간이었더라고요. 나
이 탓으로 돌리려고 하지 마세요. 나이 탓이 아니에요.
그 앞에서, 오렌지 주스 한 잔을 다 비우지 못하고 돌아
서서 나오는데…… 눈물이 앞을 가리더라고요."
　"해피엔딩 기미가 완연하구나."
　"학교 앞으로 가서 '백묵'을 불러내었어요. 평소에 않
던 짓을 하느냐고 하대요? 평소에 안 보던 꼴을 보았다
고 했어요. '백묵' 붙잡고 펑펑 울었어요. 미안하다면
서, 억울하다면서 펑펑 울었어요. 완패였어요. '백묵'의
완승이었어요."
　"히라노, 그 친구, 헛다리 오래 짚고 있었던 셈이네."
　"……신랑 돌려 세우고 나서, 눈물이나 말리고 가야겠
다는 생각에서 학교 앞의 서점에 들렀더니, 세상에……

126

시집이 한 권 눈에 띄는데, 제목이 제 눈을 확 끌어당기
는데…….”

“누가 낸 어떤 시집인지는 모르겠다만, 헤피엔딩 축하
한다, 하여튼. 길게 통화한 보람이 있구나. 나도 연대
책임에서 풀려나는 것 같으니.”

“『잘못 든 길이 지도를 만든다』는 거예요, 세상
에…….”

“……가슴이 짠하구나.”

1989년에 세상을 떠난 재일 한국인 2세 여가수 미소라
히바리의 애창곡 중에 「강물이 흘러가듯이」라는 노래가
있다. 그 노래 듣고 있는 중에 가슴에 문득 사무치는 가
사 한 구절이 있었다. 남이가 말하던 바로 그 구절이다.

“……지도조차 나오지 않는, 그것도 바로 인생…….”

노랫말 지은 이는 지도가 없어서 인생살이가 퍽 고달
팠음인가? 그 노랫말에 대한 나의 느낌은 양가적(兩價
的)이었다. 감성적으로는 동의하면서도 이성적으로는 동
의할 수 없었다. 그럴 듯하게 들리기는 했지만 사실과는
다르게 여겨지더라는 것이다.

“지도가 없기는 왜 없어?”

이것이 그 노랫말에 대한 나의 이성적인 반응이었다.
나는 책을 염두에 두고 있었음에 분명하다. 하남이와의

통화를 끝내고 돌아눕는데, 그게 아니라는 생각이 퍼뜩 들었다. 제 발로 돌아온 남이가 가장 확실하게 돌아왔겠다 싶었다. 남이를 제 발로 돌아오게 한 '백묵'이 가장 확실하게 돌아오게 만들었다 싶었다. 두 사람이, 하나는 백묵으로 하나는 칠판으로 가장 확실한 지도를 그리겠다 싶었다.

하모니카

“안 되는데…… 노빈이가, 저러면 안 되는데…….”

TV 「인생극장」에 나온 주인공, 노숙자 노빈이의 ‘오
버액션’이 나에게 당혹감을 안긴다. 「인생극장」은 평범
한 사람의 특별한 삶을, 특별한 사람의 평범한 삶을 드
러내는 데 초점을 맞추고 있는 듯한 ‘다큐 미니시리즈’
프로그램이다. 카메라는 ‘롱테이크’ 자세로 어느 한 곳
에 있는 듯 없는 듯 서 있는 것 같다. 등장인물들은 카
메라를 전혀 의식하지 않는다. 그래서 연극배우처럼 대
사를 힘차게 내뱉는 일이 없다. 등장인물이 말을 입속에
담고 웅얼거리는 것도 얼마든지 용서가 된다. TV는 그
것을 친절하게 자막 처리 해주기 때문이다. 이런 프로그
램에서, 등장인물이 대사를 연극배우처럼 정확하게, 그

리고 자신 있게 내뱉는다는 것 자체가 오버액션이다.

노빈이는 노숙자 살이와 관련된 일을 비롯, 제 삶을 있는 그대로 송두리째 드러내려 할 뿐 아무것도 숨기려 하지 않는다. 있는 그대로 송두리째 드러내는 것이야 나무랄 것 없다. 하지만 드러내지 말아야 할 것, 제작진이, 그런 것이 있으리라고는 상상하지 못했던 것, 그래서 제작진이 요청하지 않은 것까지 드러내는 것, 그것은 '오버액션'이다. 나는 노빈이에게서 그것을 보았다. 제작진의 의도에서 벗어나 그가 연기하기 시작한 것이다. 「인생극장」의 내레이터는 이상하게 변한 노빈이의 태도에 대해, '이상한 일이다', '그가 이상한 소리를 한 것은 이것뿐만이 아니다', 이런 말을 거듭하고 있었다. 노빈이는 분명히 말했다. 백령도로 가야겠다고. 고향을 찾고 싶다고. 고향으로 돌아가 보고 싶다고. 어머니의 산소에 가보고 싶다고. 어떤 어머니인데? 여섯 살 난 노빈이를 데리고 개가한 어머니, 열세 살 난 노빈이가 의붓아비를 견디지 못하고 무단가출하자, 술로 세월을 보내다가 스스로 목숨을 끊었다는 어머니, 그 어머니의 무덤에 가고 싶다고 했다. 아무래도 그것은 위험하다 싶어 나는 벌떡 일어섰다.

"……노빈이, 거기 가서는 안 돼. 뒤를 돌아보지 마!"

마음속으로만 그랬던 것이 아니다. '인생극장' 보다

말고 나는 실제로 TV 화면을 향해 이렇게 소리를 지르기까지 했다. 하지만 ‘인생극장’은 TV 프로그램이었으니 내 목소리가 주인공 노빈이의 귀에 들렸을 리 없다. 들렸을 리 만무하지만 설사 들렸다고 하더라도 노빈은 어쩔 수 없었을 것이다. 역시 그럴 리 만무하지만, 만의 하나, 아니, 억의 하나, 노빈이가 우연히 내 집 창가를 지나다가 내 목소리를 듣기라도 했다면 그는 내게 이랬을 것이다.

“그래 봐야 소용없습니다. 두 주일 전에 녹화한 프로그램인걸요.”

내가 밖으로 열고 있는 문은 여럿이다. 나는 그 여러 개의 문 중에서 가장 오래된 것에 가장 깊은 믿음을 기울인다. 가장 오래된 것은 현관문이다. 현관문의 역사는 집의 역사만큼이나 유구하다. 집은 현관의 출입문이 있기 때문에 존재한다. 따라서 출입문은 집의 존재 이유이기도 하다.

창도 문이다. 내가 밖으로 열고 있는 창은 여럿이다. 내 집 창은 동서남북으로 뚫려 있다. 나는 방충망이 튼튼하게 덧붙여진 내 집 창을, 현관문과 벽면을 절충한 시설물쯤으로 이해한다. 밖을 바라볼 수 있다는 의미에서 창은 밖으로 열린 문의 연장이다. 하지만 열고 나갈 수 없다는 의미에서 창은 벽의 연장이다.

나는 이 창을 통하여 소가 지나가는 것도 보고 개가 지나가는 것도 본다. 벚꽃 피는 것이 보이면, 봄이구나, 하고, 은행잎이 노랗게 물드는 것이 보이면, 가을이구나, 한다. 창에는 틀림없는 실체만 비친다고 봐야 한다. 착시 현상을 겪지 않는 한 헛것은 거기에 비치지 못한다고 봐야 한다. 그런데 문제는 우리가 헛것을 보았을 경우다. 창에 비친 것이 헛것인지 실체인지, 창을 통해 바라보는 것만으로는 확인할 수 없다. 창을 통해 바라보는 것은, 진찰에 견준다면 시진(視診)과 문진(問診)에 지나지 못한다. 확인하자면 현관 출입문을 통해 밖으로 나가 보아야 한다. 밖으로 나가, 창문에 비쳤던 사물이 허깨비인지 실체인지 확인하는 일은, 진찰에 견준다면 틀림없는 청진(聽診)과 촉진(觸診)일 터이다.

내 집 창 옆으로 또 하나의 창이 뚫렸다. 판유리 전망창보다는 크지 않아도 창보다는 화면이 훨씬 넓은 TV다. 이 창 아닌 창은 촉진은커녕 문진도 허락하지 않는다. 나는 이 창문이 비추어주는 현실 아닌 현실에는 참여할 수 없다. 물끄러미 바라보는 일만 허용되어 있는 창, 나는 이 창을 통하여 온 세상 구경을 염가로 다 한다. 그 창, 그 TV 화면에서 「인생극장」 주인공 노빈이는 나가도 너무 멀리, 너무 빠른 속도로 나가고 있었다. 그래서 내가 소리친 것이다.

　돌아다보고 싶어도 돌아다보아서는 안 될 때가 있고 경우가 있다.

　나에게 고대 신화는 또 하나의 문이다. 출입문이나 창문은 현실적 구체성 안에 존재하는 문이지만 고대 신화는 구체적 현실성 밖에 존재하는 문이다. 고대 신화는 현실이 아니다. 하지만 고대 신화를 소재로 한 영화 「오르페우스」가 존재하는 것은 구체적인 현실이다. 고대로 난 이 문을 나는 '신화적 현실'이라고 부른다.

　철없는 관객이 영화 「오르페우스」를 보고 있다고 가정하자.

　오르페우스는, 죽은 아내를 찾아 저승으로 내려갔던 신화 시대의 절창이다. 어찌나 노랫말이 절실하고 음성이 고왔던지 오르페우스의 노래가 들려오면 육식동물도 제가 육식동물이라는 것을 잊고 초식동물과 한 자리에서 귀를 기울였다지. 저승 왕도 오르페우스의 노래에 탄복하고, 죽은 아내를 돌려주려고 했다지. 그랬더란다. 저승의 왕은, 그의 아내 에우뤼디케를 데리고 가되, 날빛 비치는 곳에 이르기까지 절대로 아내의 모습을 보아서는 안 된다고 했더란다. 금기 아닌가? 오르페우스가 이 금기를 지켜낼 수 있을까? 오르페우스는 이승으로 다 나오기도 전에, 아내가 하도 보고 싶어서, 너무나 보고 싶어서, 담배씨만큼이라도 보고 싶어서 고개를 돌릴까 말까 망설인다. 볼까 말까, 볼까 말까……

오르페우스의 노래로 뺨을 흥건하게 적신 관객이라면 오르페우스를 향하여 이렇게 소리칠 것이다.

"오르페우스, 돌아보지 마!"

왜 돌아보면 안 되는데? 돌아보면 어떻게 되는데?

일본 영화 「이자나기와 이자나미」를 보고 있다고 가정해 보면 거기에 답이 있을 것 같다. 일본 신화에 나오는 남신 이자나기는 먼저 저승으로 간 아내 이자나미 여신이 보고 싶다. 그래서 저승으로 내려간다. 이윽고 먼저 세상을 떠난 여신을 만나자 남신이 말한다.

"내 누이여, 내 아내 여신이여, 우리의 나라 만들기는 아직 마무리되지 않았소. 그러니까 돌아갑시다."

그러자 여신이 대답한다.

"안타깝군요. 조금만 더 일찍 오셨으면 좋았을 것을. 저는 벌써 저승 음식을 먹고 말았습니다. 돌아가는 문제에 대해서는 저승 신과 의논해 보아야겠습니다. 그동안 나의 모습을 절대로 돌아보시면 안 됩니다."

그런데 남신은 아내인 여신이 너무 보고 싶어서 빗살에 불을 붙여든다. 볼까 말까, 볼까 말까…….

이자나기의 정성과 이자나미의 아름다움에 얼이 빠진

관객이라면 스크린을 향하여 이렇게 소리칠 법하다.

"이자나기, 돌아보지 마!"

하지만 남신은 여신을 돌아보게 된다. 돌아보면 어떻게 되는데? 아뿔싸, 여신의 몸에는 구더기가 솨솨 소리가 날 만큼 맹렬하게 들끓고 있다. 남신은, 보아서는 안 되는 것을 본 것이다. 남신이 기겁을 하고는 도망친다. 여신은 소리친다.

"게 섰거라! 그대가 나에게 치욕을 안겼다!"

순식간에 여신은 지아비에 대한 적대자로 표변한 것이다. '구더기가 소리를 내면서 들끓고 있는 여신의 모습', 이것이 바로 진실의 본 모습이다. 오르페우스가 그랬듯이, 이자나기가 그랬듯이 우리는 육안으로 '죽음의 진실'을 돌아다 볼 수 없다. 그래서 내가 노빈을 향해 소리친 것이다.

"노빈, 돌아보지 마! 더 이상 울지 마!"

"왜 그래? TV에다 대고?"

「인생극장」이 끝난 직후 아내가 그랬다. 머쓱해지지 않을 수 없었다.

"저 주인공 놈 '오버'하고 있어서."

"'오버'는 자기가 하면서……."

"그러고 보니 그렇네."

“처음부터 안 봐서 모르는 모양인데, 주인공은 노빈이
가 아니야.”
“그러면?”
“구름이…… 구름이가 주인공이야. 고향집으로 돌아
간 구름이…… 마을 사람들의 잔치 마당에서 주인공 노
릇 하던 구름이가 주인공이라고.”
“노빈이가 주인공인 줄 알았네?”
“제목만 봐도 알 수 있지. 하모니까…… 하모니카의
주인은 구름이거든. 하모니카를 불며 떠돌던 노숙자 구
름이의 귀향…… 구름이가 주인공이었는데, 구름이의 귀
향으로 이야기가 마무리될 시점에 이르니까 노빈이가 설
치는 거지. 노빈이는 「인생극장」 이야기의 흐름을 제 쪽
으로 끌어오려고…… 부지불식간에…… 노빈이가 ‘오버’
한다는 인상을 주는 것은 그 때문일 거라…….”

노빈이가 흘리는 불편한 눈물이 자주 마음 발에 채였
고 구름이가 부는 편안한 하모니카 소리가 자주 내 귓가
를 어른거렸다. 마음의 느낌이 그랬다. 머리가 생각하기
시작했다면 나는 움직이기 시작했을 것이다. 하지만 나
는 다른 일에 바빠 「인생극장」의 다음 편을 보지 못한
채, 두 해 세월을 그냥 흘려보냈다.
TV에 출연할 기회가 있었다. 독서와 관련된 프로그램

이었다. 녹화 끝난 뒤에 제작진과 술을 한잔 함께 했다. 하지만 나는 책 쪽 사람에 속했고, 제작진은 TV 쪽 사람들이어서 대화의 채널이 어느 한쪽에 머물지 않고 두서없이 옮겨 다녔다. 그래서 오가는 말이 산만했다. 그래서 내가 감독을 향해 TV 이야기를 꺼냈다.

"「인생극장」이라는 프로, 아직도 나오나요?"

"그럼요, 장수 프로그램인걸요."

감독이, TV 이야기라면 자신 있다는 듯이 말했다.

"내가 한 이 년 전에요, 참 인상적인 「인생극장」을 보았는데요, 하모니카 부는 사람과 눈물 많은 사람이 나오는……."

"그런 게 있었어요, 있었어요. 노숙자 이야기였지요, 거기 나오던 노빈이가 어떻게 되었는지 아세요?"

나는 알지 못한다고 했다. 그러나 나는 짐작하고 있었다. 나는 그 프로그램 테이프를 구해 보고 싶었다. 나의 짐작을 확인해 보고 싶었다.

그러고도 한동안 노빈이의 눈물과 구름이의 하모니카 소리가 더러 눈앞을 서성거리고 귓가를 어른거리고는 했다. 전자에 대한 불편한 느낌, 후자에 대한 편안한 느낌은 여전했다. 아무것도 말하지 않음으로써 참 많은 말을 한 듯한, 참 기묘한 프로그램이었다 싶었다. 노빈이와 구름이를 다시 떠올린 지 오래지 않아 나는 방송국에 전화를 걸었다. 그 프로그램의 녹화 필름을 다시 찾아보고 싶었다. 책 프로그램을 같이 녹화했던 감독은 그새 벌써 퇴사해서 독립 프로덕션을 준비 중이라고 했다. 그래서 「인생극장」에 대해서는 더 물어볼 수 없었다. 「인생극장」과는 인연이 없는 모양이다, 이렇게 생각하고는 포기할까 했다. 문득 뒤가 돌아다 보였다. 한번 제대로 덤벼보지도 못한 채, 인연이 없는 모양이구나, 이러면서 돌아선 일이 얼마나 많았던가 싶었다. '인연 없음'을 빌미로 내 쪽의 게으름을 합리화하던 지난 세월을 돌아다보았다. 그러고는 「인생극장」에서 도망치려는, 몸을 뽑으려는 나 자신을 다잡았다. 하지만 다잡는다고 쓴 방법이, 지금 생각해도 하도 어리석어서 부끄럽다.

십사 년 전, 「인생극장」을 제작한 그 방송국의 드라마 PD가 내 집을 두어 번 찾은 적이 있다. 당시 그 PD는, 한 시인의 죽음을 둘러싸고 오고가는 무성한 정치적 입소문의 진위를 확인하고 싶어했다. 그 시인이 살아 있을 때의 에피소드를, 오래, 그리고 가까이 교우한 내게서 듣고 싶어했다. 나는 그와 두어 번 만난 자리에서, 죽은 시인의 이야기를 정교하게 들려주려고 애를 썼던 것 같다. PD의 이름을 나는 잊지 않고 있었다. 나는 「인생극장」에 대한 정보를 그로부터 얻으려고 했으니 어리석다.

방송국에 전화를 걸었다. 아무개 PD라고 했더니, 교환이 기겁을 하고는 '국장님'이라고 말했다. 세월이 많이 흘렀으니, 높은 자리에 올랐으리라 싶었다. 그는 나를 기억하고 있었다. 내가 필요로 하는 정보를 주겠노라고 했다. 전자우편 주소를 가르쳐주었다. 나는 이 말을 빠트리지 않았다.

"……옛날에는 문자 문화가 영상 문화의 원자재가 되었지요. 윤 국장도 소설을 원자재로 드라마를 많이 찍은 것으로 나는 알아요. 하지만 많이 바뀌었어요. 소설가가 영화감독으로 변신해서 눈부신 성공을 거두고 있어요. 소설가가 만화가의 길을 걸으면서 소설 이상의 감동을 주고 있는 시대가 왔어요. 「인생극장」은 탁월한 영상 소설이라고 나는 생각해요. 나는 「인생극장」이라는 창을 통해 세상을 다시 한번 바라보고 싶다는 유혹을 누를 길이 없어요."

며칠 뒤 그의 답장이 전자 우편에 들어와 있었다. 인터넷으로 들어가 방송국 사이트로 들어가면 필요한 정보가 거기 다 있노라고 했다. 「인생극장」 프로그램도 모두 다시 볼 수 있노라고 했다. 옛 방식으로 정보를 얻으려고 한 내 어리석음을 부끄러워하면서 그제야 컴퓨터를 열고 방송국 사이트를 찾아들어갔다. 내 책상머리에 세상 하나가 펼쳐졌다. 하지만 방송국 사이트가 다시 틀어

주는 프로그램은 방영한 지 삼십 일을 넘지 않은 것이어
야 했다. 내가 본 「인생극장」은 방영된 지 거의 이삼 년
을 넘은 것이었다.

　방법을 바꾸었다. 오래된 필름도 살 수 있을 것 같았
다. 방송국이 오래된 프로그램도 녹화해 두고 팔고 있을
것 같았다. 그래서 막무가내로 덤벼들기로 마음먹었다.
다시 방송국에 전화를 걸어 교환에게 다 알고 그러는 듯
이, 오래된 프로그램을 녹화해서 파는 곳을 부탁합니다,
하고 말했다. 신통하게도 교환은 그런 부서를 연결해 주
었다. 내용을 대자, 「인생극장, 하모니카」는 8부작이니
까, 30분짜리 테이프 8개, 한 개의 값이 1만 6500원이니
까, 합하면 13만 2000원이라고 했다. 신용카드 번호를
불러주었다. 일주일 뒤에 테이프가 한 상자 날아왔다.

　내 아내의 말이 옳았다. 주인공은 노빈이가 아니었다.
주인공은 하모니카를 부는 노숙자 구름이었다. 노빈이는
하모니카의 주인 구름이를 중심으로 하는, ‘하모니카’의
주변 인물에 지나지 않았다. 노숙자 구름이는, 조연 노
빈이를 통하여 내가 다시 만난 감동적인 주인공이었다.
나는 구름이를 다시 만나면서 노빈이를 잊었다. 이따금
씩 구름이 곁으로 노빈이가 등장하는 일이 없지 않았지
만 노빈이에게는 눈이 가지 않았다. 나는 다섯 시간에
걸쳐 8부작 「인생극장, 하모니카」를 보았다.

"무슨 노래지요?"

하모니카를 부는 노숙자 구름이에게 감독이 묻는다.

"……몰라요."

구름이가 대답한다. 왼팔과 왼다리를 제대로 쓰지 못하는 사십 대 초반의 노숙자. 얼굴의 선이 굵다. 농부 같기도 하고, 화가 같기도 하다.

"하모니카 불고 돈 받나요?"

"……안 받아봤어요."

"그런데 왜 하모니카를 부나요?"

"……행복하니까."

구름은 이러면서 감독에게 쪽지를 보여준다. 쪽지에는 '차박사', '토마스' 같은 사람의 전화번호가 쓰여 있다. 또렷하게 쓴 글씨다. 하지만 배운 사람들이 자주 쓰는 것과는 글씨체가 다르다. 구름이의 글씨체는, 글씨 쓸 기회가 1년에 한두 번밖에는 오지 않기가 쉬운, 나이 든 농부의 글씨체 비슷하다. 누구의 전화번호냐니까 친구의 전화번호라고 한다.

구름이의 수첩 위로는 무수한 글씨가 개미 떼처럼 고물거리고 있다. 한글은 아니다. 한자도 아니다. 굳이 말하자면 '공갈 한자'라고 불러도 좋겠다. 한자를 모르는 서양인에게 한자를 써보라면 그렇게 쓸 것 같다. 좀 전문적으로 말하자면 산스크리트 어 비슷하다. 구름이가

부는 하모니카 가락이 그렇듯이, 그 글씨도 구름이 아니
면 읽을 수 없다.

"집은?"

"……여기."

이러면서 구름이가 가리키는 곳은 지하철 잠실역의
길바닥이다.

"고향은?"

"무주 진안."

"그런데?"

"……다 이사 갔어…… 이사 가다가 아버지가 떨어뜨
렸어……."

"언제?"

"……박정희 죽은 날…… 오래됐지."

박정희 죽은 해가 1979년이니까 그는 이십 년 가까이
노숙자 살이를 하고 있었던 셈이다. 나이는 마흔 살 정
도로 추정된다. 화면 밖에서 누군가가 「한오백년」을 불
어보라고 한다. 구름이의 들숨날숨이 하모니카 떨판을
울린다. 입술은 하모니카의 특정 부위에 머문 채 좌우
이동을 거의 하지 않는다. 울려나오는 가락은 아무래도
「아리랑」 같다. 구름이에게는 그게 바로 「한오백년」이
다. 그러면 되었다 싶다.

구름이를 도와주는 스물두 살배기 청년 수한이는 노

숙자가 아니다. 집도 있고 부모도 있다. 단지 구름이가 좋아서 구름이 곁을 맴돌 뿐이다. 약삭빠른 구석이 하나도 없는 청년이다. 이 청년은 셈이 빠른 도시보다는 머리 쓸 일이 없는 지하도가 훨씬 마음에 드는 모양이다.

"꿈은?"

감독이 화면 밖에서 수한이에게 묻는다.

"영화 찍기."

"어떤?"

"엑스트라."

수한이의 대답이 뜻밖이다. 그는 대답 끝에, 선글래스를 끼고는 배우 흉내를 내어 본다. 입술이 두껍다.

수한이는 거의 아버지뻘이 되어 보이는 구름이를 '형'이라고 부른다. 형, 오뎅 먹어. 형, 붕어빵 먹어. 붕어빵집에서 붕어빵을 얻어먹은 구름이가 종이에다 무엇인가를 그리고 써서 주인에게 건네준다. 붕어빵 그림. 그리고 그 밑에 쓴 덕담. '행복한 붕어빵'. 그리고 조선조의 수결(手決) 비슷한 구름이의 서명.

구름이와 함께 노숙자로 머물던 김 씨가 구름이를 찾아온다. 다행히 주유소에서 일하게 되었단다. 김 씨는 구름이의 도움을 많이 받았던 것을 잊지 않고, 첫 월급을 헐어 옷을 사온 것이다. 김 씨와 구름과 수한이가 서로를 위로하느라 눈물바다가 된다. 형, 힘들지, 하고 김

씨가 묻는다. 구름이는 대답 대신 하모니카를 분다. 구름이가 우는 방식이다. 떠나는 김 씨를 향해 구름이가 하는 인사가 퉁명스럽다.

"자주 오지 마."

노빈이는 2부에 처음으로 등장한다. '노빈이'라는 이름이 노숙자 이름으로 너무 잘 어울려 영 마뜩찮다. 행색이 초라하다. 죽었다는 소문이 지하도에 나돈 적도 있단다. 한동안은 노숙자들의 해결사였단다. 목마른 노숙자에게는 물을, 주린 노숙자에게는 빵을 구해다 주던 노빈이다. 노숙자들이, 돈이 어디 있어서 이런 걸 사오느냐고 물으면 노빈이는, 내가 돈 주고 가져오는 거 봤어, 하고 반문했단다. 그러던 노빈이가, 알코올 중독자가 되어 있다. 알코올 중독자라…… 카메라가 구름이 곁만 맴도니까, 자존심 센 노빈이가 술을 마시게 된 것 아닐까 싶다. 선행을 그는 이렇게 말한다.

"……배고픈 사람 오면
이렇게도 저렇게도 해봤지
울어도 보고 싸워도 보고
경찰서에도 가보고
파출소에도 가보고
구청장에게도 가보고……

말도 못했지. 도움을……."

노빈이는 구름이를 만나자 눈물이 그렁그렁한 눈으로 묻는다. 어떻게 지냈어? 노빈이는, 카메라만 들어오면 준비된 대사를 내어놓는다. 문법 같은 것은 따지지 않는 게 좋다.

"나는 구름이보다 못한 놈이야
왜? 구름이 눈을 보면 눈물이 안 고여 있는데
나는 눈물이 고여 있거든."

구름이는 하모니카를 꺼낸다.

노빈이의 말이 맞다. 노빈이는 잘 울어도 구름이는 울지 않는다. 잘 웃지도 않는다. 울음 울기와 웃음 웃기를 하모니카 불기로 대신한다.

노숙자 하나가 구름이를 찾아와, 난생 처음으로 주민등록증을 갖게 되었다면서 자랑한 일이 있다. 구름이는 노숙자로부터 그 주민등록증을 받아들고는, 그 주민등록증을 향해 자기만 아는 가락으로 하모니카를 불어줌으로써 새로 생긴 주민등록증을 축복해 준 일도 있다.

수한이는 괜히 해보느라고 '영화 찍기가 꿈'이라고 한 것은 아닌 모양이다. 2000년 겨울 수한이는 대학로 정보소극장의 청소부가 된다. 연극배우들 시중들기라면 제대로 된 입문 코스다. 연출자가, 수한이의 자신감을 키워주기 위해 대사 한 꼭지를 주면서 자신 있게 해보라고

한다. 하지만 자기에게 무수한 상처를 안겨주었을 터인
이 세상을 향해 수한은 자신감 넘치는 소리로 마음 놓고
외치지 못한다. 대사는 간단하다. 이 두 마디다.
　"이봐, 내 말 들려? 난 널 좋아해!"
　구름이가 숲으로 수한이를 데리고 들어가 시범을 보
여준다. 나무를 끌어안고 외치라고 한다. 구름이의 어느
곳이 이런 힘이 있었을까 싶다.
　"이렇게 나무를 끌어안고 하면 돼."

　원래 3부작이었던 '하모니카'는 일단 여기에서 끝난
다. 그런데 「인생극장」 제작진에게 한 통의 전화가 걸려
온다. 전라북도 장수에서 걸려온 전화다. 아무리 보아도
구름이는, 이십이 년 전에 실종된 '김성구' 같다는 것이
다. 제작진의 자동차가 장수로 내려가면서, 3부에서 일단
끝났던 이 미니시리즈는 훨씬 드라마틱해진 양상으로 '하
모니카, 그 후일담'으로 계속해서 진행된다. 그래서 합해
서 8부작이 된다. 4부는, 장수로 내려간 제작진이, 구름
이와 김성구가 동일인임을 확인하고, 가족을 서울로 불러
올려 상봉하게 하는 과정으로 짜여져 있다. 나는 4부를
보고 나서야 5부에서 노빈이가 보여주던 위험하기 짝이
없는 오버액션의 까닭을 짐작했다. 노빈이는, 가지 말아
야 할 길로 들어서서, 보지 말아야 할 것을 보려 하고

있었다.

　지하철 잠실역에서 가족 상봉이 이루어지던 날 구름이는 평소에 마시지 않던 술에 취해 있다. 그는 젊은 노숙자의 머리에 무릎을 내어놓고 있다. 젊은 노숙자는 잠들어 있다. 가족을 뒤에 두고, 감독이 그에게 다가가서 묻는다.
　"누구요?"
　"……친구지. 친구."
　"고향 친구?"
　"……객지 친구."
　감독이, 장수에서 확인해 온 구름이의 본명을 댄다. 김성구가 당신 본명이지? 구름이의 표정에는 변화가 없다. 구름이가 살던 마을 이름이 문성리 갈골이지? 맞아. 그제서야 표정이 바뀌기 시작한다. 가족이 왔어. 보고 싶지? 보고 싶지요. 4부에 이르기까지 한번도 눈물을 보인 적이 없는 구름이가 운다. 고향을 상기시키는 어휘 앞에서 구름이의 눈물이 주름살 사이를 타고 흐른다. 구름이가 처음으로, 하모니카로 울지 않고 눈물로 운다.
　가족과 함께 장수로 떠나는 날, 구름이는 잠실역 상가 사람들에게 작별 인사를 다닌다. 상인들은 구름이의 귀향을 저희 일처럼 기뻐한다. 전라도 말씨를 쓰는 한 아주머니가, 지하도 계단이 울게 생겼어, 하면서 섭섭해한다. 검표원이, 이제 못 보는 것 아니야, 하고 물었을 때, 구름이는 도 닦던 사람처럼 말한다.

"오고 가고 그러면 되지."

그러고는 지하도 입구로 올라가 맨 윗계단에 앉아본다. 그러고는 가족과 함께 장수로 떠난다.

카메라 한 대가 잠실역에 남아 있다. 잠실역 식구들이 구름이를 이별하는 자리에 노빈이가 없었기 때문이다. 구름이가 떠난 자리를 찍기 위해 카메라 한 대가 남아 있었을 것이다. 감독이 뒤늦게 나타난 노빈이에게, 구름이가 떠났다는 소식을 전한다. 노빈이가 비장한 어조로 중얼거린다.

"술 끊었어…… 얘기 들었어요. 잘 가라고…… 안녕히……."

그러고는 돌아선다. 이제 카메라가 잠실역에 남아 있어야 할 필요는 없다. 카메라는 장수로 내려가, 구름이를 따라 내려간 카메라에 합류할 것이다. 그러나 카메라는 내려가지 못한다. 노빈이에게는 카메라를 떠나보낼 생각이 없다. 노빈이는 울음을 터뜨린다. 그러면 감독이 왜 우는지 까닭을 물을 것이다. 하지만 감독은 묻지 않는다. 예상했던 대로 노빈이가 오열하면서 감독에게 묻는다.

"내가 왜 우는지 알아요?"

감독은 너무나 뜻밖의 질문이어서 바로 대답하지 못한다. 노빈이가 자문자답한다.

"고향으로 떠나고 싶어서……

죽으러 가고 싶은 모양이다

발길이 그쪽으로 가는 걸 보면……."

카메라가 노빈이의 갈고리에 걸려든 것 같다. 화면 밖에서 누군가가 이렇게 물은 것을 보면.

"어디로?"

"백령도로……."

구름이의 귀향에 이어 노빈이의 귀향 장면을 찍을 수 있으면 좀 좋으랴. 카메라는 망설이는 것 같다. 노빈이로서는, 조금 더 확실하게 밑밥을 던질 필요가 있는 시점이다…… 나의 짐작. 노빈의 행동은 내 짐작을 비켜가지 않는다.

알코올 중독자가 되어 있던 노빈이가, 카메라 앞에서 평소에 않던 짓을 한다. 늙은 노숙자를 부축하고, 그 입에다 음료수를 붓는다. 마시면 몸이 따뜻해질 거야, 이러면서…… 노숙자의 지저분한 입술을 닦아주기도 한다. 카메라는 이상한 말, 이상한 행동을 계속하는 노빈이의 옆을 떠나지 못한다.

하지만 노빈이가 돌볼 노숙자가 옆에 그리 많은 것은 아니다. 그는 혼자 남는다. 카메라가 심심해질 판인데, 그가 울음을 터뜨린다. 노빈이는 울면서, 왜 우세요, 이렇게 물어주는 사람을 기다린다.

"왜 우세요?"

감독이 화면 밖에서 묻는다. 노빈이가 그 기회를 놓칠 까닭이 있겠는가? 그는 오열하면서 절규한다.

"제가 죽으면 고향 땅에

누가 화장시켜 줄 사람 있는가?

아, 한 맺힌 이 설움을……."

노빈이가 한 이상한 소리는 이것뿐만이 아니다. 내레이터도 말했다. 이상한 소리는 이것뿐만이 아니었다고. 감독은 알았던 것일까, 몰랐던 것일까? 노빈이는 절규한다.

"막 쫓아다녀, 쫓아다녀……."

잠실역에 남아 있던 카메라는 철수하지 못한다. 이로써 노빈이는 카메라가 '하모니카'의 주인공 구름이에게 집중되는 것을 저지하는 데 성공하는 것 같다.

5부에서, 두툼한 방한 '반코트'를 입은 구름이가 눈길을 걷고 있다. 왼팔, 왼다리가 온전하지 않아서 몸을 왼쪽으로 기울인 채 걷는 것을 보면 흡사 논밭에다 씨 뿌리는 시늉을 하는 것 같다. 약간 어수선하게 마련인 겨울의 시골 풍경에 견주어 구름이의 얼굴이 꽤 말쑥하다. 가까이 가면 비누 냄새가 날 것 같다. 귀향 직전에 주위에서 가꾸어준 흔적이 역력하다. 이십이 년을 노숙자로 살아온, 과거의 기억을 상실한 구름이. 꾸며놓고 나니 마흔넷이라는 나이가 어울린다. 그가 고향으로 돌아와 있는 것이다. 스물두 살 때 실종되었다가 이십이 년 만에. 하지만 귀향 다음 날인데도 구름이는 아침 일찍 일어나 눈 쌓인 들을 한 바퀴 돈 다음에야 집으로 들어선다. 방안을 견딜 수 없었던 까닭이다. 그는 방안으로 들어오면 늘 진땀을 흘린다.

한 중년 아낙네가 구름이를 껴안는다.

"성구야, 큰엄마다, 알겠냐?"

귀향한 순간부터 구름이는 '성구'로 불린다. 구름이가 잊고 있던 이름이 '검성구'란다. 김성구가 내뱉는 말은 참 짧다.

"내 걱정 마."

이러면서 구름이는 큰어머니라는 사람의 품에 안긴다. 잠깐 그의 표정이 밝아진다. 하지만 포옹이 풀리면서 그의 표정은 다시 뻥 뚫린다. 큰어머니라는 아낙네에게서 돌아서면서 구름이는 중얼거린다. 그의 얼굴은 땀으로 흠뻑 젖어 있다.

"올라가고 싶어……."

그는 노숙의 근거지였던 서울의 잠실 지하철역을 말하고 있다.

식구들이 모두 아침상머리에 앉아 있다. 돌아온 노숙자 구름이도 앉아 있다. 아우들, 누나들, 숙모와 백모도 앉아서 뜨거운 아침밥을 먹고 있다. 이십이 년 동안 기억을 상실한 채 노숙자로 떠돈 구름이는 더운 방과 따뜻한 아침밥이 견딜 수 없는지 연신 땀을 닦는다. 그에게 방안은 견딜 수 없이 답답하다. 형제들이 구름이의 과거를 일깨워주기 위해 무슨 말을 할 때마다 구름이는 짤막하게 대답한다.

"지금 모릅니다."

방안의 열기를 견디지 못한 구름이가 슬그머니 밖으로 나온다. 얼굴이 땀으로 흥건히 젖어 있다. 그는 외양간 앞으로 다가간다. 외양간의 소 앞에서 그는 하모니카를 분다. 무슨 곡을 부는지 그것은 구름이만 안다.

카메라가, 귀향한 구름이의 고향을 비추던 카메라 중 한 대가 서울로 돌아온다. 내가 처음 본 「인생극장」이 이 5부였으니까, 나는 5부에서 노빈이를 처음 본 셈이다. 하지만 이때 이미 노빈이는 '하모니카, 그 후일담'의 주인공이 되어 있다.

마흔두 살이란다. 얼굴은 나이보다 젊어 보이는데 머리카락은 반백을 넘은 지 오래 같다. 눈이 크고 입이 작다. 여성 같으면 미인의 조건이 될 만하다. 하지만 남성인 노빈이는 그렇게 큰 눈 때문에 어쩐지 꾀보 같다는 인상을 준다. 그가 관청의 안내판 앞에 선다. 안내판에는 '말소된 주민등록증, 새로 해드립니다', 이런 안내문이 적혀 있다. 그 앞에서 노빈이의, 다분히 신파조인 대사가 시작된다.

"말소된 주민등록? 나는 호적 자체가 없는, 무적자랍니다."

감독이 묻는다.

"무적자로 살았어요?"

"오래되었지. 무지하게 오래되었어요…… 영등포에서 서울역으로, 서울역에서 용산으로, 용산에서 잠실로…… 하지만 흔적이 없어요. 무적자로 떠돌아서……."

감독의 모습은 화면에 나타나지 않는다. 화면 밖에서 등을 돌린 채 화면에 나오는 노빈이를 향해 아주 낮은 목소리로 묻기만 한다. 시청자가 그의 나지막한 목소리를 알아들을 필요는 없다. 화면 한가운데 떠 있는 노빈이의 대답이, 혹은 화면 아래로 깔리는 자막이 그의 질문을 짐작할 수 있게 해주기 때문이다. 하지만 귀 기울이면 감독의 질문을 감청하는 것도 가능하다. 내가 화면을 눈여겨보기 시작한 것은, 감독과 사전에 충분한 교감이 있었을 터인데도 노빈이는 자꾸만 자신의 삶을 극화하고 있었기 때문이다. 캇! 감독이, 말아 쥔 대본으로 제 머리를 때리며, 노빈이 씨, 너무 멋있게 말하려고 애쓰지 마요, 이렇게 소리칠 것 같았다. 구름이에게는 그런 것이 없었다. 전혀.

카메라가 노빈이를 뒤쫓는다. 영등포 저잣거리의 개가 노빈이를 보고 짖는다. 그냥 짖는다. 노빈이가 개를 향해 소리친다.

"자꾸 그렇게 쫓아내지 마! 나도 사람이다, 이 자식아!"

그는 자신의 무적자 신세를 의식하면서부터 '나도 사람'이라는 감정적인 표현을 부쩍 자주 한다. 그는 꼭 보여줄 것이 있다면서 카메라를 육교 위로 데려간다. 그러고는 육교의 맨 윗계단에 앉는다. 어린 시절, 어린 몸으로 떠돌면서 자주 앉았던 곳이라면서 그는 거기에 앉은 채로 소주병을 꺼낸다.

"왜?"

감독이 묻는다. 노빈이는 입을 다문 채 소주만 마신다. 감독의 '왜'는 어떤 울림도 지어내지 못한다. 노빈이의 침묵은 아무래도 의도적인 것 같다. 나는 그의 목소리가 높아질 것을 예감한다. 노빈이는 대사의 타이밍을 노리고 있는 것만 같다. 아니나 다를까 그가 소리친다. 그의 절규는 산문이라기보다는 운문에 가깝다.

"육교 위에서 이렇게 쓸쓸하게 술로 달래
다리 밑에서 술로 달래고 하는 나
집으로 가려고 하는 마음
그 그리움을 아세요?"

그는 인천 가는 차표 한 장을 손에 들고 있다. 기어이 고향 백령도에 가기로 결심한 모양이다. 구름이의 귀향이 그의 귀소본능을 울린 것이 아니라면 삼십 년 전에 떠나온 고향을 왜 찾아가려 했겠는가? 그렇다면 구름이가 노빈이의 귀소본능을 꼬드겼던 것일까? TV 카메라 때문일 것이다. 전철 안. 카메라가 그의 큰 눈 가까이 다가간다. 그 눈은 금방 눈물로 그렁그렁해진다. 그는 그런 눈으로 제 손을 바라본다. 손등에 큼지막한 흉터가 있다. 그와 카메라가 인천 연안 부두 여객 터미널에 이른다. 백령도 가는 '데모크라시 호'가 정박해 있다. 그가 표를 사려고 한다. 직원은, 내일 아침 7시 30분에 떠납니다, 오늘은 없습니다, 하고 말한다.

노빈이는 울음을 터뜨린다. 마흔두 살 먹은 사내가 울음을 터뜨린다. 그 자리에서 배에 오르지 못하면 영원히 오르지 못할 것처럼. 그의 오열은 지루하다 싶을 만큼 오래 계속된다. 오열하면서 그는 특유의 대사를 내뱉는다.

"내 고향 내 집 찾아가는데

내 고향 내 집 찾아가는데

……얼마나 한이 많아."

터미널 직원이 그를 말린다. 내일 아침에 떠나세요, 하고 만류한다. 직원이 만류하지 않았으면 노빈이는 그러지 않았을지도 모른다. 노빈이는, 부두에 정박한 배 위의 난간을 잡고 막무가내로 그 배에 오른다. 그 배의 선원이, 이건 백령도 가는 배가 아니에요, 하면서 지나간다. 엉뚱한 배에서 쫓겨나 하릴없게 된 노빈이가 중얼거린다. 감독이, 이제 속이 좀 시원해졌어, 하고 물었던 것 같다.

"마음이 안 트여, 마음이 안 트여."

이렇게 대답하는 노빈이의 시선이 공중을 향한다. 카메라가 갈매기 한 마리를 가까이 잡아준다. 시선을 떨군 노빈이가 바닷가를 걷는다. 카메라가 노빈이의 뒤를 좇는다. 노빈이는 카메라가 뒤에 붙어 있다는 것을 감독보다도 더 잘 알고 있는 듯한 몸짓을 보여준다.

다시 잠실역. 두 눈이 눈물로 그렁그렁한 노빈이가 중얼거린다. 이 대목을 떠올리자니 아내의 말이 옳다 싶어진다. 구름이의 귀향으로 이야기가 마무리될 시점에 이르니까 노빈이가 설치는 거지…… 노빈이의 대사는 정확하게 이렇다.

"구름이도 가는데

나는 왜 못 가?
나도 사람인데?"
노빈이는 이러면서 제 손을 내려다본다. 카메라가 그
손으로 다가간다.
"……이게 내 손이야."
노빈이는 이러면서 웃는다. 웃으면서 손으로 카메라
렌즈를 가린다. 화면에는 초점을 잃은 노빈이의 손만 비
친다. 제멋대로다. 저에게 베풀어진 자유의 공간이 얼마
나 슬픈 것인지 알 리 없다. 카메라가 뒤로 빠지자 이번
에는 카메라를 향해 웃으면서 손을 흔들기까지 한다. 아
이고, 참, 하면서.

노빈이가, 전라북도 장수로, 귀향해 있는 구름이를 만
나러 가는 날이다. 카메라가 붙잡아내는 그의 표정은 맑
음과 흐림 사이를 왔다 갔다 한다. 구름이를 만나러 가
는 날 아침, 노빈이는 느닷없이 머리를 깎겠단다. 그것
도 시원하게, '스포츠'로 깎겠단다. 카메라가, 머리 깎
는 노빈이를 비춘다. 노빈이가, 우수수 떨어지는 제 머
리카락을 보면서 중얼거린다. 운문으로 중얼거린다.
"꼭 낙엽 떨어지는 것 같아
낙엽 떨어지면 사람들이 밟고 가잖아
밟고 다니잖아, 묻혀지지 않으면……."

친구들이, 이발한 노빈이를 씻겨준다. 노빈이의 다리
는 부어 있다. 그는 부은 다리를 가리키면서 카메라를
향해 중얼거린다.

"보시오, 다리 부은 걸 보시오.

봐요, 심정이 어떤 심정인지.

죽지 못해 사는 산송장

걸어 다니는 산 시체를 말이오."

노빈이는, 구름이가 나흘 전에 귀향해 있는 전라북도
장수군에 이른다. 구름이가 노빈이를 엎드리게 하고는
다리를 주무른다. 왼팔과 왼다리를 쓰지 못하는 구름이
가, 사지 멀쩡한 노빈이의 다리를 주무른다. 구름이가
귀향한 노숙자의 자격으로 아직도 노숙자 자격으로 떠도
는 노빈이의 다리를 주무른다. 카메라가 노빈의 얼굴로
다가간다. 노빈이의 두 눈에는 눈물이 고인다. 바싹 마
른 노빈이의 몸 어디에 그렇게 많은 수분이 스며들어 있
었나 싶게, 자동으로 그렁그렁 그 큰 눈에 고인다.

"영혼이 땅 속으로 스며드는 것 같아

육체는 그래도 영혼은 썩어서 죽어가는 거야."

다음 날 카메라는 다시 구름이에게 밀착한다. 아침 일
찍 일어나, 불편한 몸을 이끌고 들을 한 바퀴 돌아온 구
름이가 제 물건을 주섬주섬 챙기기 시작한다. 누군가가
화면 밖에서 질문을 던진다. 질문의 내용은 잘 들리지

않는다. 어디 가요,라고 했던 것 같다. 구름이가 손가락을 세워 입술에다 대면서 소곤거린다.

"갈 거야."

"지금 비 많이 오는데?"

화면 밖에서 들리는 소리다. 구름이는 가방 챙겨 어깨에다 메고는 비를 맞으면서 빗길로 달려나가 휘적휘적 걷는다. 화면 밖에서 누군가가 구름이를 제지한다. 구름이가 화를 낸다. 구름이에게는 전혀 어울리지 않는, 화난 얼굴이 잠시 화면에 비친다. 화면 밖의 사람은 더 이상 구름이를 붙잡지 않는다. 어차피 구름이 혼자서는 서울로 돌아갈 수 없을 터이기 때문이다. 절룩거리며 빗속을 걷던 구름이, 마을의 어느 빈 외양간 같은 곳으로 들어간다. 담배 한 대를 피워 문 그가 가방에서 수첩을 꺼낸다. 그러고는 서툰 글씨로 쓴다.

내 걱정 말고
잘 살아. 행복하게

그러고는 하모니카를 꺼내면서 돌아선다.

"난 집에 있으면 못 견디겠어."

구름이가 이렇게 중얼거리고는 하모니카를 불기 시작한다. 무슨 가락인지는 구름이만 안다. 나도 하모니카를 좋아한다. 어린 시절부터 하모니카를 불었다. 하모니카 없이 어찌 살까, 하던 때도 있다. 하지만 나는 나만 아는 가락을 불어본 적이 없다. 남이 만든 가락만 불었다.

구름이를 보고 있자니, 구름이는 지금 있어야 할 곳에 있지 않다, 이런 생각이 들었다. 구름이는 아무래도 지하철 잠실역으로 돌아가야 할 것 같다는 생각이 들었다. 노빈이를 보고 있자니, 노빈이는 지금 있어야 할 곳에 있지 않다, 이런 생각이 들었다. 노빈이는 아무래도 제가 있던 곳에서 너무 먼 곳을 향한 빠른 행보를 시작했다는 생각이 들었다.

집 나서서 길을 잃은 구름이 빗길 달려오는 트랙터를 하나 세운다. 트랙터가 서울로 갈 리 없다. 트랙터에 이어 트럭 한 대가 달려온다. 손을 들고 세운다. 구름이를 붙잡으러 온 식구들이다. 하릴없이 붙잡혀 온 구름이에게 노빈이가, 고집도 부릴 때 부려야지, 하면서 호통을 치기까지 한다. 이제 노빈이는 '하모니카, 그 후일담'의 주인공 자리를 꿰어찬 듯한 느낌을 준다. 구름이의 고향에서 구름이, 노빈이, 수한이 삼총사가 동요를 부른다.

산골짝에 다람쥐 아기 다람쥐,

도토리 점심 가지고 소풍을 간다

저녁이 된다. 진땀을 흘리던 구름이가 맨바닥에 쪼그
리고 눕는다. 요를 깔자고 해도 막무가내다. 석현이 노
래를 부른다.

즐거웠던 그날이 올 수 있다면
아련히 떠오르는 과거로 돌아가서
지금의 내 심정을 달래보련만
아무리 뉘우쳐도 과거는 흘러갔다……

구름이가, 동트기 무섭게 밖으로 나온다. 화면 밖에서
질문이 던져진다.
"왜, 나가려고?"
"여기서 안 살았어."
"답답해?"
"내가 마음대로 못하게 어디 졸졸 따라다니고……."
가족들이 구름이의 눈치를 슬슬 본다. 구름이는 밖으
로 나와, 까치 둥우리를 매단 고목에 기대서서 하모니카
를 분다. 가족들이 두 손을 든다. 구름이는 그래서 짐을
꾸릴 수 있다. 노빈이의 표정이 험악하다.

다시 잠실역이다. 구름이는 자유를 되찾았다. 하지만 늘 맨손으로 집던 붕어빵을 나무젓가락으로 집는다. 제 손을 더러운 손으로 여기기 시작했기 때문일 것이다. 전에는 깨끗하던 손이었는데…… 붕어빵 가게 안주인에게 붕어빵을 얻어먹은 구름이가 예의 그 그림을 또 한 장 그려준다. '행복한 붕어빵, 나그네 붕어빵'이라는 화제가 붙어 있다. 나그네가 무엇인지 모르던 구름이었다.

삼월의 어느 아침, 노빈이는 기어이, 인천 연안 여객 터미널에서 백령도 가는 배를 탄다. 수한이 동행이다. 이로써 노빈이는 '하모니카, 그 후일담'에서 구름이를 따돌리고 단독 주인공이 되는 데 성공한다. 목 매달아서 자살한 어머니, 개울에 빠져서 자살한 아버지…… 잠깐씩 상상하는 것만으로도 노빈이는 그 큰 눈 가득히 눈물을 채울 수 있다. 백령도에 이르러서는, 고향으로 추정되는 마을 할머니를 껴안고 눈물을 뚝뚝 떨어뜨린다. 생가는 아무리 찾아도 찾아지지 않는다. 면사무소에서도 노빈이는 아버지의 이름을 찾아내지 못한다. 노빈이의 이름은 무적자여서 거기 존재하지 않는다.
노빈이가 한동안 몸담고 있었다는, 고아원을 겸하는 성당을 기억해 낸다. 직원이 교적을 뒤져 고아원을 거쳐

간 아이들 중에 노빈이라는 이름을 찾아낸다. 본명은 미카엘이다. 백령도에서 얻은 수확은 그것이 전부다.

　잠실역으로 돌아오고부터 노빈이는 어머니 이야기를 부쩍 자주 한다. 눈물을 쏟으면서 어머니 노래를 부르기도 한다.

　　어머니 내 어머니
　　사랑하는 내 어머니

그러다 하늘을 향해 절규한다.
어머니, 어머니, 어머니……
노빈이는 극도의 절망 상태에서 어머니의 무덤을 찾아가기로 결심한다. 카메라를 자기에게 묶어두려면 그 방법밖에는 없다는 것을 알았기 때문일까? 노빈이는 카메라 앞에서, 밤하늘을 향해 부르짖는다. 「불효자는 웁니다」를 부른 대중가수 흉내 같다.

　"어머니…… 어머니…… 제가 갑니다. 이 노빈이가 갑니다."

　어머니 무덤에 가는 것은 좋은데 아무래도 노빈이는 너무 요란하게 가고 있다는 느낌을 지울 수 없게 한다. 그가 부르는 노래도 마흔 살 된 사내의 노래 같지는 않다.

엄마가 보고플 때
엄마 사진 꺼내놓고

"……어머니 내 어머니, 사랑하는 내 어머니, 보고도
싶고요, 가고도 싶고요…… 어머니, 노빈이 대청도로 갑
니다아아……."

대청도 어머니 산소 앞에 이른 노빈이…… 어린 아들
두고 개가한 어머니, 아들이 가출하자 자살한 어머니 무
덤에 소주를 뿌리고는 오열한다. 그러던 노빈이가 주머
니에서 종이딱지를 꺼내어 산소 앞에 묻는다. 지하철 표
다. 오고 싶으면 배 타고 나와 인천에서 내려 지하철 타
고 잠실역으로 오라는 메시지 같다. 그는, 어머니, 편히
쉬세요, 하면서 절하지만, 그런 아들을 보는 어머니의
영혼은 어째 편히 쉴 수 있을 것 같지 않다. 노빈이의
연기는 점점 대담해진다. 해변에 이르러서도 그는 연기
를 멈추지 않는다. 바닷물이 밀려난 모래 위에다 그는
'어머니'라고 쓰고는 또 운다. 울면서, 곁에 있는 수한
이에게 한 수 가르쳐주기까지 한다.

"바닷물이 왜 짠지 알아? 내가 세상에서 흘린 눈물이
고여서 그래…… 그렇게 알고 울어."

카메라가 머쓱했던지 빈 하늘의 갈매기를 비춘다. 대
사가 없으면 오열은 곧 중단된다. 울음을 잇는 데는 넋

두리가 가장 효과적이고 두 번째는 노래 부르기다. 노빈이는 수한이의 어깨를 껴안고 동요를 부른다.

산골짝에 다람쥐 아기 다람쥐
도토리 점심 가지고 소풍을……

노빈이는 노래를 오래 하지는 못한다. 눈물 때문에.
'하모니카, 그 후일담' 7부는 다음 자막과 함께 끝난다.

인천 중부 경찰서는 연안부두 한 귀퉁이에서 노빈의 시신을 수습했다.
사인은 알코올 중독으로 인한 동사. 시신은 무연고자로 처리되어 인천기독병원에 안치되어 있다.

노빈이의 사망 소식을 들었을 리 없는 구름이는, 또래 노숙자들과 지하철 잠실역에서 숨바꼭질을 하고 있다. '꼭꼭 숨어라 머리카락 보인다'를 그들은 아직 잊지 않고 있다. 노빈이의 사망 소식을 들었을 때 구름이가 보인 반응은 담담하다. 벌써 오래전에 알고 있었던 듯이 그는 한마디로 내뱉는다.
"잘 죽었어."
공동묘지의 무연고자 묘역에 노빈이를 묻던 날, 구름

이는 무덤가에서 하모니카를 분다. 잠실역에서 친구가
된 색소폰 연주자도 거기까지 와서 구름이와 합주한다.
구름이 하모니카 연주에 화음 따위는 존재하지 않는다.
하모니카 소리 안에 화음이 다 들어 있다.

삼각함수

“미스터 ‘킬러’?”

스피커폰에서 울려나온 목소리다.

“……”

나는 목소리의 임자가 누구인지 짐작했다. 미국인 중에 내가, 혹은 ‘킬러(살인자)’였을 수도 있다는 정보를 나와 공유하고 있는 사람은 한 사람밖에 없었기 때문이다. 그는 나를 때로는 ‘킬러’, 때로는 ‘슈터(총잡이)’라고 부른다. 그러나 나는 특정 문맥에서만 총잡이, 혹은 ‘살인자’일 수 있는 것이지, 불특정 다수가 나를 밑도 끝도 없이 ‘살인자’라고 부르는 것은 용인할 수 없다.

“……베트남의 살인자 계시오? 베이커 해롤드 박사올시다.”

미국인들은 제 이름 앞에도 '박사'를 잘 붙인다. 제 이름 앞에다 존칭인 '미스터'를 붙이는 사람도 있다.

"베트남에서는 언제 왔어?"

"그저께…… 사진 나왔어."

"내가 부탁한 사진도?"

"물론……."

"빨리 보고 싶군. 올 거야, 내가 갈까?"

내가 그의 연구실로 가기로 했다. 가슴이 뛰었다. 내가 십사 개월을 보낸 베트남의 '호이난'을 다시 보고 싶었다. 호치민이나 다낭 같은 큰 도시가 아니어서 텔레비전에도 나오지 않던, 그 작고 아름답던 도시 '호이난'과 그 해변을 다시 보고 싶었다. 그리워서 보고 싶었던 것이 아니다. 나는 '호이난'에 대한 견딜 수 없이 불길한 예감을 떨쳐버릴 수 없었다.

"미스터 킬러?"

베이커 해롤드 교수가 전화를 걸어 똑같은 말을 한 것은 두 주일 전의 일이다.

"웬일이야?"

"베트남에 함께 가지 않겠어요?"

"베트남? 베트남 레스토랑?"

"아니, 인도차이나 반도에 있는 진짜 베트남."

베이커 해롤드는 인류학자다. 내가 말하는 '베트남'과 그가 말하는 '베트남'은 다르다. 그가 말하는 '베트남'은 한국군 신분으로 다녀온 나의 '베트남'이 아니다. 인류학자가 말할 때 '베트남'은 특별한 인류학적 의미를 지닌다.

"뜬금없이……."

"당신 삼십 년 전에 베트남에서 근무했잖아? 당신 근무하던 데가 '호이난'이었잖아?"

"한가하게 '근무한' 데가 아니야, 머리통 터지게 '싸운' 데지……."

"이를 테면……."

베이커 해롤드 교수가 나의 베트남 참전 기록을 기억하고 있는 것은 우연이 아니다. 그의 형이 나와 거의 같은 시기에 베트남에서 근무했기 때문이다. 그가 나의 근무지까지 기억하는 것도 우연이 아니다. 형의 근무지가 바로 '호이난'의 미군 기지였기 때문이다. 그러니까 그가 가진 '이 아무개가 언제부터 언제까지 베트남의 호이난에서 근무했다'는 정보는 나에 대한 정보라기보다는 자기 형에 대한 정보이기가 쉽다. 그가 나의 근무 경력이나 근무지를 카랑카랑하게 기억하고 있는 것은 이 때문이다. 기억이란 이런 것이다. 기억의 공유는 정보의 공유를 활성화한다.

나와 베이커 해롤드 교수가 가까워진 까닭 혹은 계기도 이런 식의 정보 공유와 무관하지 않다. 베이커는 미국인이지만 그의 아내는 말레이시아인이다. 조금 더 자세하게 설명하면 베이커의 아내는, 베이커가 '사바티칼(안식년)'을 맞아 말레이시아에서 '필드워크(현장학술조사)'를 시작하면서 고용한 현지인 도우미 출신이다. 베이커는 만 일년 동안의 연구 활동을 마친 뒤, 아내는 물론 두 달배기 아들까지 데리고 귀국했다. 이 말은 필드워크 시작하자마자, 베이커가 말레이시아 처녀를, 혹은 말레이시아 처녀가 베이커를 꾀었다는 뜻이다. 다른 말로 하자면 말레이시아에 대한 인류학적 현장 학술 조사와 사람의 배꼽 밑에 대한 현장 조사가 거의 동시에 시작되었다는 뜻이다.

나와 베이커가 아주 빠른 기간에 가까워지면서 이른바 '퍼스트 네임 베이스'의 친구가 된 것은, 우리말로 너나들이하는 사이가 된 것은 그가 말레이시아에서 데리고 온 아들의 돌잔치와 밀접한 관계가 있다. 내가 그의 아들 돌잔치에 초대받았던 것은 아니다. 우리는 서로 일면식도 없었다. 내 친구 중에 사진 찍는 솜씨가 좋아 정치학 교수와 사진가를 겸업하는 친구가 있는데, 그가 돌잔치에 가서 찍어와, 베이커에게 선물하기 위해서 확대·인화하고 액자에까지 넣은 사진 중에는 실로 놀라운 사진이 한 장 있었다. 그 사진에 찍힌 장면을 설명하면 이렇다.

방바닥에 '∧'꼴 겹사다리 하나가 놓여 있다. 높이는 그날 잔치의 주인공인 돌배기의 키와 비슷하다. 겹사다리 양쪽에는 각각 일곱 개씩의 가로장이 있다. 겹 사다리 왼쪽에는 우리나라 세숫대야와 비슷한 그릇이 하나 놓여 있다. 그릇에는 물이 가득 담겨 있다. 아이의 외조부로 보이는 한 말레이시아 노인이 걸음마를 마악 시작한 아기를 안아 사다리의 맨 아래 가로장에다 발을 대게 한다. 그러고는 하나씩하나씩 오르게 한다. 맨 윗가로장에 이르면 같은 순서로 일곱 개의 가로장을 하나씩 내려가게 한다. 사다리에서 내려서면 이번에는 아기의 발을 물그릇에 담그게 한다. 그러고는 아이로 하여금 그 물을 건너게 한다. 아기가 그 물을 거의 다 건너는 순간…….
찰칵…….

나는 일면식도 없는 베이커 해롤드 교수에게 전화를 걸었다. 그러고는 사진 찍는 정치학자의 친구라고 나 자신을 소개했다.
"……시베리아의 무당이 자작나무를 올라갔다가 내려

오는 의례가 있어요. 자작나무 둥치에는 일곱 개의 ‘노치(칼자국)’가 나 있지요. 그러니까 이 자작나무는 칠천(七天), 즉 일곱 겹 하늘을 상징하는 것인데, 무당은 이 나무에 올라갔다가 내려옴으로써 죽음과 부활을 상징적으로 체험하는 것입니다. 당신 아들 돌잔치 사진에서 본 겹사다리는 시베리아 무당의 자작나무와 무관하지 않은 것 같습니다. 사다리의 일곱 가로장 역시 일곱 개의 ‘노치’일 것이고요. 의견을 듣고 싶습니다.”

베이커 해롤드가 활짝 갠 목소리로 대답했다.

“바로 보셨습니다. 시베리아 무당 자작나무 타기의 말레이시아 ‘버전(판)’입니다. 죽음과 부활의 상징적 의례(儀禮)를 재현한 것입니다.”

“그런데 시베리아의 의례에는 물이 등장하지 않습니다. 물그릇의 의미를 설명해 주실 수 있습니까?”

“당신은 겹사다리와 노치의 상징, 상승과 하강의 상징을 해석해 내었습니다. 물그릇의 상징적 의미도 해석하실 수 있을 것 같은데요?”

“한국인들은 저승을 ‘구천지하(九泉地下)’라고 부른답니다. 불교에서는 삼도천(三途川)이라고 부르고요. 그리스 신화에서는 ‘스튁스(증오의 강)’이라고 하지요. 기독교에서는 ‘요단 강’이라고 부릅니다. 그렇습니까?”

“그렇습니다. 내 장인은 그 의례를 통하여 내 아들에

게 죽음을 미리 죽어두게 한 것이지요."

"북방계 의례의 잔재를 남방계 의례에서 보게 된 것이 하도 반가워서 전화로 실례하게 되었습니다. 용서하십시오."

"용서나마나…… 당장 만납시다."

이렇게 해서 만나게 되었는데 만나보니 귀때기가 새파란(!) 십오 년 연하의 젊은이였다. 이런저런 남방계 북방계 샤머니즘 이야기 끝에 베트남 이야기가 나왔다. 나는 베트남 전쟁 이야기를 시작했고, 그는 자기 형의 베트남 이야기로 장단을 맞추었다. 그러다 그가 제안했다.

"미스터 리, 우리 서로 이름 부르기로 합시다."

말을 트자는 소리, 서로 반말하자는 소리였다. 요놈 봐라, 싶었지만 미국 땅이니 어쩔 수 없었다.

"그러자."

"실은 말이지, 호치민 시에서 세미나가 열리는데, 세미나 주최 측으로부터 초청을 받았어요. 부부 동반으로…… 말레이시아에서의 연구 결과를 발표해 달라는 것이지."

"그게 나와 무슨 상관이 있어? 남방계 샤머니즘에 대해서는 아는 게 하나도 없는데?"

"샤머니즘 이야기가 아니고…… 세미나 끝나고 산업

시찰이라는 게 있는데, '호이난' 관광이 여기에 포함되
어 있는 것이 아니겠어? 그래서 내가 주최 측에 물었지.
내 아내 대신에 다른 사람을 데리고 가도 되느냐고? 오
케이라는 거라. 미안하지만, 팔은 안으로 굽는다고……
형님께 먼저 전화를 했지. 함께 가지 않겠느냐고…… 추
억의 명소에 서보지 않겠느냐고…… 삼십 년 전의 '호이
난'과 지금의 '호이난'을 비교해 보고 싶지 않느냐
고…… 그랬더니 시간을 낼 수가 없다네?"

"꿩 대신 닭이로구나. 고맙기는 하지만 나도 시간을
낼 수 없구먼. 혼자 다녀와. 나에게 월남은 그렇게 다녀
오는 땅이 아니야."

"나는 당신에게 '호이난' 관광을 향유할 권리를 주자
는 게 아니야. 베트남 인에 대한 당신의 의무를 상기시
키고자 하는 것이지. 총 메고 갔던 땅으로 보습 들고 가
보아야 한다는 것이지."

"나는 양민을 학살한 일 없어."

"사람이 말을 해도 꼭…… 당신 옛날 나한테 한 말 나
아직도 잊지 않고 있어. 당신 입으로 그랬잖소? 베트남
인에게 그토록 깊은 상처를 입힐 권리가 한국인에게 과
연 있느냐고……."

"그랬지. 지금도 변함없고……."

"……우리 형도 안 간다, 당신도 안 간다……그나저나

우리 마누라만 땡 잡았네?”

 “떠나기 전에 꼭 한번 만나세. 자네에게 부탁할 게 좀
있으니까……. ”

 베트남 인에게 그토록 깊은 상처를 입힐 권리가 한국
인에게 과연 있느냐…… 그렇다. 나는 그런 내용의 글을
쓴 적이 있다. 베이커와, 인류학 및 언어학적 관점에서
전쟁의 부산물에 대한 심중소회를 나누던 중 그 글의 내
용을 그에게 들려주었던 것도 나는 기억하고 있다. 그러
나 베이커가 모르는 것이 있다. 그것은 내가 ‘과연 월남
인에게 이토록 깊은 상처를 입힐 권리가 한국인에게 과
연 있느냐’는 질문을 통해 사실은 ‘한국인에게 이토록
깊은 상처를 입힐 권리가 미국인에게 과연 있느냐’고 묻
고 있었다는 점이다. 베이커는 머리가 좋은 사람이니까
내가, 미국에서 방영되고 있는 TV 시리즈 「매쉬(이동 외
과병원)」가 한국인들을 공공연히 비하한다는 점을 지적
하는 과정에서 월남 얘기를 했다는 것도 기억하고 있을
터였다. 하지만 60년대 태생인 베이커는 내 말의 함의를
다 이해한 것 같지 않았다.

 그때 나는 베이커에게 이렇게 말했던 것으로 기억한
다. 그 글이 아직까지도 내 컴퓨터에 남아 있는 만큼 내
가 재생하는 이 기억은 매우 정확할 수밖에 없다.

"……한국전쟁 당시 미국인이 한국인을 어떻게 보고 있었는가 하는 것은, 미국인에게는 중요한 문제가 아니었는지 모르지만 한국인에게는 중요한 문제가 된다. 미국인의 시각이 부당하게 편향되어 있을 경우 이로 인해 한국인의 자존심이 상처 입을 수 있기 때문이다. 하지만 한국인에 대한 미국인의 생각을, 마흔 몇 해 지난 지금 어떻게 확인하겠는가? 나는 다만 「매쉬」에서 미국인 생각의 단서를 찾아볼 뿐이다.

한국전쟁 당시 미국이 한국을 어떻게 보고 있었는가를 미루어 짐작하는 데 필요한 단서가 하나 더 있다. 무엇인가? 그것은 월남전 참전 경험이 있는 한국인이 월남을 어떻게 보게 되었는가 하는 점이다. 월남에 대한 월남인에 대한, 직접 체험한 군인과, 참전한 적이 없는 일반인의 시각에는 어떤 차이가 있느냐…… 어디 보자.

……월남전 직후 한국에는 '월남'이라는 관형사(冠形詞)가 유행한 적이 있다. 월남 붕어, 월남 치마, 월남 변소, 월남 뽕…… 자네도 알다시피 관형사라는 것은 뒷말의 자격을 자리매김하는 말이다. 그런데 나는 이 '월남'이라는 매김씨를, 그 쓰임새에 대한 매우 불쾌한 느낌과 함께 기억한다.

자네, '선피시' 잘 알지? '블루길' 말이야. 푸르스름(블루)한 아가미(길) 때문에 그런 이름을 얻었을 테지.

그런데 이 '블루길'이 한국의 저수지나 하천에 등장한 것은 70년대 초의 일이다. 그런데 말이다, 한국의 낚시꾼들은 이 물고기를 몹시 불쾌하게 여긴다. 내가 알기로 미국인들도 이 블루길을 좋아하지 않는다. 하지만 불쾌하게 여기지는 않는다. 하지만 대부분의 한국 낚시꾼들은 첫 낚시에서 불루길이 올라오면 잡아서 죽이거나, 조황(釣況)의 불길한 전조로 여겨 자리를 옮겨버리고는 한다. 이 블루길이 어디에서 왔느냐? 미국에서 건너간 물고기다. 70년대 초, 한국의 어자원(魚資源) 연구소가 부주의하게도 미국에서 들여온 이 물고기를 방류하게 되자 순식간에 한국의 하천 및 저수지로 퍼져나간 것이다. 한국은 지금 미국에서 건너간 블루길, '라지마우스 배스 (큰입농어)' 때문에 골머리를 앓고 있다. 육식 어종인 이 놈들이 한국의 토종 물고기를 마구 잡아먹는 바람에 토종 어자원의 씨가 마를 지경인 것이다.

그런데 70년대 초 한국인들은 월남과는 하등의 인연도 없는 이 물고기를 '월남 붕어'라고 부르기 시작했다. 이 때의 '월남'이라는 관형사는 명백하게 사람을 기분 나쁘게 하는 어떤 것, 재수 없는 것, 또는 나쁜 전조를 상징하는 것으로 쓰였던 듯하다.

그러나 어자원이 견줄 데 없이 풍부한 월남의 강에서 물고기를 잡아본 나는 잘 안다. 월남에서는 블루길같이 작은 물고기는 '게임'(낚시의 대상) 대접을 받지 못해. 낚싯대만 담그면 4,5킬로그램이나 되는 메기나 숭어가 올라오는 데가 월남이니까…… 나는 월남에서 '월남 붕어' 블루길을 본 적이 없어.

자, 생각해 보자고. 블루길을 '월남 붕어'라고 부르는 순간 한국인들이 월남인들을 어떻게 생각하게 될 것인지…….

같은 시기에 유행하던 '월남 치마'라는 말에 대한 나의 느낌도 이와 비슷하다. 디자인 기술이나 재단 기술이 없어도 아무나 만들어 꿰어 입을 수 있을 것 같던 통치마 혹은 통바지, 그저 감을 원통꼴로 잇고 위에 단을 접어 고무줄만 넣은 무신경한 치마, 혹은 통바지가 바로 '월남 치마'다.

한국인들은 월남의 전통 의상인 '아오자이'가, 그렇게 아무렇게나 만들어진 통바지와 치마로 이루어진 옷으로 알았던 것임에 분명하지 않아? 하지만 내가 본 아오자이는 그런 옷이 아니었다. 바람이 잘 통하도록 아랫단을 넓게 만든 넓은 속바지와, 그 위에 입게 되어 있는, 아래위가 하나로 되어 있으면서도 옆이 터진 비단 겉옷은 정교하고 아름다운 옷이었을지언정 그렇게 함부로 만들어진 옷은 어림도 없이 아니었다. 나는 아오자이가, 한국의 치마저고리, 일본의 '기모노'와 조금도 다름없이 오

랜 세월에 걸쳐 아름답게 진화한 옷이라는 인상을 받았
다. 자네처럼 외국 여자 꾀는 재주가 내게도 있어서 월
남인 ‘걸 프렌드’가 있었으면 좋았을 것을…… 불행하게
도 나는 아오자이를 입은 월남 여자를 사귄 적이 없다.
마음은 굴뚝같았지만 아오자이 입은 여자에게 1미터 이
내로는 접근한 적도 없어서, 월남 여인들의 아름다운 아
오자이를 더 이상 묘사할 수 없는 것이 아쉬울 뿐이다.

자, 생각해 보자고. 아무렇게나 만든 통치마를 ‘월남
치마’라고 부르는 순간 한국인들이 월남인들을 어떻게
생각하게 될 것인지…….

전쟁 당시 중부 월남인들이 노천 화장실을 이용했던
것은 사실이다. 나도 여러 차례 써보았으니까…… 하지
만 전쟁 중이어서 주거용 건물 간수하는 것만도 버거웠
던 그들의 사정을 이해하지 않으면 안 돼. 그래, 나는
월남인들이 기어가면서 대변 보는 걸 여러 차례 목격했
어. 왜 기어가면서 보느냐니까 그 사람들이 그러더라.
덩어리가 크면 파리가 알을 낳아 구더기가 꾀지만 덩어
리가 작으면 금방 말라버린다고……

부끄러운 일인데…… 한국의 등산객들은 야산에다 배
설하고는 월남 화장실에 다녀왔다고 한다. 얼마나 부주
의한 표현인가. ‘월남 화장실밖에 없다’는 말은 ‘화장실
이 없다’는 뜻이다.

생각해 보자고…… 인적이 드문 야산을, 사람들 눈이 미치지 않는 벌판을 '월남 화장실'이라고 부르는 순간 한국인들이 월남인들을 어떻게 생각하게 될 것인지……

한국 전쟁 당시 미국은 어땠는지 나는 잘 모르겠다. 하지만 크게 다르지 않을 거라…… 분명한 것은 월남 전쟁 당시 한국인들은 월남에 대한 구체적인 어떤 정보도 없이, 막연하게 희화적이고 부정적인 것에는 월남이라는 관형사를 달았다는 점이다.

전혀 머리를 쓸 필요가 없어서 바보들이나 둘러앉아서 할 법한 카드 놀이를 배운 적이 있다. 하도 쉬워서 내가 그 자리에서 배워서 바로 할 수 있었던 유일한 카드 놀이, 지금도 기억하고 있는 유일한 카드 놀이이기도 하다.

이 놀이는 셋이서 한다. 딜러는 앞에 있는 두 사람에게 카드를 한 장씩 나누어주고는 자기 앞에도 한 장을 내려놓는다. 그러고는 일제히 카드를 뒤집는다.

승패는 바로 그 순간에 확인돼. 숫자가 가장 높은 카드를 가진 사람이 이기는 것이 아니야. 숫자가 가장 낮은 카드를 가진 사람이 이기는 것도 아니야. 게임의 승리자는 중간에 끼는 숫자를 가진 사람이 이기는 카드 게임…… 미국과 월맹 사이에 껴 이러지도 저러지도 못하던 월남의 운명을 상징하는 이 카드 놀이의 별명이 '월남 뽕’이라는 설명을 들었을 때 나는 웃을 수가 없었다.

　생각해 보자고…… 돌 머리들이나 할 법한 카드 놀이를 ‘월남 뽕’이라고 부르는 순간 한국인들이 월남인들을 어떻게 생각하게 될 것인지…….

　나는 나 자신에게 물어보지 않을 수 없었다. 월남인에게 이렇게 깊은 상처를 입힐 권리가 한국인에게 과연 있을 것인가…… 하고.”

　내가 베이커 해롤드에게, 베트남으로 가기 전에 나를 꼭 만나고 가라고 한 것은 부탁할 것이 있었기 때문이다. 고고학자나 인류학자들이 대부분 그렇듯이 베이커도 직업적인 사진가에 가까울 정도로 사진을 잘 찍었다. 나는 그에게 사진으로나마, 내가 근무하던 한국군 전투단 본부가 있던 ‘호이난’ 해변의 백사장, 그 백사장의 노천 극장, ‘호이난’ 비행장, 비행장과 단 본부 사이에 있던 공수장(空輸場)을 보고 싶노라고 했다. 그 중에서도 가장 보고 싶던 것은 백사장이었다. 월남전 당시 스물세 살이었던 나에게 자연은 ‘이용’의 대상이지 보호의 대상이 아니었다. 그 백사장은, 베이커가 나를 ‘살인자’라고 부르는 것과 밀접한 관계가 있다.

　나는 베이커에게 ‘왕도(王導)의 논법’을 들려준 적이 있다. 베이커는 이따금씩 농담할 때면 나를 ‘살인자’라고 부르고는 했다. 하지만 나는 유죄 판결을 받은 적이 있는 살인자는 아니다. 나는 '왕도의 논법'에 의할 때만 살인자다. 나는 살인자는 살인자이되 그냥 살인자가 아니고 '왕도의 논법에 의한 살인자'다. 따라서 '왕도의 논법'을 알지 못하는 사람은 문맥도 모르는 채 나를 살인자라고 부를 수 없는 것이다. 이 논법에 따르면 나는 '월남에서의 양민 학살자'가 될 수도 있다.

내가 베이커에게 들려준 '왕도의 논법'은 이렇다.

옛 중국의 진(晉) 나라에 백인(伯仁)이라는 사람이 있었다. 이 백인의 친구 중에는 왕도(王導)라는 사람이 있었다. 그런데 어떤 일 때문에 왕도라는 사람이 곤경에 빠졌던 모양이다. 백인은 친구 왕도를 변호하는 글을 썼고, 왕도는 이 글 덕분에 목숨을 건졌다. 그런데 이 글을 쓴 백인은 바로 이 글 때문에 목숨을 잃을 지경에 이르렀다. 백인이 글 때문에 목숨을 잃을 지경에 이르렀을 당시, 글 덕분에 새 삶을 얻은 왕도는 꽤 높은 자리에 있었다. 말하자면 백인의 목숨을 구해 줄 수 있는 그런 자리에 있었다. 그러나 왕도는, 백인이 자기를 변호하는 글을 썼다는 사실을 알지 못했다. 그래서 백인이 죽음을 당하는 지경에 이르렀을 때도 이를 대수롭지 않게 여기고는 구해 줄 마음을 먹지 않았다. 백인이 죽은 다음 왕

도는, 백인이 자기를 위해 쓰고 올린 글을 읽은 다음에
야 크게 뉘우쳐 깨닫고는 피눈물을 흘리면서 이렇게 한
탄했다.

　"아, 내가 백인을 죽인 것은 아니지만, 결국 나로 말
미암아 죽었구나(噫, 我雖不殺伯仁, 伯仁由我而死)! 그러
니 내가 죽인 거나 마찬가지다."

　'왕도의 논법'은 한국인 유학생들은 물론이고 미국인
교수들 사이에서도 한때 유행하던 농담이다.

　"왕도의 논법에 따르면……."

　이 전제 조건 하나면 멀쩡한 사람을 살인자로 증명해
내기는 어렵지 않았다. '왕도의 논법'에 따르면 나는
'살인자'다. 이제 나는 가슴에 손을 얹고 묻는다.

　다시 생각해 보라, 너는, 그리고 너희들은 그 아름다
운 월남 땅에서 무슨 짓을 하고 왔는가?

　'호이난'은 남지나 해(海)에 면해 있는 아름다운 항구
도시였다. 남지나 해변의 백사장은 십여 킬로미터에 가
까워 '일망무제(一望無際)'라는 말이 실로 어울렸다.

　백사장과 남지나 해 사이로는 바다와 나란히 '송다낭
강'이 흐르고 있었다. '송'이라는 말이 '강'이라는 뜻이
어서 '송다낭'이라고만 불러도 되는데도 불구하고 우리

는 버릇이 되어 꼭 '송다낭 강'이라고 불렀다. 바다도 아름다웠지만 강폭 300~400미터에 이르는 강도 아름다웠다. 남지나 해와 송다낭 강 사이에는 길이가 2,3킬로미터, 너비가 300~400미터 되는 모래섬이 있었다. 이 모래섬은 거북의 산란장이기도 했다. 모래섬은, 거기 오르는 거북이 부대에서 육안으로도 보일 정도로 가까웠다. 우리는 송다낭 강을 건너 모래섬으로 들어가 거북을 붙잡아 온 일도 있다. 우리가 붙잡아 고무보트에 싣고 온 거북은 병사 셋을 등에 태우고도 너끈하게 기어갈 수 있을 정도로 컸다. 한국인에게 거북은 요리감이 아니라 영물(靈物)이었던 것이 다만 다행스러울 뿐이다. 그 아름다운 모래섬으로 알을 낳으러 올라온 거북에게 우리가 한 짓이 한심하다. 거북에게 근 한 양동이의 밥과 24캔들이 맥주 한 상자를 먹이고는, 지렛대를 배 밑으로 넣고 몸을 뒤집어 하얀 배에다 매직펜으로 '승전기원'이라고 쓴 뒤에 놓아주었으니……

'호이난'의 한국군 전투단 본부는, 일부는 송다낭 강가, 일부는 남지나 해변 백사장에 있었다. 내가 속해 있던 부대는 남지나 해변에 있었다. 단 본부 전투대원의 일부인 대대 병력에 가까운 병력이 주둔해 있었는데도 불구하고 그 해변에는 수세식 화장실이 하나도 없었다. 드럼을 하나 묻고 그 위에다 발판을 얹은 다음, 입초막

(立哨幕) 같은 차일막(遮日幕)을 하나 세우면 그것이 곧
화장실이었다. 드럼이 다 차면 그 옆의 모래를 파고 다
른 드럼을 묻고, 발판을 옮기고, 입초막 같은 차일막을
들어다 덮으면 그것이 곧 새 화장실이었다.

　화장실에는 벌레가 많이 끓었다. 그래서 정기적으로
경유를 부어, 벌레를 없애 주지 않으면 안 되었다. 벌레
는 경유에 대한 면역성이 강했다. 그래서 점점 더 자주,
점점 다 많은 양의 경유를 부어넣지 않으면 안 되었고,
우리는 화장실에 들어갈 때마다 구린내와 기름 냄새와
벌레가 썩는 냄새가 어우러진 매우 복잡한 악취에 시달
리지 않으면 안 되었다.

　내가 공수장(空輸場)에서 파견 근무하고 있을 때의 일
이다.

　화장실에 경유를 붓는 일은 한국에서 갓 파견된 신병
이 맡는 것이 보통이었다. 벌레가 꼬여 아무래도 기름을
부어야 할 것 같아, 나는 갓 파견된 신병에게 기름을 부
으라는 말만 했다. 우리는 그 말만으로도 서로 알아먹었
다. 기름 부으라는 명령이 떨어지면, 반 갤런들이 깡통
에다 경유를 따르고, 이것을 들고 가 화장실에다 부으라
는 것으로 알아들었다.

　"기름이 없는데요……."

　기름 보관소를 다녀온 신병이 말했다.

나는 별 생각 없이 그에게 이렇게 지시했다.

"보관소에 스페어 캔이 있을 거다. 수송부에 가서 소속을 밝히고 기름을 타다 화장실에 붓도록 하라."

그런데 그 화장실이 오후 2시경에 폭발했다. 나중에 추리해 본 폭발 경위는 이렇다.

신병은 내가 시키는 대로 스페어 캔을 들고 수송부로 갔을 터이다. 수송부는 무슨 기름을 달라는 것이냐고 물었을 터이고, 신병은 화장실에 경유를 붓는다는 것을 알지 못했을 터이다. 수송부의 연료계는 신병에게 '가솔린'을 달라는 것이냐고 물었고, 화장실에 경유 붓는다는 것을 알지 못한 신병은 그렇다고 대답했을 개연성이 있다.

신병은 반 갤런(한 되)만 부어야 한다는 것을 알지 못했다. 그는 수송부가 내어준 가솔린 한 스페어 캔을 고스란히 화장실에다 쏟아 부었다. 그러고는 돌아섰다. 이것이 아침 나절, 그러니까 일과 시작 직후에 있었던 일이다.

그런데 그로부터 불과 네 시간 뒤인 오후 두시경, 바로 그 신병이 그 화장실이 폭발하는 바람에 중화상을 입고 후송되었다. 그는 이 개월 뒤 결국 목숨을 잃었다.

화장실이 폭발한 내력은 이렇게 추정된다. 월남의 한낮 기온은, 슬레이트 위에 계란을 구울 수 있을 정도로

높다. 높은 기온에 드럼 속의 휘발유는, 차일막 속이라
는 밀폐된 공간에서 기화하기 시작한다. 문제의 병사가
그런 사정도 모르고 화장실에 들어 앉는 대로 담배를 붙
여 물고는 성냥을 긋는 순간, 드럼 속의 배설물과 그 병
사와 차일막은 폭음과 함께 공중으로 솟아오른다.

이 사건으로 후송된 신병은 우리에게 위로의 대상이
었다기보다는 조소의 대상이었다. 그가 사고 경위를 증
언할 수 없을 만큼 중상이어서 그랬겠지만 기름을 얻어
다 부을 것을 명령했던 나에게는 어떤 문책도 돌아오지
않았다. 사건 직후에 군사 작전이 개시되었고, 나는 작
전지역으로 보급품을 공수하느라고 정신없이 헬리콥터를
타고 날아다녀야 했다. 양심의 가책을 느낄 겨를이 없었
기는 하다. 작전 종료와 함께 그 사건에 대한 조사가 종
료되어 자수할 겨를도 없었다.

귀국한 뒤 나는 그 사건을 떠올리며 번민했어야 한다.
그러나 나는 우스갯소리 삼아 그 이야기를 친구들에게
한 적이 있으니 한심하다. 민권 변호사가 된 친구가 나
를 호되게 나무랐다.

"그것을, 미필적 고의에 의한 살인이라고 하는 것이
다."

나는 그로부터 이런 꾸중을 들었던 것 같다.

내가 그 병사를 죽인 것은 아니지만, 나로 말미암아

병사가 죽었다는 것을 분명하게 자각하고 부끄러워한 것
은 그로부터 긴 세월이 지난 뒤의 일이다. 왕도의 논법
에 따르면 나는 살인자였다. 그래서 베이커가 나를 살인
자라고 부르기도 하는 것이다.

베이커는 서남아시아의 역사와 민속에 밝은 인류학자
다. 전투병으로 참전하기는 했지만 나 역시 베트남의 역
사에 관심이 있었다. 그래서 우리 둘 사이에는 베트남
이야기가 자주 오갔다. 그러나 서로가 지향하는 방향은
달랐다. 그의 관심은 민속에 있었지만 나의 관심은 미국
과 한국과 월남의 삼각 구도의 설명을 통한 삼각함수의
환기였다. 나에게 베트남에서의 한국군 이야기는 한국에
서의 미국군 이야기의 서론이었다. 한국에서의 미국군
이야기를 일으켜 세우는 지렛대 같은 것이었다.

베이커가 '호이난'에서 찍어온 사진 앞에서 나는 얼마
나 부끄러웠던가? 우리 전투단 본부가 주둔하던 '호이
난' 해변은 쓰레기장이 되어 있었다. 그 희고 곱던 모래
와 해초는 시커멓게 뒤엉킨 채 썩어가고 있었다. 베이커
의 '호이난' 여행 보고서는 '호이난'의 비극적인 운명에
대한 슬픈 보고서였다. 그 보고서에 따르면, 통일 베트
남 당국은 한국인들이 수천수만 드럼의 배설물을 묻고,
수천수만 드럼의 경유를 부어 오염시킨 그 해변의 회생

가능성이 희박하다고 판단하고, '호이난' 일대를 공장
지대로 조성했는데, 이 공장 지대가 주변 환경오염을 치
명적으로 가속시켰다고 했다. 공장 지대 연안의 기름 냄
새 때문에 모래섬에는 수영객이 오지 않는다고 했다. 거
북이 모래섬으로 알을 낳으러 올라온 것은 아득한 옛날
의 이야기라고 했다. 한국군이 삼십 년 전에 파묻은 폐
유와 경유의 침출물, 공장 지대가 방류한 폐수 때문에
인근 수역으로는 고기가 모이지 않는다고 했다. 일망무
제의 백사장에서 해수욕객이 사라진 것은 삼십 년 전이
라고 했다. 베이커는, '호이난'을 죽인 책임이 전적으로
한국인에게 있는 것은 아니라고 했다. 하지만 나는 '왕
도의 논법'을 들이대었다.

　사진을 일별하는 일은 내 예감의 슬픈 확인 절차였다.
우리가 죽이고자 한 것은 아니지만 우리로 말미암아 그
해변이, 그 해변을 끼고 있던 가까운 바다가, 그 바다를
끼고 있던 도시가 죽었다는 것을 확인하는 슬픈 절차,
인간과 자연, 그리고 그 사이를 파고든 전쟁과 산업의
비극적 삼각관계를 확인하는 또 하나의 슬픈 절차였다.

보르항을 찾아서

한 신화학자의 책에서 나는 나의 '보르항'을 만났다. 내가 오래도록 스승으로 삼던 신화학자 캠벨. 나는 오래 전부터 그를 만나고 싶었다. 하지만 나는 그가 세상을 떠난 이 년 뒤에야 그의 조국을 찾아가 그의 발자취를 살필 수 있었다. 녹화된 비디오테이프를 통해 그의 육성도 들었다. 다음과 같은 그의 말을 듣고 나는 얼마나 나의 '하아네이'를 찾아 헤맸던가?

수우 족은 북 아메리카 초원 지대에 사는 빼어난 사람들인데요, 블랙 엘크라고 하는 수우 족 인디언 소년은 아홉 살 때 이런 경험을 합니다. 수우 족이 미합중국의 (호전적인) 기병대를 만나기 전의 이야깁니다. 소년 블랙 엘크는 병에 걸렸어요. 정신병(神病, 巫病)의 일종이 었지요. 그런데 부모가 샤먼 이야기를 들려주니까 소년은 부르르 떨다가 전신이 마비되어 버립니다. 가족은 질겁하고 사람을 보내어 샤먼을 모셔오게 합니다. 샤먼도 젊은 시절에 그런 신병을 체험했을 테니까 일종의 정신분석 전문의 자격으로 온 겁니다. 어쨌든 샤먼은 이 소년을 만납니다. 그런데 샤먼은 이 소년에게 붙어 있는 신을 떼어주기는커녕 더욱 밀착하게 해버립니다. 정신분석 전문의의 방법과는 전혀 다른 방법을 쓴 거지요. 귀신을 몰아낸답시고 그대 안에 있는 가장 귀한 존재를 몰아내지 않도록 주의하라, 이렇게 말한 사람이 니체였지요, 아마? 소년에게 달라붙어 있던 신('권능'이라고 해도 되겠지요)은 소년을 떠나기는커녕 아주 자리를 잡아버립니다. 그러니까 둘의 관계는 끝난 것이 아니고 새롭게 된 겁니다. 이렇게 되면 당사자는 영적인 조언자가되어 자기 부족에게 여러 가지 은혜를 베풀 수 있게 되지요.

이렇게 되자 소년은 자기 부족의 끔찍한 미래(미합중국 기병대에 의해 무자비하게 학살당하는)를 환상을 보게 됩니다. 그는 이 환상을 나라의 '고리'에 관한 환상이라고 부릅니다. 이 환상을 통하여 블랙 엘크는 자기나라의 고리가 여러 개의 고리 중 하나라는 것을 알게 됩니다. 그는 환상 속에서 모든 고리가 한데 모이는 것, 그러니까 모든 나라가 대행진을 벌이는 것을 봅니다. 뿐만 아닙니다. 이 환상을 통해서 그는 영적인 이미지 세계로 들어가는 체험을 하는 데, 이 세계의 이미지는 바로 그가 속한 문화에 관한 겁니다. 이러한 것은 그의 발언에 잘 나타나 있습니다. 나는 그의 발언이 신화와 상징을 이해하는 데 꼭 필요한 열쇠 같다는 생각을 자주 합니다. 블랙 엘크는 이렇게 말하지요.

"나는 이 세계의 중심에 있는, 가장 높은 산으로 올라갔다. 내가 본 환상은 다른 것이 아니다. 성스럽게 바라본 세계의 모습이다……."

그가 세계의 중심에 있는 성스러운 산이라고 한 것은 사우드 다코타에 있는 하아네이 산입니다. 하지만 이어서 그가 한 말이 중요합니다.

"……그러나 그런 산은 도처에 있다."

몽골에서, 몽골 마니아 수준을 넘어 몽골 전문가가 되어 있는 내 친구로부터 놀라운 말을 들었다. 보르항 산 가는 길에, 몽골 드나들기를 옆집 드나들듯 하는 그가 혼잣말하듯이 이랬다.

"몽골 인들, 이상해요. 전쟁 치느라 저희 나라에서 멀리 떨어지면, 아무 산이나 하나 골라잡아 보르항 산으로 터억 정해 놓고 거기에다 제사를 지낸답니다. 보르항 산은 세계 도처에 있다고 생각하는 사람들이 바로 몽골 인들이랍니다."

나는, 그게 어디에 기록에 남아 있느냐고 물어보았다. 하지만 몽골 문화에 관한 한, 어디에 기록으로 남아 있느냐는 질문은 좀 어리석다. 신화나 민담도 그냥 신화, 설화 하지 않고 '구전 신화', '구비 설화'라고 하는 나라가 몽골이다. 나는 그가 빈말을 하지 않았으리라고 확신한다. 놀라운 것은 그가 한 말이 아메리카 인디언 수우 족 추장 블랙 엘크가 한 말을 정확하게 상기시킨다는 점이다.

나는 아직 금강산을 다녀오지 않았다. 시간적, 경제적 여유가 없어서가 아니다. 내가 금강산을 다녀오지 않은 것은 백두산에 대한 예의 때문이다. 나는 아직 백두산도 다녀오지 않았다. 중국 땅을 통해서 백두산을 다녀올 수도 있다. 하지만 나는 백두산을 그런 식으로 다녀오고 싶지는 않다. 반드시 북한 땅을 밟으면서 백두산을 다녀오고 싶은 것이다. 나에게 백두산은 거룩한 산, 성산(聖山)이다. 나와 성산의 만남은 각별해야 한다는 신념을 나는 가지고 있다. 북한 땅을 지나 백두산을 다녀온 운좋은 사람들도 여럿 있다. 하지만 그런 행운의 차례가 내게는 찾아오지 않았다.

백두산이 내게 성산이듯이 보르항 산은 몽골 인들의 성산이다. 유럽 언어에서는 '부르칸(Burkhan)', '보르칸(Borkhan)'으로 쓰기도 한다. 몽골의 '보르항'이 육당 최남선의 '불함문화론(不咸文化論)'의 그 '불함'일 것이라는 주장, 결국은 '붉한', '한붉(太白)'과 동의어일 것이라는 주장이 있기는 하다. 그러나 그런 주장에 동조하거나 그런 주장을 논파하는 것은 나의 소임이 아니다. 나는 나의 성산, 몽골 인들의 성산을 내 나름대로 만나려고 했다.

몽골 말의 '보르항'은 '하느님'을 뜻한다. '보르항 박시', 즉 '하느님 샤먼'은 그래서 몽골의 창조신이다. '보르항'은 '부처님'이기도 하다. 그래서 석가모니 부처님이 몽골의 민간 신화에는 '식그무니 보르항'이다. 미륵불은 '마이다르 보르항'이다. '보르항'은 '버드나무'를 뜻하기도 한단다. 세상에, 버드나무라니! 만주족의 창조신화에 등장하는 여신 '아부카허허'를 떠올리지 않을 수 없다. 아부카허허는, 물 있는 곳이면 어디에든 존재한다는 여신이다. '아부카허허'라는 말은 '여음(女陰)과 '버들 천모(天母)'라는 뜻을 동시에 지닌단다. 버들이 무엇이던가? 생명의 근원인 물 근처에 가장 먼저 자리를 잡고 자라는 나무가 아닌가? 동명성왕 고주몽의 어머니 이름이 그래서 '버들꽃(柳花) 부인'이었던가? 그렇다면, 처녀 시절의 신혜왕후가 젊은 장수 시절의 태조 왕건에게 건네주었다는 물바가지에 둥둥 떠 있었던 그 버드나뭇잎은 그냥 버드나뭇잎이 아니었다는 것인가?

참 이상한 일도 다 있지. 나는 여러 차례, 꽤 긴 기간에 걸쳐 그리스를 여행했다. 헬레니즘의 기둥 줄기를 이루는 그리스의 문화나 언어는 나에게 퍽 익숙하다. 하지만 나는 그리스에서 마음 바닥에서 솟아오르는, 원초적으로 낯익다는 느낌(기시감)을 받아본 적이 별로 없다. 나는 몇 차례, 그것도 아주 짧은 기간 터키를 여행했다. 나는 터키 말도, 애써 외운 몇 개의 단어 이외에는 쓰지도 말하지도 못한다. 그런데도 나는 터키에서는 낯익다는 느낌을 자주 받고는 한다. 그것은 학습으로 가꾼 느낌이 아니다. 터키 북부의 흑해(黑海)와 남부의 백해(白海)가 터키 말로 각각 '카라 데니즈'와 '악 데니즈'라는 것을 알았을 때 나도 '카라'와 일본어의 '쿠로', 그리고 '악'과 우리 말의 '밝'이 무관하지 않으리라고 생각했다.
　나는 몇 차례 중국을 여행하기도 했다. 동북아시아 문화의 기둥 줄기를 이루는 중국 문화와 한문은 나에게 퍽 익숙하다. 그럼에도 불구하고, 우리와의 교섭사의 범위가 실로 넓고도 깊은 그 중국에서 나는 낯익다는 느낌을 받아본 적이 별로 없다. 몽골 옛이야기를 읽을 때마다 나는 몽골 여행은 전혀 다를 것으로 예감했다. 나의 예감은 무섭게 적중했다. '언어는 존재의 집'이라고 하이데거는 썼다. 그리스 어는 물론 중국어도 알타이 어에 속하지 않는다. 그래서 그랬을 것이다. 터키나 몽골에서 매우 낯익다는 느낌을 받은 것은, 한국과 터키와 몽골 인들을 두루 품는 존재의 집, 곧 우리가 함께 쓰는 알타이 어 때문이 아닐까, 싶다.

몽골을 처음으로 방문한 해, 공항에서 시내로 들어가면서 받은 느낌이 새롭다. 그리스의 도시가 아닌가, 싶었다. 이러면 사람들은, 저 인간이 저에게 익숙한 그리스를 또 우려먹을 모양이구나, 하고 생각할지도 모르겠다. 아니다. 몽골 말에 관한 정보가 풍부하지 못한 사내가 초행인 도시의 간판을 읽을 수 있는가? 그런 일이 일어났다. 처음 접하는 몽골 어였는데도 나는 간판을 떠듬떠듬 읽을 수 있었다. 몽골 인이 그리스의 간판을 읽는 것도 어느 정도 가능하다.

까닭이 있다. 몽골은 1941년 이래로 키릴 문자를 쓰고 있다. 키릴 문자는 옛 소련에 속해 있던 국가들, 불가리아, 세르비아 등지에서 쓰이는 문자, 9세기에 슬라브 족에게 파견된 그리스 인 형제 사도 성 키릴루스와 메토디우스가 만든 문자다. 키릴 문자를 만들면서 그리스 인 형제가 본(本)으로 취한 문자가 무슨 문자였겠는가? 바로 9세기에 그리스 인들이 쓰던 그리스 어, 신학도면 누구나 익혀야 하는 헬라(희랍) 어다. 추가된 모음이 더러 있고, 형태가 조금 달라지기는 했지만 알파베타(AB)는 물론, 감마(Γ), 델타(Δ), 람다(Λ), 피(Φ)가 고스란히 남아 있다. 건축물에도 그리스의 잔영이 어른거려 퍽 낯익었다. 몽골 현대사를 지근거리에서 간섭해 온 러시아, 특히 러시아 정교에 묻어 있던 그리스 정교회의 영향 때문일 것이다. 대체 이 낯익음의 정체는 무엇인가? 그것은 나 자신의 '학습을 통한 낯익음'이었다.

그러다 나는 학습을 통해 낯익은 것이 아닌 것, 어쩐지 나의 원초적 언어 습관에 편입되어 있던 것으로 보이는 몇 마디 몽골 말을 만났다. 나는 몽골로 떠나기 전부터, 몽골에서, 그리고 몽골에서 내 나라로 돌아와서도 그 말을 혀끝으로 굴리고 또 굴렸다. 지금도 나는 조용히 그 이름을 부른다. '어머니'와 '아버지'를 아우르는 듯한 말결을 지닌 그 말. '보르항 칼둔'…… '보르항 산'이라는 뜻이다. 보르항, 보르항…… 나는 그 이름을 나직하게 부르고 또 부른다. 조금도 지겹지 않다.

수도 울란바타르에서 동북쪽으로 약 300킬로미터 떨어져 있는 보르항 산은 칭기스칸이 묻혀 있다는 산, 몽골 인이라면 누구나 묻히고 싶어한다는 거룩한 산이다. 300킬로미터, 우리나라 도로 형편이라면 자동차의 서너 시간

주행 거리다. 하지만 몽골은 사정이 다르다.

보르항에 접근하는 방법에는 세 가지가 있다고 했다. 헬리콥터로, 정상에서 가장 가까운 봉우리에 이르는 방법이 그 중 하나. 두 번째 방법은 우회 도로를 통해 보르항 기슭에 이르는 것이었는데 문제는 기간이었다. 자동차로 다녀오는 데 한 주일이 걸릴 것이라고 했다. 자동차를 빌렸다.

보르항 산 가는 길은 실로 멀고 험했다. 꼬박 하루 반 우리를 태우고 동몽골 평원을 달린 러시아 지프 '자린유스'는 주행 기능만 겨우 갖춘 쇳덩어리였다. 우리나라에서 생산되는 지프 계통 자동차 값의 절반이라고 했다. 전후 진퇴와 상하 도약에 두루 능해서 며칠 타고 다녔더니 엉덩이와 정수리가 평균적으로 얼얼했다. 유럽 전문가들이 이 차를 꼼꼼하게 살펴보고 내렸다는 평가는 잔혹하다.

"썩 잘 만든 자동차다. 사람 태운다는 걸 전혀 의식하지 않고 만든 것만 눈감아준다면."

나는 어느 나라에 가든지 꼭 그 나라 노래를 한 곡쯤 배우고 싶어한다. 그래서 이동할 때면 그 나라 노래 카세트테이프를 기어이 하나 사서 틀게 함으로써 안내하는 사람을 몹시 성가시게 한다. 그래서 호기심 많은 늙은 소인배라는 비아냥을 자주 듣는다.

보르항으로 가는 첫날 아침 러시아 제 지프를 타고 가면서 몽골 노래를 처음 들었다. 저음에서는 목소리가 굵고 씩씩했지만 고음에서는 애절했다. 몇 차례 듣고부터는 따라 불렀다. 가볍게 걷는 말 잔등 위에서, 기분 좋은 흔들림에 몸을 맡기고 부르면 좋을 듯한 빠르기, 한을 가슴에다 간직하는 대신 초원의 바람에 흩날려 버리는 듯한 그 가락이 좋았다. 끝없이 아득했다. 그날 오후 내내 그 노래 따라 불렀다. 처음 듣는 노래인데도 처음 듣는 노래 같지 않았다. 초원이, 무수한 말떼와 함께 내 가슴 속으로 안겨 드는 것 같았다. 몽골 인 친구에게 제목을 물었다. '미니 아브 아도칭 훈', '아버지는 말치기(牧馬者)'라는 뜻이라고 했다.

아밍 하이르테 미니 아브와
(목숨처럼 사랑하는 나의 아버지)
아도니아 빌체르트 도오르다크 훈베이상
(초원에서 노래 부르던 분이었다)
바하크 나스나스 치힝드 허넉시성
(휘파람소리 들으며 나는 자랐다)
바르길 허러테 도오칭 훈베이상
(아버지는 최고의 저음가수였다)

미니 아아브 아도칭 훈
(나의 아버지는 말치기)
미니 아아브 도오칭 훈
(나의 아버지는 소리꾼)

이어지는 몽골 인 친구의 말이 나를 또 한 차례 놀라게 했다.

"몽골 말은 한국어와 어순(語順)이 같습니다. 그래서 한국인은 몽골 어를, 몽골 인은 한국어를 매우 빨리 배우지요. '미니'라는 것은 '나의'라는 뜻입니다. '아아브'는 '아버지', '아도칭'은 '말을 치는', '훈'은 사람이라는 뜻입니다. 한번 이어보세요, 그러면 '나의 아버지는 말치는 사람'이 되지요."

하루 종일 나와 '미니 아아브 아도칭 훈'을 함께 부르면서 지프를 운전했던 몽골 인 운전기사 에르데네 씨는 6척 장신의 거구였다. 남산만 한 배를 러시아 제 지프의 핸들에다 댄 채로 운전했다. '중부 지방'이라는 별명을 붙여주었다. 살살 꾀어서 전직을 물었더니 몽골 씨름 선수였단다. 밤이 되고 초원의 게르(천막집)에 들게 되었다. 술을 권하자 그는 우리가 윗사람 앞에서 그렇듯이 왼손을 오른손 손목에 대면서 오른손으로 공손하게 잔을 받았다. 그러고는 술잔을 왼손으로 옮긴 다음, 오른손 중지로 술을 찍어 하늘로 퉁기면서 나지막하게 ‘텡그리’ 하고 속삭였다. 까닭을 물을 것까지도 없었다. ‘텡그리’ 는 ‘천신(天神)’이다. 따라서 그것은 우리에게 너무나 익숙한 몽골 식 ‘고수레’였다. 나는 그와 함께 그 자리 에서 ‘미니 아아브 아도칭 훈’을 열 번도 더 불렀을 것 이다. 소변 마려워서 일어섰더니 에르데네 씨가 팔다리 를 좌악 벌리고 서서 입구를 막으면서 소리쳤다. 어디에 서 많이 들어본 소리 같았다.

“더 마시고 가요, 더 안 마시면 못 나가요.”

달빛 아래로 술판을 옮겼다. 게르의 안주인도 합류했 다. 수줍음을 몰랐다. 멀리서 말을 타고 달려오는 이가 있었다. 게르의 주인 부리야트 족 말치기였다. 부리야트 족은 사나운 것으로 소문난 종족이다. 하지만 초면인데 도 그는 조금도 사납지 않았다. 배타적이지도 않았다. 그 역시 내가 건넨 술잔을 두 손으로 받았다. 내가 갓 배운 노래 ‘미니 아아브 아도칭 훈’을 선창했다. 에르데 네 씨가 엄청난 거구에서 뿜어져 나오는 웅장한 테너로 가수 조영남처럼 따라왔다. 나와는 초면인 부리야트 족 내외도 거침없이 따라왔다. 내 소리는 그들의 소리를 뚫 지 못했다. 유라시아 인들이 달빛 아래서 벌인 황홀한 잔치였다. 그날 밤 칭기스칸 보드카에 취한 나는 달빛

쏟아지는 초원에 누워 눈물을 훔쳤던 것 같다.

　다음 날 아침 다시 길을 떠났다. 지프로 두어 시간 달렸을 것이다. 그런데 그렇게 멀리 떨어진 곳에서, 전날 밤 보드카 함께 마시고, 노래 함께 불렀던 브리야트 인을 만났다. 말떼를 몰고 새벽에 게르를 떠나왔다고 했다. 새벽에 게르를 떠난 것은 우리를 위해 지프 길을 보아주기 위해서였다면서, 강물이 불어 보르항 산에의 접근은 불가능하다고 했다. 중간 중간 길이 끊겨 있는 만큼, 우회 도로 찾는 데 신경을 써야 할 것이라고 귀띔해 주기도 했다.
　그의 말이 옳았다. 중간 중간에 길이 끊겨 있었다. 보르항 산과 강이 바라다 보이는 언덕에 올랐다. 우기(雨期)라서 강물이 불어, 지프로 건너기에는 무리였다. 나는 언덕에서 보르항 산을 바라보고 돌아설 수밖는, 다른 도리가 없었다.
　언덕에 올라 보르항 산을 바라본 순간, 나는 가벼운 충격을 받았다. 우리 경험에는 편입되기 어려울 듯한 막막한 초원과 험악한 바위산 바라보는 데 익숙해져 있던 나는 눈을 의심했다. 보르항 연봉, 그 연봉 바라다 보이는 구릉 위의, 서낭당과 너무나 흡사한 어워, 초원을 흐르는 강이 그렇게 낯익어 보일 수가 없었다. 운전기사

에르데네 씨는 자동차를 몰고 서낭당 같은 어워를 시계 방향으로 세 바퀴 돌았다. 나는 보르항 산을 바라보고 있다가 동행을 불렀다.

"세상에, 어쩌면 이렇게 낯익어 보일 수 있소?"

나의 동행은, 자기도 그 생각 중이라면서 두 손에 얼굴을 묻었다.

우리가 부모 함자 입에 올리기를 꺼리듯이, 몽골 인들은 이 산에서는 절대로 '보르항'을 입에 올리지 않는다고 했다. 무심결에 내 입에서 '보르항'이라는 말이 튀어나오자 운전기사 에르데네 씨가 질겁을 하면서 오른손 검지를 세워 입술 앞에다 대었다. 그러고는 나에게 성호 긋는 시늉과 합장하는 시늉을 하고는 턱을 내밀었다. 통역이 그 뜻을 설명해 주었다.

"불교 신자인지, 기독교 신자인지 묻고 있는 거예요."

나는 어느 종교의 신자도 아닌, 바로 보르항 교의 신자라고 말해 주었다. 에르데네는 나를 향하여 합장한 채 머리를 조아렸다.

헨티 산맥 끝자락의 어워 곁에서 보르항 산을 바라만 보고 돌아온 다음 해 여름, 나는 다시 몽골로 떠났다. 겨우 한 해 만에 내 마음속의 보르항 산은 나만의 하아네이 산이 되어 있었다. 몽골에서 보았던 그 많은 어워

는, 초원으로, 사람들 마음 자리로 성큼 내려선 거룩한
산 보르항이 되어 있었다. 나는 보르항 산을 오르고 싶
었다. 보르항 산 꼭대기에 서 있는 그 거대한 어워를 보
고 싶었다. 보르항을 대표하는 그 어워에, 속된 세계에
내려와 있는 수많은 어워를 대표하는 그 보르항의 어워
에 절을 하고 싶었다.

러시아 제 헬리콥터를 빌렸다. 몽골 항공사에 두 대밖
에 없다는 빨간 헬리콥터를 빌렸다. 빨간 동체에다 키릴
문자로 '텡게린 울란(하늘의 붉은 새)'이라고 쓴 헬리콥
터였다. 시속 300킬로미터로 날았다. 자동차로 이틀 걸
리는 거리를 단 한 시간에 날아 보르항 산을 넘었다. 보
르항 산을 넘으면서 나는 정상에 선 거대한 어워를 내려
다 보았다. 헬리콥터는 산 너머로 펼쳐진 초원에 착륙했
다. 러시아에서 훈련받고 이십 년 동안이나 전투기 조종
사로 일했다는 몽골 인 기장이 통역을 통해서 말했다.

"헬리콥터는 보르항 산 정상에 착륙할 수 없습니다.
거룩한 산이기 때문입니다. 그래서 이 헬리콥터는 원래
보르항 정상에서 도보로 한 시간 거리에 있는 산꼭대기
에 착륙하기로 되어 있었습니다. 헬리콥터가 그 산꼭대
기에 세 시간 머무는 동안 여러분은 도보로 정상을 다녀
오게 되어 있었습니다. 하지만 우리는, 여러분 일행에
여성이 있다는 사실을 알지 못했습니다. 몽골 여성에게

보르항 접근은 언감생심입니다. 그래서 여러분 중에 여성이 있으리라고는 짐작하지 못했던 것입니다. 여성은 거룩한 산 보르항에 접근할 수 없습니다. 지금 헬리콥터가 착륙해 있는 이 지점은, 보르항 정상에서 도보로 세 시간 반 떨어진 곳입니다. 헬리콥터는 지금부터 다섯 시간을 이곳에 머뭅니다. 항공 규정 때문에 이 헬리콥터는 아홉시까지 울란바타르 공항에 도착해야 하기 때문입니다. 따라서 남성들에게는 다섯 시간의 여유가 있습니다. 도보로 다녀오셔야겠습니다.”

기장은 물론, 항법사, 정비사까지 고개를 끄덕였다. 그들의 태도는 완강했다. 도무지, 헬리콥터를 조종하는 사람들 같지 않았다. 오르내리는 데 일곱 시간 걸리는 거리를 다섯 시간에 다녀오겠다고 나서는 사람은 없었다. 나도 나서지 못했다. 여음의 상징일 수도 있는 버드나무 어워가 중심을 차지하고 있는 성산 보르항에 대한 예의도, 동행한 여성에 대한 예의도 아닐 것 같았기 때문이다. 우리는, 보르항 정상이 보이는 자리에 머물다 가기로 했다. 헬리콥터 그늘에서 점심 도시락 먹을 차비를 했다. 조종사에게, 반주로 가져온 몽골 보드카를 권했다. 조종사가 망설이는 기색을 보이지 않고 잔을 받았다. 취중 조종을 하려나 싶어 내심 잠깐 불안했다. 하지만 그럴 필요가 없었다. 그는 두 손으로 잔을 받아들고는 보르항 산 정상을 등지고 서더니, 술잔의 보드카를 머리 위로 뿌리면서, 텡그리(천신), 하고 외쳤다. 몽골식 고수레였다. 러시아 사회주의의 영향력이 약화된 몽골에 신성한 것들이 부활하고 있었다.

우리의 서낭당과 너무나도 흡사한 '어워'의 실물을 처음 보았을 때, 내 마음의 바닥이 출렁거렸다. 그것은 학습을 통한 낯익음이 아니었다. 그것은 어린 시절 내가 금줄을 두르거나 조약돌을 주워 쌓던 서낭당과 조금도 다르지 않았다.

몽골에, 어워의 숫자가 얼마나 되는지 그것은 아무도 모른다. 국제공항 브얀트 오하에서 울란바타르로 들어오는 길가에만 해도 수많은 어워가 세워져 있다. 보르항 산마루에는 물론, 칭기스칸의 무덤이 있는 것으로 알려진 다달 솜(郡)의 오논 강가에도 거대한 어워가 서 있다. 마을 어귀에는 물론이고, 마을에서 가장 가까운 산 꼭대기에도 어워가 서 있다. 산꼭대기에 서 있는 어워는, 멀리서 보면 젖무덤에 솟은 젖꼭지 같다.

몽골 인들은 지금도 푸른 금줄(하닥)이 걸린 어워를 만날 때마다 조약돌을 하나 보태어 쌓기와 '오른손 편'(시계 방향)으로 한 바퀴 돌기를 세 차례 반복한다. 합장한 채 도는 사람도 있다. 나는 그것을 볼 때마다, 저 어워는 몽골 인들 마음속의 보르항이 아닐 것인가, 거룩한

세계에서 비속한 세계로 내려와 있는 보르항이 아닐 것
인가, 이렇게 스스로 묻고는 한다.

　몽골 인들은 거룩한 자리에 어워를 세울 수 없을 때는
푸른 띠를 감아, 그것이 거룩한 세계에 속하고 있다는
것을 암시한다. 몽골에 가면 몽골 인들만큼이나 자주 만
날 수 있는 것이 바로 ‘하닥’이라고 불리는 이 푸른 띠
다. 신성스러워 보이는 바위, 모양이 범상하지 않은 큰
나무, 제 명대로 살지 못하고 추위에 얼어 죽은 나무에
도 이 하닥이 걸린다. 강풍에 넘어져 죽은 나무에도 하
닥이 걸리고, 강풍에 쓰러져 있는 상태에서도 목숨을 부
지하는 나무에도 하닥이 걸린다. 외국인을 위한 천막촌
처녀들은 외국인을 맞을 때면 입구에서 최연장자로 보이
는 사람부터 시작해서 차례로 마유주를 권하는데, 이때
그들이 권하는 마유주 잔에도 하닥이 둘러져 있다. 공항
에서 우리를 호텔까지 태워다 준, 내 친구의 친구 몽골
인의 자동차 핸들과 룸미러에도 금줄이 걸려 있었다. 까
닭을 묻는 나에게 통역을 맡은 몽골 인이 대답했다.

　“이 친구, 제 자동차를 무지무지 아낀대요.”

　우리는 금줄, 몽골 인은 ‘하닥’, 일본인은 ‘시메나와’
라고 부르는 이것이 무엇인가? 속(俗)에 속하던 공간을
성(聖)의 공간으로 성별(聖別)하는 장치가 아닌가? 그렇
다면 무엇인가? 몽골 인들에게 성스럽지 않은 공간은 이

세상에 존재하지 않는다는 뜻인가? 보르항과 어워와 하
닥을 명상하고부터는 몽골 땅 어디도 함부로 밟을 수가
없었다.

　열나흘 동안, 몽골 동북부의 이깔나무와 자작나무 숲
지대, 남부의 고비 사막 지대, 서부의 알타이 산맥, 북
부의 호수 지대를 두루 둘러본 끝에 울란바타르 시민들
의 휴양지로 불리는, 테를지 강가의 아늑한 천막촌에서
마지막 밤을 보냈다. 이른 아침, 바깥이 왁자지껄했다.
가만히 귀 기울여 보았다. 독일 말 아니면 우리말이지
싶었다. 우리말이었다. 별로 반갑지 않았다. 어떤 관심
도 보이지 않고 아침잠을 더 잤다.
　아침 식사 시간을 조금 넘긴 즈음에야 밖으로 나갔다.
천막촌 앞에, 푸른 하닥을 두른 어워가 하나 있었다. 천
천히 다가가, 내 마음속의 보르항을 생각하면서 시계 방
향으로 세 바퀴를 돌았다. 그러고는 담배를 하나 붙여
물고 강물 바라보기를 하는데 한국인임에 분명한 중년
사내들이 내게로 다가왔다. 그중 가장 젊어 보이는 청년
은 반팔 와이셔츠에 까만 넥타이까지 매고 있었다. 넥타
이 차림과는 잘 어울리지 않게 까만 배낭을 하나 매고,
하얀 와이셔츠 주머니에는 손전화까지 하나 넣은 젊은이
의 모습을 보는 순간 마음이 답답해져 왔다. 나는 울란

바타르 중앙역 바로 앞, 서울역으로 치면 대우 빌딩 자리에 해당하는 요지에 선 산뜻한 건물과 그 건물에서 우르르 몰려나오던 미국 청년들을 떠올렸다. 그 미국 청년들도 반팔 와이셔츠에 넥타이를 맨 차림에 어울리지 않게 까만 배낭을 하나씩 메고 있었다. 세상의 종말을 준비하는 어느 기독교 종파에 속하는 젊은이들이었다. 지금은 많이 없어졌지만 80년대 90년대에 광화문에서 흔하게 볼 수 있던 풍경이었다. 나는 울란바타르 중앙역 앞의 젊은이들의 사진을 찍고 제목을 '강적들'이라고 붙였다. 마음이 무거웠지만 눈앞의 사람들이 한국인인데 모르는 체할 수가 없어서 내가 먼저 아침 인사를 했다.

"한국에서 오신 모양이군요. 참 멀리도 오셨습니다."

"공기가 참 좋습니다."

중년 사내 하나가 응수했다. 그냥 있기가 뭣해서 내가 한 마디 더 했다.

"습도가 낮아서 그런 모양인지, 맑은 공기가 손에 잡히는 것 같습니다."

사내도 한 마디 더 했다. 그런데 하지 말았어야 할 말이었다.

"이렇게 좋은 공기를 담배 연기로 더럽혀서야 쓰겠습니까? 차제에 끊으시지요."

윙크하다가 뺨 맞은 기분이어서 가만히 있을 수가 없

었다. 나는 안색을 확 바꾸고, 나의 연배인 그들 중 하나가 한 공격을 되받아쳤다.

"반가워서 아침 인사 하는데 대뜸 남의 사생활 치고 들어오는 당신네들. 교 믿는 사람들이지?"

"아, 이분은 원래 가르치는 게 직업인 분이어서……."

다른 사내가, 무례한 사내 앞을 가로막고 나섰다.

"나도 원래는 가르치던 사람이야. 그런데 이제는 가르칠 게 별로 없어서 안 가르치는 사람이야. 이제는 배우기로 작정한 사람이야. 하지만 말 함부로 하는 저 양반한테는 배우고 싶지 않아."

"대신 사과드리겠습니다. 이 친구, 워낙 믿음이 깊은 목회자이다 보니, 선생님께서 조금 전에 저기 저 어워를 도는 걸 보고는 우상 숭배로 여기고 열을 조금 받았던 모양입니다. 양해하시지요."

"나는 양해 못하겠는데요. 각자 갈 길 갑시다. 행운을 빌지는 않겠습니다. 별로 좋은 여행이 될 것 같지는 않으니까."

그렇게 만났다 헤어지고 말았으면 좋았을 것을, 점심 시간에 레스토랑에 일행을 또 만났다. 설상가상 바로 옆 테이블이었다. 기도하는 것은 좋은데 기도 끝에 나온 화제가 또 그 몽골 인들의 우상 숭배 타령이었다. 반팔 와이셔츠에 넥타이 차고 배낭까지 맨 젊은이가 중년 사내들을 저지했지만, 내게 말 함부로 하던 사내는 나 들으라는 듯이 더욱 목청을 높이는 것 같았다. 내가 벌떡 일어서서 노려보자, 문제의 사내가 내뱉었다.

"굳이 말하자면, 저 선생이 담배 끊지 못하는 거와 비슷하지. 니코틴 중독과 수다 중독이 비슷하다는 것을 저 선생님이 이해하실까?"

더는 참을 수 없어서 한 마디 하고는 레스토랑을 뛰쳐나왔다.

"그러면 당신도 실내에서는 떠들지 마. 나도 실내에서는 담배 안 피우니까."

천막집으로 돌아와, 화를 삭이느라고 씩씩거리고 있는데 젊은이가 찾아왔다. 우리 일행들에게 나의 천막집을 물어물어 찾아왔다고 했다. 내 아들 연배여서 내가 반말로 물었다.

"자네, 혹시 울란바타르 중앙역 앞의 전도관에 속하는 사람인가?"

"대신 사과드리고 싶어서…… 그 전도관에 속하는 건 아닙니다. 저희들은 그 종파를 이단으로 치니까요. 저는 여기에서 대학원 다니면서……."

나는 외국에서 공부하면서 자기가 믿는 종교 전도할 기회를 찾는 대학원생을 여럿 알고 있다.

"전도할 기회를 찾고 있다는 말이지?"

“…….”

“한국에서 파견된 건가?”

“그렇습니다만…….”

“그러면 자네에게는, 진돗개는 개가 아닌 거지?”

“무슨 말씀이신지요?”

대학원생이, 느닷없이 내가 꺼낸 진돗개 이야기를 이해할 수 있을 리 없다. ‘허스키와 진돗개’ 이야기는, 캐나다에서 종교 철학을 가르치는 한 한국인 종교학 교수로부터 내가 들은 이야기다. 그는 종교 다원주의자다. 남의 종교도 종교로 인정하자는 주장을 자주 펴는 분이다. 나는 몽골에서, 보르항 산을 생각하면서, 보르항 산을 닮은 어워를 보면서, 어워에 감긴 파란 띠 하닥을 보면서 ‘허스키와 진돗개’ 이야기를 떠올렸다. 그분의 허락을 얻어 내가 여기에서 내 나름대로 부연해 본다. 그 젊은이에게 들려준 이야기이기도 하다.

서주 캐나다 북쪽 어디에 외딴 마을이 있었다. 그 마을에는 개라면 눈썰매를 끄는 개 허스키밖에 없었다. 이 개의 이름은 정확하게는 ‘시베리안 허스키’인데 미국인들은 이 개를 ‘사이베리언 허스키’라고 부른다. 그 마을에 사는 사람의 경우, ‘개’ 하면 떠오르는 것이 무조건 허스키다. 회색 털, 반 미터 정도의 키, 우뚝 솟은 귀,

뾰족하게 튀어나온 입, 늑대같이 짖는 것이 특징인 허스
키 이외의 개는 떠올릴 수 없는 것이다. 요컨대 개라면
무조건 허스키이다.

그러다가 세월이 바뀌어 이 마을에서도 점점 많은 사
람들이 대도시나 다른 주로 나들이를 나갈 뿐만 아니라
멀리 다른 나라에까지 여행을 하게 된다. 어느 날 어디로
멀리 여행을 갔다 오는 사람이 중국산인가 하는 시츠
(Shih Tzu)라는 개 한 마리를 가지고 온다. 시츠라는 개
는, 털 색깔이 갈색이고 크기는 손안에 쏙 들어올 만큼
작다. 귀는 축 늘어져 있는 데다 얼굴은 온통 긴 털에 가
려 있고, 입은 몽땅한 데다 짖어봐야 겨우 캥캥거릴 수
있을 뿐이다. 마을 사람들은 이 개를 두고, 과연 이것을
개라고 불러줄 수 있는 것이냐, 이 문제를 토론에 붙인
다. 사람들 중에는, 시츠도 그들이 알고 있는 개 허스키
와 기본적으로 개의 특성을 지니고 있는 만큼 개로 인정
해 주어야 한다고 주장하는 사람들도 있다. 하지만 대부
분의 사람들은, 그렇게 요상하게 생긴 짐승을 개로 인정
하는 것을 그들이 그때까지 사랑하던 허스키에 대한 모독
으로서 도저히 받아들일 수 없는 이단이라고 주장한다.

이때부터 사람들의 여행은 더욱 잦아지고, 거기에 따
라 그 마을에도 셰퍼드, 도베르만, 푸들, 테리어, 치와
와, 진돗개 등등의 개들이 속속 들어온다. 점점 많은 마

을 사람들이, 개라는 것도 한두 가지가 아니구나, 이런 생각을 하게 되고, 자기네 기호에 따라 이런저런 개를 사서 키우며 자기네들의 애견 경험을 풍요롭게 한다. 여전히 허스키만 개라는 믿음을 굳게 지켜야 한다고 믿는 사람들은, 모든 개를 개로 여기는 사람들의 '타락상'을 안타까운 눈으로 바라보게 된다. 그 중의 일부는, 다른 모든 개를 개로 인정하려는 사람들의 오류와, 그런 오류를 퍼뜨리는 사람들의 기도를 더욱 적극적으로 박멸하는 것만이 허스키에 대한 그들의 충성심을 입증하는 것이라고 생각하기까지에 이른다.

그런데 얼마 뒤부터는 그 허스키에 충성하자는 부류 사이에서조차 난리가 난다. 그 충성파 사이에, 누구의 허스키가 순종 허스키냐, 하는 논쟁이 생긴 것이다. 각자 그 마을의 많은 허스키 중에서도 눈 위에 흰 점이 박힌 자기 집 허스키만 순종 허스키요, 그것과 다르게 생긴 다른 집 허스키는 모두 허스키가 아니라는 것이다. 허스키면 다 허스키냐? 허스키 중에서도 이상스럽게, 눈 위의 흰 점이 흐리게 보인다거나 색깔이 좀 다른 것 같아 보이는 것들이 있는데, 그런 허스키는 새로 들어온 잡개들 피가 잘못 섞여서 생긴 가짜 허스키라는 것이다. 이렇게 극진한 순종 허스키 충성파 몇몇은 한국에 와서 그들의 생각을 전하기 시작했다. 한국의 똥개는 개가 아

닌 것은 말할 것도 없고, 진돗개처럼 허스키 비슷하게
생긴 개도 진짜 개가 아니라고 주장한다. 많은 한국 사
람들은 그들의 말을 믿기 시작한다. 세월이 지나자 어처
구니없게도, 허스키만 개라고 주장하는 사람들 숫자가,
그 캐나다 서부 북쪽 마을 사람들보다 한국들 사이에 더
많아지게 된다.

허스키 문제가 이렇게 복잡해지게 되자 허스키에 관심
이 많은 한국의 두 젊은이가 허스키를 본격적으로 연구
해 보겠다는 생각으로 허스키의 본고장인 캐나다의 그
마을로 유학을 떠나게 된다. 현장에 가서 보니 놀랍게도
그 마을 사람들의 신념이던, 허스키만 개라고 하는 생각
이 많이 묽어져 있다. 두 젊은이 중 한 젊은이는, 허스
키만 개라고 믿었던 자기들의 믿음이 사실 근거도 없고
필요도 없는 것임을 깨닫게 된다. 그런데 다른 젊은이는
그 마을 사람들이 타락하는 바람에 아름다운 허스키 전
통에서 상당히 멀어진 것을 개탄한다. 두 사람은 한국으
로 돌아와 각자가 했던 연구의 결과를 발표한다. 어처구
니없는 일이 또 한번 벌어진다. 첫 번째 젊은이의 주장
은 교단의 믿음을 흔드는 이단이라고 해서 교단에서 쫓
겨난다. 두 번째 젊은이는 배울 것을 정말 잘 배워온 사
람으로 떠받들어진다. 그리하여 한국에서는, 허스키만,
그것도 특정 피를 물려받은 허스키만 진짜 개라는 생각

이 더욱 굳어지고 더욱 널리 퍼진다. 그래서 한국은 가히 허스키의 종주국이라고 할 만해진다.

나는 그러니까 그 대학원생에게, 진돗개는 개가 아닌 거지, 이런 비아냥을 통하여, 너는 이 먼 몽골 땅까지, 오로지 허스키만이 진짜 개라는 생각을 전파하러 온 것이냐, 이런 질문을 던진 것이다. 젊은이가 실로 뜻밖의 대답을 했다.

"허스키, 몽골에도 많이 있습니다만, 하지만 허스키도 순종은 아니죠. 늑대의 피가 섞인 개랍니다."

"그렇다면 자네에게는 진돗개도 개일 수 있는 모양이군?"

"원래, 그러니까 처음에는, 어워에 하닥을 걸어놓고 기도나 하는 몽골 인들에게, 진돗개는 개가 아니고 오로지 허스키만 개라는 것을 가르치기 위해 몽골에 왔습니다. 담배 피운다고 선생님을 비난한 분, 저의 아버지이십니다."

"미안하게 되었군. 자식 앞에서 아버지를 욕해서……."

"그러실 것은 없고요…… 그런데 여기에서 몇 년 살다 보니……."

"살다 보니?"

216

"아버지를 대신해서 사죄드립니다. 오래 살다 보니, 저희 아버지 믿음보다는 이곳 분들 믿음에 더 정이 갑니다. 하지만 곧 떠나려고 합니다."

"정이 간다면서 떠난다니?"

"겨울이 너무 추워서요. 게다가 아버지가 들어오실 것 같아서……."

1991년, 몽골이 사회주의를 포기한다는 보도를 미국에서 접했다. 나는 칭기스칸의 부활을 예감했다. 사회주의 몽골에서 칭기즈칸 신화는 금기(禁忌) 중의 금기였다. 칭기스칸의 이름을 공공연하게 입에 올린 사람 중에는, 감쪽같이 사라져 다시 돌아오지 않은 사람들이 적지 않았다는 이야기도 들었다. 나의 예감은 적중한 것 같다. 몽골은 1991년에 사회주의로부터 칭기스칸을 되돌려 받았다. 보르항 산을 신성한 산으로 여길 수 있는 권리도 되돌려 받았다. 뿐만 아니다. 언제 어디에든 어워를 조성할 수 있는, 그들의 신성한 풍습도 되돌려 받았다. 나는 몇 차례의 몽골 여행에서 그것을 확인했다. 그런데 정치 이데올로기 사회주의보다 더 강력한 종교 이데올로기가 몽골에 등장할 모양이다. 그들이 몽골 인으로부터 신성한 것들을 약탈하게 되는 미래를 나는 상상하고 싶지 않았다. '미니 아브 아도칭 훈'이 '십자가 군병들아'

로 바뀌어 있는 미래를 나는 상상하고 싶지 않았다.

　몽골에서의 마지막 밤을 울란바타르의 잘루추드 호텔에서 보냈다. 그날 밤에도 나는 몽골 인 친구들과, 목소리를 죽여가면서 '미니 아아브 아도칭 훈'을 불렀다. 몽골에 머물 동안 나는 이 노래를 백번도 더 불렀을 것이다. 내가 만난 몽골 인들 중에 이 노래 모르는 사람은 하나도 없는 것 같았다. 처음 만나는 몽골 인도, 이 노래 함께 흥얼거리고 나면 바로 지기(知己)가 되고는 했다.

아밍 하이르테 미니 아브와
(목숨처럼 사랑하는 나의 아버지)
아도니아 빌체르트 도오르다크 훈베이상
(초원에서 노래 부르던 분이었다)
바하크 나스나스 치힝드 허넉시성
(휘파람소리 들으며 나는 자랐다)
바르길 허러테 도오칭 훈베이상
(아버지는 최고의 소리꾼이었다)

미니 아아브 아도칭 훈
(나의 아버지는 말치기)
미니 아아브 도오칭 훈
(나의 아버지는 소리꾼)

나는 그 뒤로도 몽골을 몇 차례 더 여행했지만 보르항
에는 끝내 오르지 못했다. 나는 이제, 보르항에 오르지
않아도 좋을 것 같다. 보르항에 오르지 못했어도 내 마
음속에 보르항을 닮은 어워를 세우면 될 것 같다. 어워
를 세울 수 없다면 푸른 하닥은 언제든지 걸 수 있을 것
같다. 어쩌면 모든 산을 향해 이렇게 말할 수 있는 날이
올지도 모르겠다.

나의 하아네이여, 나의 보르항이여.

알타이아의 장작개비

"부장!"

"응."

"부르기 나름 아닐까요. 요새는 여기서 베끼고 저기서 베끼는 걸 '표절'이라고 하지 않고 '혼성 모방'이라고도 한다니까 아주 '혼성 모방'이라고 밝히면서 치고 나가죠. '동초서초(東抄西抄)'는 또 어때요? 한자로 부르니까 뭐 같네."

"말썽나면 자네가 책임질 거야?"

"상금 나눠줄 겁니까? 그러면 책임지지요."

삼십 대 초반의, 새파랗게 젊은 기자 김미산이 사십 대 후반의 문화부장 박해인을 '부장님'이라고 부르지 않고 '부장'이라고 부른다. 예전 같으면 있을 수 없는 일이다. 군대에다 견주어 본다면 새카만 졸병이 중대장을 '중대장!' 하고 부르는 것과 비슷한데, 군대에서라면 생각에 머물 때만 겨우 용서를 받을 수 있는 사안이다. 하지만 언론사, 특히 큰 신문사에서는 이런 호칭이 일반화해 있는 모양이다. 신문사 근처에서 술이나 밥을 사먹다 보면, 젊은 기자들이, 환갑이 내일모레인 국장을 '국장, 국장' 하고 부르는 걸 자주 볼 수 있다. 저 사람들, 대통령 앞에서 '대통령!' 하고 부르려나? 듣는 이방인은 무안해서 어쩔 줄을 모르겠는데 부르는 기자, 듣는 국장 모두 습관이 꽤 된 것 같다. 주간 잡지 《메디아》의 문화부 기자 김미산과 문화부장 박해인은 그러니까 막강한 언론기관의 풍습을 좇는 것으로나마 이름이 크게 나지 않아 살림살이가 알탕갈탕한 잡지 《메디아》를 대신문과 동일시하고 싶은 것이다.

"심사위원들이 고약해. 표절의 혐의가 있으면 다른 작품을 골라주든지 해야지 우리에게 넘기고 손을 씻으면 어떻게 해? 자기네들이 뭐 본디오 빌라도라던가?"

"흥작이라서 대안이 없다고 하지 않았습니까? 이 작품, 『내 사랑 아탈란테』, 밀고 나가죠. 말썽이 난다면 결국 표절 시비 아니겠어요? 표절 시비에 반드시 부정적인 요소만 있는 것은 아닙니다. 입소문은 긍정적인 요소로 작용할 수도 있습니다."

"젊은 친구가 한심하기는. 부도덕으로 찍혀봐. 현상금으로 내건 1억 그냥 날리는 거야."

심사위원들 손에서 《메디아》 창간 한 돌맞이 1억 원 현상 소설 공모의 당선 후보작으로 넘어온 작품이 연애 소설 『내 사랑 아탈란테』였다. 심사위원들은, 무거운 소재를 날렵하게 다루어 잘 읽힌다는 장점이 있는 대신 남의 나라 옛이야기 짜깁기가 너무 심하다는 점, 신화를 소재로 많은 시를 쓴 18,19세기의 영국 시인들을 꼼꼼히 읽고 모방한 듯한 문체, 특히 수사(修辭)가 마음에 걸린다고 했다. 한 심사위원은 작가가 정독한 듯한 텍스트의 저자들 이름(가령 바이런, 밀턴, 토머스 그레이, 키츠, 셸리, J.R. 로웰)까지 거론함으로써 불편한 심사를 드러내었다. 억대 상금이 걸렸는데도 불구하고, 바로 그 점이 부담으로 작용했던지 응모 작품 수가 아주 적었고, 심사위원의 말에 따르면 본선에 올라온 작품 중에서도 대타로 낼 작품이 없을 정도의 흉년이었다.

"부장, 부도덕의 도덕적 측면, 혹은 도덕의 부도덕적 측면을 한번 변호해 볼까요?"

"그런 측면도 있던가?"

"통념에 딴지걸기, 제 전공이 그거 아닙니까? 그렇거니, 한 종교학자가 학회에서 '원불교는 종교가 아니다'

라고 주장했답니다."

"원불교에서 가만히 있었대?"

"발제자로 나와 있던 원불교 교무가 발끈했죠. 원불교가 왜 종교 아니냐, 종교가 아니면 그러면 뭐냐, 하고 따지고 들었죠."

"그래서? 종교학자가 뭐라고 했대?"

"종교학자 왈. 원불교에는 부도덕이 없다, 부패가 없다!"

"……말 되네."

"부도덕이나 부패를 아름다움이라고 부를 수는 없죠. 하지만 아름다움은 부도덕이나 부패를 향한 프로세스 어느 한 지점에 있다, 이게 저의 생각입니다. 예수님 따라다니던 막달라 마리아. 아름답잖아요? 자꾸 표절, 표절하시는데, 카를 융이 니체의 표절을 변호한 거 아세요?"

"원불교에서 한달음에 니체까지?"

김미산 기자가 인용한 카를 융의 글에 따르면 니체의 『차라투스트라는 이렇게 말했다』에는 다음과 같은 대목이 나온다.

……그런데 차라투스트라가 지복의 섬에 당도했을 때의 일이다. 어느 날 한 척의 배가, 화산이 있는 그 섬에

닻을 내리고 토끼를 사냥할 뱃사람들을 상륙시켰다. 그런데 정오가 되어 집합한 뱃사람들 눈에, 하늘을 날아오는 한 사나이의 모습이 보였다. 그 사나이는 분명히 이렇게 외쳤다.

"그때가 왔다, 지금이야말로 바로 그때다!"

사나이는 뱃사람들 그림자처럼 뱃사람들 위를 지나 화산 쪽으로 날아갔다. 뱃사람들은 그 사나이가 바로 차라투스트라인 것을 알고는 경악했다. 늙은 키잡이가 외쳤다.

"보았지? 차라투스트라가 지옥으로 갔다!"

김미산 기자가 인용한 카를 융에 따르면 이 대목은 J. 케르너의 항해일지 한 대목과 거의 정확하게 일치한다. 케르너 항해일지의, 문제의 구절은 다음과 같다.

……뱃사람 넷과 상인 벨 씨는 스토롬보리 산이 있는 섬에 이르러 토끼 사냥을 하기 위해 이 섬에 상륙했다. 3시가 되어, 승선하기 위해 뱃사람들을 소집했을 때, 섬에 상륙한 사람들은 뜻밖에도 두 사람이 하늘을 날아 그들에게로 오는 것을 발견했다. 둘 중 한 사람은 검은 옷차림이고, 또 한 사람은 회색 옷차림이었다. 두 사람은 빠른 속도로 뱃사람들 위를 지나갔다. 뱃사람들을 더욱

놀라게 한 것은 이 두 사람이 스트롬보리 산의 화구로 들어갔다는 점이다. 뱃사람들은 그 두 사람이 런던에서부터 알고 지내던 사람들이라는 것을 인정했다.

김미산 기자가 자료실에서 들고 나온 책에 따르면 카를 융은 니체를 변호하면서 이렇게 쓰고 있다.

……우리가 알게 되었거나 경험한 것을 잊어버리는 데엔 많은 이유가 있다. 그러나 이러한 것들이 다시 우리 마음의 표면으로 떠오르는 양상 또한 다양하다. 그 흥미로운 한 예가 '잠재 기억', 혹은 '숨겨진 기억'의 경우이다. 보통 책을 쓰는 사람들은 처음에 세워진 계획에 따라 논의를 진행시키고 이야기의 줄거리를 발전시켜 나간다. 그러다 갑자기 이야기가 옆길로 새는 수가 있다. 대개 새로운 생각이 솟아올랐거나 이미지가 달라졌거나 전혀 새로운 곁가지 줄거리가 생겼을 때 그런 일이 일어난다. 그러나 쓰는 사람 자신은, 그 같은 탈선의 요인을 설명하라는 요구를 받아도 제대로 설명하지 못하는 경우가 많다. 쓰는 사람은, 설사 그 전에 알지 못하던 내용을 전혀 새롭게 창작하고 있으면서도 그런 변화조차 알지 못하는 경우도 있다. 그런데 놀랍게도, 그 사람이 쓴 내용이 다른 사람의 작품(쓰는 사람 자신은 읽어본 적도

없다고 믿는 작품)과 놀랄 만큼 비슷할 때도 종종 있다.

나는 이같이 흥미 있는 예를 니체의 『차라투스트라는
이렇게 말했다』에서 본 적이 있다. 니체는 이 책에서
1686년의 항해일지를 통해서 보고된 한 이야기를 거의
그대로 재생시키고 있다. 우연한 기회에 나는 1835년(니
체가 이 책을 쓰기 반세기 전쯤)에 발행된 책에서 이 뱃
사람의 허풍을 읽을 수 있었는데, 그 뒤 『차라투스트라
는 이렇게 말했다』에서 똑같은 이야기를 읽었을 때 나는
니체가 평상시에 쓰던 것과 다른 이상한 문체에 놀라고
말았다. 니체 자신은 여기에 대해 아무런 언급도 하지
않았지만 나는 그가 이 낡은 책을 읽었으리라고 확신한
다. 나는 당시 생존 중이던 니체의 누이에게 편지를 썼
는데, 니체의 누이는 니체의 나이 열한 살 때 자기와 둘
이서 그 책을 읽었다는 사실을 확인시켜 주었다. 전체의
문맥을 따져보았지만 니체에게 이 책을 표절할 의도가
있었던 것으로는 보이지 않았다. 그러니까 오십 년도 더
지난 어느 날 그의 의식 가운데서, 옛날에 읽었던 그 대
목이 떠올랐던 것 같다.

글을 다루는 동네에서만 그런 것은 아닐 것이다. 응모
자들 입장에서 본다면, 응모 작품들이 예심에 붙여지고,
예심에서 걸러진 다음 본심 위원들에게 넘어가고, 본심

에서 작품들의 절대 우위 혹은 상대 우위가 논의되고, 마지막 수상작이 가려지는 상황, 이거 너대니얼 호손의 짧은 소설 「데이비드 스완」에서 벌어지는 상황과 아주 흡사하다. 우리의 지력이나 시력이 미치지 않는 곳에서 일어나는 일에 관한 한 우리는 까막눈이다, 라고 말할 수도 있다. 운명아, 비켜라 내가 나간다, 베토벤은 이렇게 호기를 부렸다지만, 인간인 이상, 우리의 운명은 우리가 결정하는 것은 아닌 모양이다.

대개의 경우, 예심 위원들은 집으로 혹은 일터로 전해지는 응모 작품들을 미리 보거나 읽는다. 신문이나 잡지를 보면, 예심 위원들이 큰 방에 모여 앉아, 수북하게 쌓인 응모작을 하나씩 보거나 읽는 사진이 실리는데 이런 사진은 그리 믿을 바가 못 된다. 응모 작품이 소설일 경우 예심 위원들이 읽어야 하는 원고의 양은 방대하다. 몇 날 며칠을 읽어야 하는 경우도 있다. 예심 위원들이 격론을 벌이는 경우는 흔하지 않다.

본심 위원들 역시 집으로 혹은 일터로 전해지는 응모 작품들을 미리 보거나 읽고는 마음속으로 어느 한 작품에 점을 찍는다. 그러고는 현상 공모의 심사 의뢰 당사자가 정한 곳에서 회동하고 의견을 나눈다. 본심 위원들의 의견이 일치하는 경우에는 별 문제가 없다. 의견 일치를 보이지 못해 투표를 통하여 다수결로 당선작을 뽑을 경우도 있다. 소수가 승복한다면 별 문제가 없다. 문제는 소수가 다수의 의견을 수용할 수 없을 경우다. 열띤 토론이 벌어지는 것은 물론이다. 토론 결과 소수가 다수의 의견을 수용해도 별 문제가 없다. 소수가, 다수가 낸 의견의 문제점이나 부당성을 지적하고 나서면 문제가 심각해진다. 다수는 소수의 의견을 경청하고 나서야 자기네들의 의견에 문제가 있었다는 것을 깨달을 수도 있다. 이렇게 되면 처음에는 주목을 받지 못하던 엉뚱한 작품이 당선작으로 뽑힐 수도 있다. 서로가 서로의 의견에 문제점이 있다는 것을 수긍하는 경우 전혀 다른 작품이 당선작으로 떠오를 수도 있다. 작품을 바라보는 심사위원들 견해의 미세한 차이, 혹은 작품의 평가에 적용되는 미학적 잣대의 변화가, 다수의 의견이 낸 것도 아니고 소수의 의견이 낸 것이 아닌, 처음에는 누구도 예기치 못하던 작품을 당선작으로 선정할 수도 있는 것이다. 요컨대 부지불식간에 한 응모자의 운명을 완전히 바꾸어 버림으로써 천당과 지옥을 오가게 하는 셈인데, 심사위원들은 그것을 의식하고 있을까? 의식하지 못하기가 쉽다. 그들이 심사하는 것은 응모자들의 작품이지 응모자들의 운명이 아니기 때문이다. 그렇다면 응모자들의 운명은 심사위원들에 의해 좌우된다고 할 수 있다.

신문사 문화부에 근무하는 한 기자가, 심통이 몹시 난

상태에서 신춘문예 소설 응모작을 예심했더란다. 심통이
났던 까닭은, 결혼을 약속한 애인과 저녁 식사 약속이
되어 있었는데, 회사가 그를 예심 위원으로 찍어 야근을
시켰기 때문이란다. 기자는, 사정을 물어보지도 않고 야
근을 명령한 윗분들에게 골을 내면서 응모작 한 편을 쓰
레기통에 처박았더란다. 글씨가 개발괴발이었기 때문이
었더란다. 컴퓨터 같은 것은 없던 시절이었더란다. 기자
는 ‘이 따위 글씨로 소설을 써, 아나, 소설 여기 있다’,
이러면서 처박았더란다. 합석해 있던 동료 기자가 그 소
설 원고를 쓰레기통에서 꺼내어 ‘개발괴발’이 무엇인지
확인하고는 배꼽을 잡았는데…… 그 작품이 그 해의 당
선작이 되었더란다. 그러니까 문제의 문화부 기자는 한
작가의 문단 입성을 몇 년 좋이 늦추어 놓을 수도 있었
을 것이고, 심하게 말하면 그 사람의 운명을 바꾸어 놓
을 수도 있었을 것이 아닌가? 지금은 중견 작가 노릇 하
는 작가에게 실제로 있었던 일, 문단에는 꽤 알려져 있
는 이야기다. 응모자의 운명이 한 기자의 감정 상태에
좌우될 가능성이 있었던 이 경우는 어떨까? 이 경우, 응
모자에게는 책임이 있다. 운명을 좌우할 수 있는 단서를
그 기자에게 제공한 것이다. 인간인 이상, 우리는 우리
의 운명을 결정하지 못하는 것인가? 운명을 결정하는 어
떤 힘을 상대로 우리는 끊임없이 운명 결정에 필요한 단

서를 제공하고 있는 것인가?

"저는 '표절'이라는 말을 듣거나 쓸 때마다, 모든 글은 표절의 운명에서 피할 수 없는 것이 아닐까, 이런 생각이 듭니다. 저는 말 배우고 초등학교 들어가서부터 대학 졸업할 때까지 많은 책을 읽었습니다. 기사를 쓸 때마다 저는 제 기억에 남아 있는 누군가의 글을 인용합니다. 하지만 인용했다는 것을 일일이 고백하지는 않습니다. 표절 아닙니까? 글을 배운다는 게 뭡니까? 낱말의 용례 좇는 것 아닙니까? 표절 아닙니까?"

"이 사람아, 그건 나도 그래. 하지만 '표절'이 뭐야? 남의 시구나 문장이나 이론 같은 것을 가져다 자기 것으로 발표하는 것, 이게 표절 아닌가? 명백한 악의를 전제로 하는 것만을 우리는 표절이라고 부르는 거야. 심사위원들이 그걸 암시하고 있는 것 같지 않아?"

"'패러디'라고 부르면요? 제목부터가 패러디잖아요? 심사위원들, 유머 감각이 없어서 그런 거 아닌가요?"

"표절은 표절 대상을 숨기고 싶어하는 반면에 패러디는 패러디 대상을 드러내고 싶어 하는 속성이 있어. 듣는 사람이나 읽는 사람에게 패러디의 대상을 주지시키지 못한 채 하는 패러디를 뭐라고 부르는지 알아?"

"썰렁……."

“아는 사람이 그래? 심사위원들은 ‘18, 19세기의 시인
들’이라면서 이름까지 적시하고 있지 않아?”

“결국 대상을 심사위원들에게 암시한 셈이군요. 그렇
다면 패러디라고 불러주어도 좋겠군요.”

“심사위원들 분위기가 그게 아니잖아?”

“심사위원 중에 영미시 전공자가 없었다면요? 심사위
원들의 지각 범위 밖에서 이런 일이 있었다면요?”

“표절 사실이 백일하에 드러나는 시점을 늦추어 주기
는 하겠지.”

김 기자가, 위험 부담이 있는데도 불구하고 『내 사랑
아탈란테』를 당선작으로 뽑자고 주장하는 것은 그가 속
하는 세대가, 작가가 문장이나 문체로 암시하는 작가 자
신의 연령층과 비슷하기 때문일 것이다. 문화부장이 『내
사랑 아탈란테』에 적의를 가지는 것도 같은 이유 때문일
가능성이 있다. 부장은, 자기로서는 도저히 따라잡을 수
없는, 새로운 세대의 속도감에 두려움을 느끼기까지 하
는 사람이었다.

김미산 기자가 결국 승리했다. 박해인 부장을 끝까지
미적거리게 했고, 김미산 기자를 계속해서 변호하게 했
던 『내 사랑 아탈란테』의, 심사위원들이 ‘마음에 걸린
다’던 부분은 국장에게까지 보고되었다. 젊은이들이 지

어내는 전혀 새로운 문화 감각의 판세를 늘 부담스러워
하던 국장이 김 기자를 편들어 그의 손을 들어준 것이
다. 국장은, 사십 대 후반인 박 부장의 문화 감각이 삼
십 대 초반인 김 기자의 문화 감각에 오래지 않아 밀릴
것임을 예견했던 모양이다.

  심사위원들이 당선작을 최종 결정하지 않고, '마음에
걸린다'는 단서를 달아 당선작 최종 결정을 《메디아》 문
화부에 맡긴 것을 이상하게 여기는 사람들이 있을 것이
다. 그럴 수도 있는가? 심사위원들의 직무유기 아닌가?
잡지사가 자사 광고에다 '열린 문학을 지향하고자' 소설
을 공모한다고 밝히고 있지만 사실 소설 공모의 목적은
열린 문학의 지향이 아니다. 그 회사에는 출판국이 엄연
히 존재한다. 대기업의 문화재단도 아닌, 중소 업체 《메
디아》가 열린 문학을 지향하는 데 그 많은 억대 현상금
을 쓸 턱이 없다. 장편소설 심사위원들은 문학성 심사
전문가들이지 상업성 심사 전문가들은 아니다. 그러니까
심사위원들은 상대 우위를 따져 『내 사랑 아탈란테』를
선정한 뒤 단서를 달아 문화부에 넘겨버린 것이다. 심사
위원들이 단 단서는 당선작 선정을 거부하는 의사 표시
였을 가능성도 있다. 하지만 《메디아》로서는 시끌벅적하
게 시작한 행사를 맥 빠지는 '당선작 없음'으로 끝맺을
수는 없는 일이다. 문화부장이 전화를 걸어, '당선작 없

음'을 의미하는 겁니까, 하고 물었을 때 전화 본심 위원 장은, 남의 잔치 김 빼기도 뭣하네요, 하고 얼버무리더란다. 《메디아》에게 당선작으로 발표해도 좋은 것으로 해석될 여지를 남겨준 셈이다.

이 대목부터 편집국 문화부는 출판국 영업부와 머리를 맞대고 『내 사랑 아탈란테』의 상업성을 따져야 한다. 당선자에게 1억 원의 상금을 주고 그것을 선인세로 충당한다면 적어도 10만 부 이상 찍어야 한다. 당선자에게 당선 사실을 통보한 사람은 김 기자였다. 김 기자는, 당선 통보를 받고, 다 삼신 할매 덕분이라면서 울먹이는 당선자에게 《메디아》의 속내를 숨기려 하지 않았다.

"말랑말랑하게 손질해 주셔야 합니다, 아시겠어요?"

그런데 전화 수화기를 제자리에 놓고 돌아서는 김 기자의 표정이 심상치 않았다. 반가운 소식이란 듣는 사람에게만 즐거운 것이 아니고 전하는 사람에게도 즐거운 법이다. 그런데 김 기자의 표정은, 뭘 하려고 일어섰다가 뭘 하려고 일어섰는지 잊어버린 사람이 지을 법한 그런 것이었다.

……옛날 그리스 땅에 있던 조그만 도시 국가 칼뤼돈에 경사가 났다. 왕비 알타이아가, 왕실이 오래 기다리던 아들을 낳은 것이다. 이 아들이 뒷날 칼뤼돈의 영웅

으로 한동안 떠받들어지던 멜레아그로스다.

왕비가 아들을 낳던 날 밤, 침상 머리에는 운명의 여신 세 자매가 와 있었다. 그리스 인들은 이 세 자매 여신이 이 세상에 태어나는 사람의 팔자를 주관한다고 믿었다. 맏이의 이름은 '클로토'였다. 이 말은 '운명의 베를 짜는 여신'이라는 뜻이란다. 둘째의 이름은 '라케시스'였다. 이 이름은 '복을 나누어주는 여신'이라는 뜻이다. 막내의 이름은 '아트로포스'였다. '어느 누구도 거스를 수 없는 여신'이라는 뜻이란다.

아기가 태어나는 순간 운명의 세 여신 중의 맏이 클로토는 운명의 실로 쫀쫀하게 운명의 베를 짜면서 새 아기를 이런 말로 찬양했다.

"칼뤼돈 땅에서 제 아비의 이름을 가릴 자가 태어났구나."

둘째 라케시스 여신은 이렇게 노래했다.

"물의 강을 건너면 영광을 얻겠고, 피의 강을 건너면 어미를 슬프게 하겠구나."

셋째인 아트로포스는 이렇게 예언했다.

"어쩔꼬, 이 아이 명운이 저 난로에서 타고 있는 마른 장작에서 더도 덜도 아닌 것을……."

이러고는 한숨을 쉬었다.

인간은 신들의 말을 들을 수 없는 법인데, 아기 어머

니 알타이아는 귀가 밝은 여자라 이 말을 엿들었다. 운명을 주관하는 여신들이 돌아간 직후 알타이아는 황급히, 난로에서 타고 있던 장작을 꺼내어 물에 넣었다. 장작개비의 불이 꺼진 것은 물론이다. 알타이아는 불 꺼진 이 장작개비를 은밀하게, 혼자만 아는 곳에다 간수했다…….

"축하한다는 말은 전화로 다 했고…… 지금부터 너와 나는 서로 모르는 처지다, 알았지?"

회사 엘리베이터 앞에서 기다리던 김미산 기자가, 감사 인사차 감색 투피스 차림으로 회사를 방문한 당선자 강신우를 근처 찻집으로 데리고 가면서 한 말이다.

"어차피 김 선배가 아는 사람은 한영애지 강신우가 아니잖아요?"

"네 목소리 듣는 순간 죽는 줄 알았다."

"저도요…… 김 선배가 이 회사에 근무하는 줄을 알았지만 문화부에, 그것도 이 행사 직접 담당하는 자리에 있으리라는 생각은 꿈에도 못했어요."

"지금부터 너와 나는 서로 모르는 처지다."

"왜 그래요, 자꾸?"

"그럴 까닭이 있다."

"뭔데요?"

"네 작품을 두고 부장과 많이 다투었다. 부장은 네 작품에 시비를 걸었고 나는 시종 네 작품을 변호했다. 그런데 너와 내가 대학 동창, 그것도 같은 과 선후배였다는 걸 부장이 알아봐. 어떻게 되겠어?"

"어차피 알게 될 것 아닌가요? 내 약력과 선배의 약력이 많이 닮은 거, 금방 들통 날 거 아뇨? 나이 맞추어 보면 학번이 바로 나오지 않겠어요?"

"이거 고민이네…… 그런데 필명이 왜 그 모양이야? 여자 필명이 '강신우'가 뭐야, 강신우가?"

"이름에 여성이라는 '젠더' 정보가 들어 있으니까 여러 가지로 불편하더라고요. 그래서 그 정보를 지워버렸어요."

"아탈란테라…… 이 여자 원래 여성성(女性性)이 모자라도 한참 모자랐어. 그런데 아탈란테의 최후는 비극적이잖아?"

"비극의 아름다움을 요새 사람들 모르잖아요?"

"그러니까 읽히는 소설 쓰기로 마음먹었다는 소리?"

"《메디아》가 요구한 것도 바로 그거 아니었어요?"

프랑스 파리의 루브르 박물관에서 콩코드 광장의 우뚝 솟은 오벨리스크를 겨냥하고 공원길을 걷다 보면 가벼운 먹을거리를 파는 노천 음식점이 서너 군데 있다.

음식점은 좌우에 거의 대칭을 이루는 호수를 끼고 있는데 호수 중앙에 세워져 있는 석상 또한 거의 같은 주제를 다루고 있다. 오른쪽에는 쫓고 쫓기는 아폴론과 다프네의 석상이 서 있다. 아름다운 처녀 다프네는, 사랑을 요구하는 아폴론에게 쫓기다 신들에게 기도한다. 아폴론의·사랑이 싫으니 차라리 나무로 변하게 해달라고 기도한다. 신들은 다프네의 기도를 들어, 아폴론의 손에 붙잡히기 직전의 다프네를 월계수로 전신시킨다. 그리스인들은 지금도 월계수를 '다프니스'라고 부른다.

왼쪽 호수에도 쫓고 쫓기는 한 쌍의 남녀 석상이 서 있다. 여성은 남성을 앞서서 질주하고 있다. 이 여성이 바로 아탈란테라는 처녀다. 남성은 여성처럼 질주하면서 오른손에 쥔 사과 한 알을 금방이라도 던질 듯한 자세를 취하고 있다. 이 청년의 이름은 히포마네스다. 아탈란테와 히포마네스의 석상 뒤에는 금방 목욕을 끝낸 듯한 한 여성이 드러난 엉덩이를 처녀와 총각 쪽으로 향하게 한 채 서 있다. 바로 아프로디테 여신이다. '엉덩이가 아름다운 여신 아프로디테'라는 명품 조각의 모각이다. 원본은 이탈리아의 나폴리 국립 고고학 박물관에 있다. 다프네 이야기가 그렇듯이 아탈란테 이야기도 비극적이다. 아프로디테의 석상이 거기 세워져 있는 것은 이런 비극이 모두 애욕의 여신 아프로디테의 조화라는 것을 암시

한다. 다시 읽어보아도 좋겠다.

　아탈란테는, 여자라고 하기에는 너무 남자 같고 남자라고 하기에는 얼굴이 너무 여자 같은 처녀였다. 아탈란테는 전에 자기 운명에 관해 신이 맡긴 뜻, 즉 신탁을 물어본 적이 있었다. 신의 뜻을 풀이하면 대충 이러했다.
　"아탈란테여! 결혼하면 안 된다. 결혼하면 그 길로 끝장이다."
　아탈란테는 이 신의 뜻을 두려워한 나머지 남자들과의 교제를 피하고 오직 사냥에만 열중했다. 그리고 구혼해 오는 남자에게는(아탈란테에게는 구혼자가 많았다), 까다로운 조건을 내걸어 그들의 성가신 요구를 물리쳤다.
　"누구든 나와 달리기를 겨루어 이기는 이에게만 상으로 나 자신을 맡기렵니다. 하지만 나를 이겨내지 못하는 경우 벌로 그 목숨을 맡겠습니다."
　이렇게 무시무시한 조건이 붙어 있는데도, 어디 한번 해보자고 나서는 사람들이 있었다. 달리기 시합의 심판은 청년 히포마네스가 맡게 되어 있었다.
　히포마네스는 고개를 갸우뚱하면서 이렇게 중얼거렸다.
　"여자 하나 얻겠다고 목숨을 걸고 나서다니, 이런 멍청이가 어디 있을까?"
　그러나 겨루기에 나서려고 웃옷을 벗은 아탈란테를 보

는 순간 히포마네스의 생각은 달라졌다. 생각이 달라졌으니 말도 달라지는 것이 마땅하다.

"여보게들 나의 허물을 용서하게. 이길 경우 자네들이 받을 상을 잘 모르고 한 말이었네."

히포마네스는 젊은이들을 바라보며 그들이 모두 아탈란테에게 패배하고 목숨을 잃었으면 좋겠다고 생각했다. 혹 이길 만한 청년이 나서면 그 청년을 질투하고는 했다.

히포마네스가 이런 생각을 하고 있을 동안 처녀는 질풍같이 내달렸다. 달리는 모습은 여느 때보다 훨씬 아름답게 보였다. 흡사 미풍이 처녀의 발에다 날개를 달아준 것 같았다. 처녀 아탈란테의 머리카락은 어깨 위에서 춤을 추었고 불그레한 옷 가장자리의 장식 술은 뒤쪽으로 나부꼈으며 새하얀 살갗은 장밋빛으로 물들었다. 마치 대리석 벽에 새빨간 휘장이 드리워진 것 같았다. 아탈란테는 겨루는 족족 모두 이겼다. 진 사내는 그자리에서 죽음을 당했다.

히포마네스는, 패배한 청년들이 죽음을 당하는데도 겁을 먹지 않고 당당하게 나서서 처녀를 바라보면서 이렇게 말했다.

"어째서 이런 느림보들을 이기고 뽐내는 것이오? 내가 상대해 드리리다."

아탈란테는 측은해하는 듯한 눈길로 잘생긴 청년 히포

마네스를 바라보았다. 어찌나 잘 생겼던지, 이겨버려야 할지 져주어야 할지 망설여질 지경이었다.

"어느 신께서, 이같이 젊고 잘난 청년으로 하여금 목숨을 버리게 하실까. 불쌍하구나. 준수하기는 하되, 가엾구나. 가여운 것은 이 청년의 용모가 아니라 청춘이구나. 차라리 저이가 겨루기를 포기해 주었으면 좋겠는데…… 그런데 이 청년이 기를 쓰고 달려든다면 이 일을 어쩌지? 져주고 말아?"

아탈란테가 이런 생각을 하며 머뭇거리자 구경꾼들은 겨루기를 재촉했다. 아탈란테의 아버지도 어서 준비하라고 딸을 채근했다.

히포마네스는 사랑의 여신 아프로디테에게 빌었다.

"아프로디테 여신이여, 도와주소서, 이렇게 만드신 분은 결국 여신이 아니십니까?"

아프로디테는 기도를 듣고 그러마고 했다.

퀴프로스의 아프로디테 신전 뜰에는 노란 잎, 노란 가지에 황금빛 과일이 열리는 나무가 있었다. 여신은 이 나무에서 황금 사과 세 개를 따서 아무도 모르게 히포마네스에게 건네 주면서 이를 쓰는 방법을 가르쳐주었다.

이윽고 출발 신호 나팔이 울렸다. 히포마네스의 걸음이 어찌나 가벼운지 강물 위나 물결치는 밀이삭 위를 지나도 발이 잠기지 않을 것 같았다. 구경꾼들이 큰 소리로 히포마네스를 응원했다!

"잘 한다. 지금이야. 힘내! 빨리, 더 빨리! 따라잡아! 늦추지 말고! 힘을 더 내!"

이러한 응원에 청년이 더 기뻐했는지 처녀가 더 기뻐했는지는 모르겠다. 청년의 숨은 거칠어졌다. 갈증을 느낀 것이다. 결승점까지는 한참을 더 달려야 했다. 청년은 가지고 있던 황금 사과 한 알을 던졌다. 아탈란테는 놀랐다. 그러고는 황금 사과를 주웠다. 이 틈을 이용해서 히포마네스는 아탈란테를 앞섰다. 사방에서 환호성이 올랐다. 아탈란테는 걸음을 빨리하여 곧 히포마네스를 뒤쫓아 왔다. 청년은 황금 사과 한 알을 더 던졌다. 처녀는 황금 사과 줍느라고 잠깐 달음박질 속도를 줄였으나 곧 히포마네스를 따라잡았다. 결승점은 바로 눈앞이었다. 남은 기회는 한 번뿐이었다. 히포마네스가 소리쳤다.

"지금입니다. 여신이시여, 당신의 선물에 힘을 내리소서."

히포마네스는 이 말 끝에 마지막 황금 사과를 옆쪽 멀찍이 던졌다. 아탈란테는 그 황금 사과를 보고는 주저했다. 결승점이 멀지 않았기 때문이었다. 그러나 아프로디테는 조화를 부려 아탈란테가 그것을 줍지 않고는 못 배기게 했다. 이렇게 해서 히포마네스는 상으로 얻은 처녀 아탈란테를 데리고 제 집으로 돌아왔다.

그러나 이 둘은 저희들 행복에만 취해 아프로디테에게 인사를 차리지 못했다. 여신은 배은망덕한 두 사람을 벼르다가 이 둘을 충동질하여 퀴벨레의 노여움을 사게 했다. 퀴벨레는 아탈란테는 암사자로 히포마네스는 수사자로 변신하게 했다.

아, 아탈란테. 황금 사과에 한번 눈멀고, 사랑에 또 한번 눈이 멀어 제 운명에 눈길을 던져보지 못했던 여자.

"아탈란테를 해피엔딩으로 다루었더구나."

"히포마네스와 맺어지기까지."

"그런데 치명적인 약점이 있더라."

"알아요."

"황금 사과에 눈이 멀어 그거 줍느라고 뜀박질의 속도를 늦추었으니, 이게 뭐야, 옛사람들의 여성관 아니었을까?"

"신탁과 관습에 저항하는 여성…… 이걸 그려보려고 한 것일 뿐이에요."

"신들이 사라졌으니 이제는 신탁도 사라진 것인가? 운명도 사라진 것인가…… 어쨌든 지금부터 너와 나는 모르는 처지다. 세월이 지나서 알게 되면 그때 가서 부장에게 고백하면 그만인 거고……. 지금의 내 입장, 정말 난처하다."

"선배가 여러 가지로 불편하다면 선배 좋을 대로……."

부장과 국장 앞에서 문화부 기자 김미산과 신예작가 강신우는 서로 모르는 사람인 것처럼 공대말을 주고받았다. 당선자에게 당선 통보 전화를 걸고 돌아서면서 김미산이 한 말, '당선자가 여잔데요', 이 한 마디에 가슴 설레며 당선자와 대면하는 날을 기다려온 부장이었다. 부장은, 늘씬한 미인이면 얼마나 좋을까, 미혼이면 또 얼마나 좋을까, 이런 생각을 하면서 기다렸을 법하다. 강신우를 보는 순간 부장의 얼굴에 홍조가 어른거렸다. 보도 자료 감으로는 이상적이다, 부장은 이런 생각을 하고 있었기가 쉽다. 강신우의 미모와 불룩한 젖가슴을 눈길로 훑으면서 부장은 마음속으로 전자계산기를 두드리고 있었다.

부장의 속셈은 적중했다. 데뷔작 장편소설로 거금 1억 원을 상금으로 받은 미모의 미혼 소설가…… 미디어가 일제히 강신우를 관심의 표적으로 겨냥했다. 작가 알리기는 일간지들이 해주었고 책 광고는 여성 잡지들이 대신해 주었다. TV 아침 프로들도 앞 다투어 강신우를 초대 손님으로 불러내었다. 강신우는 신문이 요구하는 시론, 잡지가 요구하는 에세이도 거절하지 않았다. 무수한 잡지가 그를 인터뷰하고 싶어했고 무수한 라디오 프로가

그를 끌어내고 싶어했다. 『내 사랑 아탈란테』는 《메디
아》의 예상 판매부수를 간단하게 타넘었다. 시상식 끝난
지 겨우 두 달 만의 일이었다.

"신문이나 잡지도 그렇지만 소설가가 TV에 너무 자주
얼굴 내미는 거 아냐? 보일락말락 들릴락말락, 그래야
하는 거 아냐?"
김미산 기자가 이렇게 말했을 때 강신우가 보인 반응
은 이랬다.
"……《메디아》의 문화부 기자가 할 소리는 아니죠. 제
가 이렇게 하니까 책이 뜨고 있는 거 아닌가요? 하지만
저는 제 책을 뜨게 하고 싶어서 이러는 건 아니에요. 저
는 지금 저를 시험하고 있어요. 지금 제가 어떤 도전에
직면하고 있는지 아세요? 선배는 짐작도 못할 거예요.
제 작업실에서 어떤 일이 벌어지고 있는지 아세요? 하루
에 신문이나 잡지에 실릴 글을 평균 세 꼭지씩 쓰고, 인
터뷰 두 차례씩 하고, 강연 반 차례 해요, 이틀에 한 번
씩 하는 셈이니까…… 월간 잡지에 장편소설 두 편 연재
하고, 계간지에 장편소설 분재 두 편 하고 있어요. 라디
오나 TV가 불러도 저는 거절 안 해요. 제가 이름나고
싶어서 이러는 거라고 생각하죠? 아니에요. 조용히 숨어
사는 거, 저도 그거 원해요. 하지만 저는 지금 저를 시

험하고 있는 거예요. 이 호흡으로 얼마나 갈 수 있는지 시험하고 있어요. 원고 청탁. 고맙죠. 하지만 저는 이걸 도전으로 여겨요. 저쪽에서 도전하니까 응전해야죠. 한 삼 년 이렇게 살아보려고 해요. 삼 년이 지났는데도 그때까지 이 도전이 지금과 같다면 그때 들어가려고 해요. 보일락말락, 들릴락말락하는 그런 곳으로…… 그게 진짜 들어가는 거예요.”

“너의 그 공격성이 위장 아니기를 바라겠다.”

“위장이라뇨?”

“미디어에 대한 집착을 그런 공격성으로 위장하는 사람들을 나는 이 바닥에서 자주 만나면서 산다.”

“자기 손으로 데뷔시켜 놓고 어떻게 그렇게 말할 수 있어요.”

“시간이 좀 걸릴 모양이구나.”

강신우 열풍이 꽤 오래갔다. 서점에 강신우의 책이 여러 권 깔렸고 베스트셀러 명단에서 강신우의 책 제목이 한 권이라도 빠지지 않는 세월이 꽤 오래 흘렀다. 강신우의 이름 앞에서 《메디아》의 이름이 사라져가기 시작했다. ’1억 원’의 약발도 떨어져가기 시작했다. 강신우는 TV에 나와 종합소득세를 얼마나 내고 있느냐는 사회자의 질문에, 종합소득세…… 데뷔할 때 받은 상금만큼요, 이런 말하는 것도 망설이지 않았다. 장편 연애소설에 머물 것이라는 예상을 깨고 강신우는 본격 문예지로도 진출했고, 신문사 문화교실 강사 노릇 하더니 TV의 문학 강연 프로그램을 맡아 적지 않은 성공을 거두기도 했다.

"너, 참 부지런하다, 몸이 배겨나냐?"
강신우가 전화를 걸어 '저녁이나 같이 해요' 하고 말했을 때 김미산 기자가 한 소리다. 지쳐 있는 듯한 음성이었다. 문화부장과 더불어 강신우 발굴의 일등공신들로 대접받고 있던 김미산으로서야 강신우 열풍이 더 거세어지거나 오래가기를 기대했을 법하다. 하지만 그는 강신우가 여러 미디어 사이에서 몸을 너무 함부로 굴리고 있다는 인상을 지우지 못했다. 강신우에 대한 감정에 변화가 왔던 것일까?
음식점에서 만났을 때 김미산은 강신우에게 벽을 마주 보는 자리를 권했다. 신문사가 되었든 잡지사 되었든 문화부 기자는 유명한 사람들을 자주 만난다. 유명한 가수, 유명한 배우, 유명한 시인이나 작가를 만날 때마다 김미산 기자는 벽을 마주하는 자리를 그들에게 권했다. 김미산은 기자로서 이름이 널리 알려져 있을 뿐 얼굴이 널리 알려져 있었던 것은 아니다. 그래서 자신은 다른 손님들 쪽을 바라보고 있어도 《메디아》 사람들을 제외하면 알아보는 사람이 거의 없다. 하지만 상대가 유명한 사람, 얼굴이 널리 알려져 있는 사람이 다른 손님들 쪽으로 얼굴을 돌리고 있으면, 알은체하거나 인사를 건네는 사람들이 많다. 유명한 사람들 대부분은 김미산이 벽 마주 보는 자리를 권하면 김미산의 깊은 마음 씀씀이를 고마워하고는 했다.

자기 얼굴 알아봐 준다는 것은 좋은 것이다. 하지만 신문에 조그맣게 실리는 연예인의 폭력 기사를 보라. 인기를 목숨같이 여기는 연예인의 폭력은, 얼굴 알아보고 알은체하기와 매우 밀접한 관계가 있다.

그러나 강신우는 벽 마주 보는 자리에 앉지 않았다. 소설가 강신우를 알아보는 사람들이 건너와 인사하는 바람에 김미산이 여러 차례 불편을 겪는데도 불구하고 강신우는 벽을 마주보고는 앉지 않았다. 김미산은 강신우가 그걸 즐기고 있다는 인상을 받았다.

위험하다…… 김미산이 지닌 예감의 더듬이는 민감했다.

칼뤼돈 왕의 이름 ‘오이네우스’는 ‘포도 사나이’라는 뜻이다. 그는 디오뉘소스 신으로부터 처음으로 포도나무를 받아 기른 사람으로 전해진다. 어느 해 풍년이 들자 그는 첫물로 거둔 과일은 데메테르 여신께, 포도주는 디오뉘소스 신께, 올리브 기름은 아테나 여신께 바쳤다.

그는 농신들에게 제사를 올리는 데 그치지 않고 하늘에 계신 모든 신들에게 두루 제사를 올렸다. 그런데 이때 오이네우스 왕이 제사를 드리고 제물을 바치지 않은 여신이 하나 있다. 바로 아르테미스 여신이다. 오이네우스는 그러니까 다른 신들의 제단에는 모두 제물을 차리면서도 아르테미스 여신의 제단만은 비워두었던 것이다. 이 일에 신들 모두가 의분을 느꼈다. 아르테미스는 펄쩍 뛰었다.

"내가 그냥 두고 볼 줄 아느냐? 나 아르테미스를 일러 섬김을 받지 못한 여신이라고 할 자는 있을 것이나 복수할 줄 모르는 여신이라고 할 자는 없을 것이다."

아르테미스 여신은 이렇게 벼르고는 자기를 업신여긴 이 오이네우스의 땅에다 멧돼지 한 마리를 보내어 짓밟게 했다. 이 멧돼지는 크기가 에피로스 황소에 견줄 만했고, 시켈리아 황소에 견주면 덩지가 오히려 더 컸다. 멧돼지의 눈은 핏발이 서 있어서 늘 붉었고, 목은 비할 데 없이 튼튼했으며 온몸에는 창날 같은 털이 돋아 있었다. 이 멧돼지는 목쉰 소리로 포효했는데 그럴 때마다 턱 아래로는 거품이 흘렀다. 엄니는 힌두스 코끼리의 엄니만 했다. 멧돼지가 숨을 쉴 때마다 불길이 일어, 여기에 닿는 나뭇잎은 순식간에 불길에 휩싸였다.

이 짐승은, 닥치는 대로 논밭을 짓밟았다. 그래서 추

수할 때가 되자 농부들의 희망과 기쁨은 절망과 슬픔으로 변했다. 이 짐승이 논밭을 짓밟고, 덜 익은 이삭을 모조리 짓씹어 버리기 때문이었다. 농부들의 타작마당과 곳간은 그래서 늘 빌 수밖에 없었다. 포도송이는 익기도 전에 잎째 떨어졌고 올리브 열매는 익기도 전에 가지째 떨어졌다. 멧돼지는 가축도 공격했다. 멧돼지가 나타나면 목동도 개도 가축을 지킬 수 없었다. 사나운 황소도 멧돼지 앞에서는 적수가 되지 못했다. 사람들은 성 안으로 들어가야 안전하다고 생각하고, 농토를 버리고 몸 붙일 성을 찾아 뿔뿔이 흩어졌다. 이렇게 되자 멜레아그로스를 비롯한 젊은이들이 이 짐승을 죽여 명예와 영광을 얻겠다고 나섰다. 멜레아그로스는, 어머니 알타이아가 불타던 장작의 불을 끈 덕분에 헌헌장부로 장성해 있었다.

이 젊은이들의 면면을 훑어보면 다음과 같다. 먼저 하나는 권투에 능하고 또 하나는 기마술에 능한 쌍둥이 형제 폴뤼데우케스와 카스토르가 있다. 이 중 폴뤼데우케스는 주먹 하나를 잘라내고 헤파이스토스의 힘을 빌려 쇠주먹으로 해박은 주먹장이다. 처음으로 배다운 배를 지었던 이아손, 절친한 친구 사이인 테세우스와 페이리토스, 테스티오스의 두 아들인 플렉시포스와 톡세스. 땅속을 투시할 만큼 시력이 좋아 아르고 원정 당시에는 망꾼으로 활약했던 '천리안' 륀케우스, 발빠른 이다스 형제, 한때는 여자로 태어났다가 장성하여 남자가 된 카이네우스, 위대한 전사 레우키포스, 투창의 명수로 유명한 아카스토스, 아뮌토르의 아들인 '불사신' 포이니쿠스, 악토르의 쌍둥이 아들, 뒷날 아킬레우스의 아버지가 되는 펠레우스, 힘이 좋기로 소문난 에우뤼티온, 달음박질이라면 겨룰 상대가 없는 에키온, 범 같은 장사 히파소스, 당시에는 젊은이였지만 뒷날 장수한 것으로 유명해지는 네스토르, 뒷날 오뒤세우스의 아버지가 되는 라에르테스, 아르카디아 사람 안카이오스, 점 잘 치기로 소문난 예언자 몹소스, 아내로부터 배신당하기 전의 암피아라오스도 여기에 합류했다. 이 중에서 역시 돋보이는 사람은 테게아의 여걸 아탈란테였다. 아탈란테는, 반짝거리는 조임쇠로 옷깃을 단정하게 여미고, 머리카락은 한 가닥으로 묶은 채 치렁거리며 늘 왼손에는 활을 들고, 화살이 가득 든 상아 화살통은 어깨에 메고 다녔다. 여걸 아탈란테는, 한 마디로 말하자면, 남자 같다고 하기에는 너무나 여자 같았고, 여자 같다고 하기에는 너무나 남자 같아 보이는 무사였다.

(기혼자인) 칼뤼돈의 영웅 멜레아그로스는 이 여걸을 보는 순간 사랑을 느꼈다. 그러나 이 사랑이 이루어질 가능성이 없다는 것을 안 멜레아그로스는 아탈란테에 대한 사랑을 마음속에다 묻어두고 이렇게 중얼거리며 한숨

을 쉬었다.

"아, 저렇게 잘생긴 여자의 지아비가 되는 사람은 얼마나 행복할까?"

멜레아그로스는 점잖은 사람이라서 이를 겉으로 드러내지 않았다. 그러나 점잖은 사람이 아니었다고 하더라도 멜레아그로스에게는 이런 심정을 드러낼 시간이 없었다. 멧돼지와의 일전이 임박한 순간이었기 때문이었다.

산 사면에는, 나무꾼의 도끼 소리를 들은 적이 없는 울울창창한 숲이 있었다. 무사들은 떼 지어 이 숲 속으로 들어갔다. 숲 속으로 들어간 무사들은, 사냥 그물을 치고, 개를 풀고, 멧돼지의 발자국을 쫓는 등 제각기 맡은 일을 했다. 산 사면에는, 지대가 다른 곳보다 낮아 습지가 되어 짧은 갈대가 빽빽하게 자라 있는 곳이 있었다. 이곳의 갈대숲에는 실버들, 사초, 고리버들, 부들 같은 것이 듬성듬성한 숲을 이루고 있었다. 은신처에서 이곳으로 쫓겨나온 멧돼지는, 이곳에 무리 짓고 있는 무사들을 향하여 돌진했는데, 그 기세는 번개가 구름을 뚫고 나오는 형국을 방불케 했다. 멧돼지의 육중한 몸에 부딪쳐 나무가 무수히 부러져 나갔다. 숲 속에는, 멧돼지가 돌진하면서 나무를 부러뜨리는 소리가 낭자했다. 젊은 무사들은 함성을 지르며 창을 잡고 쇠날을 이 짐승에게 겨누어 던질 차비를 했다.

멧돼지는, 앞을 가로막는 사냥개 무리를 헤치며 돌진해 왔다. 이 바람에 많은 사냥개들이 멧돼지 엄니에 옆구리를 찢기면서 허공으로 떠올랐다가는 땅바닥으로 떨어졌다. 에키온이 맨 먼저 창은 던졌다. 그러나 창을 과녁을 빗나가 단풍나무 둥치에 꽂혔다. 이어서 날아간 창은 멧돼지의 등에 꽂힐 것 같았으나, 이걸 던진 이아손의 어깨에 힘이 너무 너무 들어가는 바람에 과녁 너머로 날아가 땅바닥에 꽂혔다. 일이 이렇게 되자 몹소스가 외쳤다.

"아폴론 신이시여, 지금껏 섬겨왔고 앞으로도 열심을 다하여 섬길 신이시여. 창을 과녁에 꽂게 하소서, 창이 과녁에서 빗나가지 않게 하소서."

아폴론 신은 이 점쟁이의 기도를 들어주어, 과연 그의 창이 과녁에 명중하게 해주었다. 그러나 몹소스의 창은 이 짐승에게 상처를 입힐 수 없었다. 아폴론의 누이인 아르테미스 여신이, 멧돼지 쪽으로 날아가는 이 창으로부터 창날을 뽑아버렸기 때문이다. 창 자루에 맞은 멧돼지는 불같이 노하여 미친듯이 날뛰기 시작했다. 멧돼지의 눈에서 불똥이 튀었다. 숨결에도 불길이 섞여 나왔다. 무사들 사이로 뛰어드는 멧돼지는 흡사, 군사들이 빽빽하게 올라가 있는 탑루를 겨냥해 투석기가 발사한 바위 같았다. 무리의 오른쪽 날개 노릇을 하던 에우팔라

모스와 펠라손이 멧돼지의 공격을 피하다가 나무 뿌리에
걸려 땅바닥에 벌렁 나자빠졌다. 동료들이 달려와 일으
켜주지 않았더라면 멧돼지의 엄니에 찍혀 큰 변을 당했
을 터였다. 이들의 경우와는 달리 히포코온의 아들 에나
이시모스에게는 운이 따르지 않았다. 따라서 그는 멧돼
지의 엄니를 피할 수 없었다. 공포에 떨면서 에나이시모
스는 그곳에서 달아나려고 했다. 그러나 멧돼지의 엄니
가 허벅지에 박히자 그는 다리를 꺾고 그 자리에 쓰러졌
다. 필로스의 네스토르는, 멧돼지가 공격해 오자 창대를
장대 삼아 짚고 가까운 나무로 뛰어올라, 밑에서 식식거
리고 있는 멧돼지를 내려다보았다. 이런 장대높이뛰기
재간이 없었더라면, 네스토르는 트로이아 전쟁이 일어나
기도 전에 이 세상을 떠났을 터였다. 네스토르를 놓친
멧돼지는 참나무 둥치에다 그 엄니를 갈았다. 한동안 이
렇게 엄니를 간 멧돼지는, 이 새로운 무기, 이 뾰족해진
엄니로 이번에는 히파소스를 공격했다. 히파소스는 멧돼
지 엄니에 허벅다리를 찍혀 그 자리에 쓰러졌다. 하늘에
쌍둥이 별로 박히기 전의 쌍둥이 형제 카스토르와 폴뤼
데우케스는 백설같이 흰 말을 타고 질풍같이 내달으며
이 괴수를 향하여 창을 날렸다. 그러나 이들이 날린 창
도 이 괴수에게는 상처를 입히지 못했다. 괴수가, 말도
뚫고 들어갈 수 없고, 창날도 뚫고 들어갈 수 없을 만큼

울창한 숲 속으로 몸을 피했기 때문이었다. 텔라몬이 달려나갔다. 그러나 텔라몬은, 너무 서둘다가 쓰러진 나무 둥치에 걸려 바닥에 쓰러지고 말았다. 텔라몬의 아우 펠레우스가 쓰러진 형을 붙잡아 일으킬 동안 테게아의 여걸 아탈란테는 시위에 살을 먹였다. 아탈란데가 쏜 화살은 허공을 가르고 날아가 괴수의 귀밑에 박혔다. 괴수는 이 상처로 피를 흘렸다. 멜레아그로스는 아탈란테의 화살이 괴수에게 명중하는 것을 보고는 자기 일처럼 좋아했다. 괴수의 피를 맨 먼저 본 사람도 멜레아그로스였고, 친구들에게 이를 맨 먼저 고한 사람도 멜레아그로스였다. 멜레아그로스는 아탈란테를 향하여 소리쳤다.

"그대의 용기는 칭송을 받을 것입니다. 그대의 용기는 칭송받고도 남음이 있습니다."

다른 무사들은 이 말을 듣고 부끄러움을 이기지 못해 얼굴을 붉혔다. 그들은 함성으로 서로를 격려하며 괴수를 공격했다. 공격했으되 협공할 생각을 않고 제각기 분별없이 날뛰었다. 그러나 수만 많았지 이들의 창이나 화살은 하나도 이 괴수에게 치명상을 입히지 못했다. 그러자 양날 도끼를 쓰는 아르카디아 사람 안카이오스가 외쳤다.

"한갓 아녀자가 쓰는 무기가 남정네 무기보다 낫다는 말인가? 잘 보라. 아녀자의 무기와 대장부의 무기가 어떻게 다른지 보여주겠다. 길을 비켜라. 아르테미스 여신이 이 괴수를 지켜주고 있을지 모르나 나는 내 손으로 이 기어이 이 괴수를 죽여보이겠다."

그는 이같이 자신만만하게 외치고 나서 두 손으로 도끼를 들고, 앞으로 돌진해 오는 멧돼지를 내리치려고 했다. 그러나 멧돼지는 이 겁 없는 사나이를 맞아 허벅다리 윗부분을 겨냥하고는, 그의 급소에다 엄니를 박았다. 안카이오스는 쓰러졌다. 괴수의 엄니에 뚫린 구멍으로는 검붉은 피와 함께 내장이 쏟아져 나왔다. 이 바람에 그 근방의 땅은 진홍빛으로 물들었다. 익시온의 아들 페이리토스가 창을 휘두르며 이 괴수를 향하여 돌진했다. 그러나 아이게우스의 아들 테세우스가 그를 불렀다. 테세우스가 그에게 소리쳤다.

"내 영혼의 일부인 내 친구, 내 목숨보다 더 사랑하는 친구 페이리토스여, 저만치 물러서 있게. 이 괴물과는 싸워도 거리를 두고 싸우는 수밖에 없네. 우리의 용기는 그 거리 밖에서만 유효하다는 것일세. 보게. 안카이오스의 무모한 용기가 결국은 안카이오스를 죽이지 않던가?"

테세우스는 이렇게 말하면서 무거운 청동 창날을 해박은 물푸레나무 창을 던졌다. 제대로 날아갔더라면 이 괴수에게 치명상을 입힐 수 있을 만큼 겨냥이 정확했다. 그러나 이 창은 허공을 날다가 참나무 가지에 걸려 땅으로 떨어졌다. 아르고 원정대장 이아손도 창을 던졌지만 그의 창은 목표물을 지나, 멧돼지를 쫓던 사냥개의 허벅지를 꿰뚫어 그 자리에 내굴렸다.

이윽고 오이네우스의 아들 멜레아그로스가 두 개의 창을 던져 이 괴수를 쓰러뜨렸다. 먼저 던진 창은 땅바닥에 꽂혔으나 두 번째 던진 창이 이 괴수의 등 한복판에 명중한 것이다. 괴수는 피거품을 뿜으며 뒹굴어 땅바닥을 거품과 피로 물들였다. 멜레아그로스는 지체하지 않고, 미친 듯이 땅바닥을 구르는 괴물에게 다가가 어깻죽지에다 또 하나의 창을 박았다. 동료들이 함성을 지르며 달려와 멜레아그로스의 손을 잡고 그 승리를 칭송했다. 괴수 옆으로 다가온 무사들은, 쓰러진 괴수가 차지한 땅이 엄청나게 넓은 데 놀라 혀를 내둘렀지만, 쓰러져 있는데도 마음놓고 가까이 다가가기가 무서웠던지 모두들이 쓰러진 괴수를 찔러 창날에 피를 묻혔다.

한 발로 이 괴수의 머리를 딛고 선 채, 멜레아그로스가 아탈란테를 바라보며 소리쳤다.

"테게아의 처녀여. 내가 쓰러뜨린 이 괴수를 받아주시고 괴수를 쓰러뜨린 영광을 나와 나누는 것을 허락하소서."

그는 이 말과 함께 이 괴수의 가죽과, 엄니째 괴수의 머리를 아탈란테에게 바쳤다. 아탈란테는 이 선물에도

만족스러워했고 선물을 준 사람이 멜레아그로스라는 사
실에도 만족스러워했다. 그러나 그 자리에는 아탈란테에
게로 돌아간 이 영광을 질투하는 사람이 없지 않았다.
웅성거리는 좌중에서 플렉시포스와 톡세우스. 형제가 주
먹을 쥐고 흔들면서 나와 고함을 질렀다.

"테게아의 처녀 아탈란테여, 그대가 받은 선물을 바닥
에 내려놓으시오. 우리가 나누어 받을 명예를 가로채지
마시오. 아탈란테여, 그대가 아름답기는 하오만 그 아름
다움을 지나치게 믿지는 마시오. 우리의 말을 듣지 않으
면 그대를 짝사랑하는 저자, 멜레아그로스도 그대를 지
켜주지 못할 것이오."

이렇게 말함으로써 이들 형제는, 아탈란테로부터는 멜
레아그로스로부터 받은 선물을, 멜레아그로스로부터는
아탈란테에게 선물 줄 권리를 빼앗아 버렸다. 멜레아그
로스는 이를 갈면서 부르짖었다.

"남의 영광이나 훔치는 도둑들! 내가 그대들에게, 말
로 하는 위협과 실제로 하는 행동이 어떻게 다른지 가르
쳐주겠소."

멜레아그로스는 이 말을 끝내기가 무섭게 칼을 뽑아,
무심하게 서 있는 플렉시포스의 가슴을 찔렀다. 참으로
눈 깜짝할 사이에 일어난 일이었다. 톡세우스는, 형의 복
수를 하고 싶었으나 형과 같은 신세가 되는 것이 두려워

망설였다. 그러나 오래 망설일 시간은 없었다. 멜레아그로스가, 형의 뜨거운 피가 뚝뚝 듣는 칼에다, 그보다 더 뜨거운 아우의 피를 묻혔기 때문이다.

"야, 한영애."

"왜 자꾸 영애라고 부르는데요? 세상 사람이 모두 강신우라고 부르는데 김 선배만 한사코 저를 한영애라고 부르는데요?"

"나는 여느 사람들이 부르는 이름으로 너를 부르고 싶지 않다."

"왜 그러는데?"

"상찬이 사람을 상하게 하는 거, 너 아니?"

"무슨 소리예요?"

"너는 내가 권하는, 벽을 마주 보고 앉는 자리를 거절했다. 이것은 네가, 사람들이 네 얼굴 알아보는 것, 네 얼굴 알아보고 인사 건네는 것을 즐기고 있다는 뜻이다, 맞냐?"

"그럼, 비단 옷 입고 밤길 가라는 말이우?"

"역시…… 그랬구나."

"역시…… 눈치가 빠르구나."

"……이 바닥에서 잔뼈가 굵은 사람이라면 과장이 되겠지만 그래도 몇 해 이 바닥에서 밥을 빌어먹은 사람이

다. 솔직하게 얘기하마. 잔인하게 들릴 수도 있다. 나,
이제 너에게 잔인해져야 할 때가 되었다. 나는 직업상
문화계의 꽤 유명한 사람들을 자주 만나고 또 인터뷰를
따기도 한다. 오래 이 짓을 하면서 나는 알게 되었다.
나는 대체로 그들에게 관대한 편이다. 왜? 독자들이 내
가 관대하기를 바라기 때문이다. 그래서 나는 그들의 좋
은 면만을 톺아서 기사를 쓴다. 그들에게 약점이 없을
수 없다. 하지만 그 약점은 내 마음속에다 접어둔다. 알
타이아의 장작개비인 셈이다. 나는 다른 미디어의 종사
자들로부터 특정 문화계 인사의 부정적인 측면에 관한
소문을 듣기도 한다. 하지만 나는 그것을 서둘러 기사화
하지 않는다. 그 문화계 인사의 긍정적인 측면이 부각될
동안은 절대로 기사화하지 않는다. 나는 기다린다. 네가
신화 혼성 모방, 혹은 신화 패러디에 능한 작가니까 신
화로 얘기해 보자. 아킬레우스에게는 약점이 있었다. 발
뒤꿈치의 힘줄이다. 아무도 그 힘줄을 건드리지 않는다.
막판에 끊어버리려고. 언필칭 아킬레우스 건이다. 이것
이 끊어지면 아킬레우스 이야기는 끝난다. 미노스의 강
적 니소스에게도 약점이 있었다. 아무도 이 머리카락을
뽑지 않는다. 막판에 뽑으려고. 언필칭 니소스의 황금
머리카락이다. 이걸 뽑히는 순간 니소스는 힘을 잃는다.
스퀼라가 이것을 뽑아버리는 순간 니소스 이야기는 끝난

다. 구약 성경에 나오는 삼손에게도 비슷한 약점이 있었
다. 삼손의 장발이다. 이걸 누가 자르던가? 데릴라가 자
른다.”

“저에게도 그런 약점이 있다는 말씀?”

“네 가슴에 손을 얹고 생각해 보렴.”

“……”

“네가 스스로 너 자신의 치부라고 생각하는 것. 그런
데도 남들이 지적하면 화가 나는 것…… 그걸 네 입으로
말할 수 있으면 너는 구원을 받는다. 그런 게 없다는 말
이니?”

“……”

“마음의 병은 입으로 나가는 속성이 있다.”

“……선배가 그러시니까 하는 말인데…… 처음에는
병인 줄 몰랐는데…….”

“있었구나.”

“있었어요.”

“말할 수 있니?”

“……꽤 깊어진 것 같아요.”

“말할 수 있으면 좋겠구나.”

“……『내 사랑 아탈란테』가 당선된 뒤로는 혼자 있으
면 온몸이…… 뭐라고 할까, 마구 근질거렸어요. 여럿이
어울려 먹고 마시는 자리가 생기지 않으면 온몸이 근질

거렸어요. 그런 자리에 나가서, 잘 읽었어요, 굉장하더군요, 그런 재주 숨겨두고 어디 꽁꽁 숨어 있었다지요, 이런 소리 들어야 근지러운 게 사라지고는 했어요. 강신우 씨라니, 혹시 『내 사랑 아탈란테』의 작가 아니세요, 이런 소리를 들으면 참 좋았어요. 대중 연애소설로 데뷔한 작가의 콤플렉스 때문일 거예요. ……순수 문예지 청탁을 받고부터 이 근지러움은 가려움으로 변했어요. ……소설 리뷰에 제 이름이 나오지 않으면 가려웠어요. 문예지라는 문예지는 모두 정기구독 했어요. ……제 이름이 실리지 않으면 되게 가려운 거예요. 신문이라는 신문은 거의 다 봐요. 제 이름이, 책 광고로든, 기사로든 하루라도 빠지면 몹시 가려웠어요. 가려워할 거 없는데, 없는데…… 도대체 내가 왜 이러는 거지, 이러면서도 가려웠어요. 평론가들이 혹평하면 아팠어요. 아파서 잠을 잘 수가 없었어요. 아픔 말고 가려움증 말인데…… TV 나가서 강의하고부터 이 가려운 증세가 심해졌어요. 사람들이 내 얼굴을 알아보지 못하면 마구 가려워지는 거예요. 어서 알아봐라, 어서 알아봐라, 어서 알아보고 알은체를 해라……."

"3류 배우 선글래스 쓰기로군. 불편한 적은 없었니?"

"……선배, 고백합니다, 즐겼어요."

"최근에 너를 관찰하면서 몇 해 전에 본 TV 프로 「감독 수첩」을 떠올렸다. '뜸북새 우는 마을'이던가. 한 암자에, 불쌍한 아이들, 아마 버려진 아이들일 거야, 이런 아이들을 거두어 돌보는 한 기특한 스님이 있었다. 그 스님에게는, 외부 지원 없이 그 많은 아이들 수발 드는 것이 몹시 힘들었을 것이다. 실제로 스님이 고군분투하는 장면이 나왔던 것 같다. TV가 그런 암시를 주었기 때문일 것이다. 방영되자 엄청난 지원 자금이 몰려들었다. 그 스님, 어떻게 되었는지 아니?"

"……."

"사실인지 아닌지 모르지만, 어쨌든 한 TV 프로그램에 따르면, 기고만장해진 그 스님, 수억이나 되는 그 돈을 흥청망청 썼던 모양이다. 해외여행도 자주 다니고…… 불가에서는 여자 문제로 구설수에 오르면 끝나는 거 아니니? 그런데 이 스님은 애인도 하나 어디에다 꽁꽁 숨겨두었다고 하고…… 하지만 TV 프로가 이런 부정적인 측면을 정밀 취재해서 고발하는 바람에 그 스님 언론으로부터 멍석말이를 당하더라. 안타까운 일 아니니? 그런데 그걸 누가 고발했는지, 너, 혹시 아니?"

"……."

"바로 그 「감독 수첩」이었다. 너는 아탈란테를 잘 아니까 멜레아그로스도 알겠구나."

"……'신화론' 시간에 읽었지만 멜레아그로스는 가물

가물해요."

"기고만장한 멜레아그로스가 아탈란테를 모욕한 두 용사를 죽였다."

"죽였죠."

"이들이 누군지 아니?

"아탈란테에게만 눈을 대는 바람에⋯⋯."

"외삼촌들이었다. 멜레아그로스를 낳아준 어머니 알타이아의 친정 동생들이었다. 네 이름이 알려지고 네 얼굴이 알려진 것을 나는 질투하는 심정으로 바라보고 있는 것이 아니다. 걱정스럽다. 우리 《메디아》는 수많은 미디어 중 하나일 뿐이다. 이제 너는 우리 《메디아》를 떠나 수많은 미디어의 손에 맡겨졌다. 미디어는 이제 더 이상 너의 작품을 말하지 않는다. 너라고 하는, 머리 좋고, 인물 좋고, 돈 잘 버는 작가를 말할 뿐이다. 여느 평범한 여성들의 꿈을 실현한 너의 그 캐릭터를 이용할 뿐이다. 이 세상의 많은 사람들은 이제 너의 이름을 알고 얼굴을 안다. 이름이 알려진다는 것, 얼굴이 알려진다는 것은 뉴스 값이 오르는 것을 뜻한다. 이제 너의 일거수일투족은 뉴스가 된다. 너는 이제 유명해진 사람이니까, 너는 긍정적인 측면이 노출된 사람이니까. 그러나 너의 그런 측면은 이제 뉴스로서의 신선도가 부족하다. 이제 미디어는 너의 부정적인 측면이 노출되기를 기다리고 있을 것이다. 너의 부정적인 측면이 노출되면 벌떼같이 달려들 것이다. 왜, 뉴스거리가 되니까. 너의 뉴스 값은 꽤 올라 있는 것 같다. 뉴스 값이 오르면, 뉴스 값이 오른 사람은 뉴스를 퍼뜨리는 미디어에 종속된다. 종속되지 않으려면 미디어를 떠나거나 불화하는 수밖에 없다. 그런데 너는 떠나려고 하지 않는다. 떠나려고 하지 않는 너의 경우 미디어와의 불화는 곧 파멸을 뜻한다. 나는 네가 미디어의 홍수 속에서 네 몸을 잘 건사할 것이라고는 처음부터 생각하지 않았다. 왜? 네가 미디어를 이용하고 있다는 인상을 받았으니까. 미디어를 이용하는 것은 좋다. 하지만 최근 들어 너는 기고만장해진 나머지 너의 생각과 다른 경우에는 미디어에 대한 적의를 드러내는 것도 서슴지 않더라. 맞냐?”

“부당한 것을 부당하다고 했을 뿐.”

“미디어가 너를 부당하게 과대평가한다는 인상을 나는 받기도 했다. 그렇게 생각한 적 있지?”

“…….”

“그때도 너는 부당한 것을 부당하다고 했니?”

“…….”

“그때 너는 침묵했다. 맞지?”

“…….”

“너는 지금 기고만장해 있는 것 같다. 기고만장해진

멜레아그로스가 그랬듯이 너 역시 언제 어디에서 외삼촌
들을 죽이게 될지 모르겠다.”

“……”

“사람이 공부는 왜 하는데?”

“……”

“옛이야기를 왜 읽는데?”

“……”

“옛이야기는 말하지 않음으로써 말하기 때문이라고
할 수 없을까? 아름다운 아탈란테가 경주에서 진 것은
황금 사과 때문이었다. 맞지? 너는 여성성(女性性)에 연
연해하지 않는 그 중성성(中性性) 때문에 아탈란테를 소
재로 삼은 것 같지만 잘 선택한 것 같지는 않다. 내가
보기에 아탈란테는 아무래도 ‘인기’라는 이름의 황금 사
과에 홀려 있었던 것 같다. 한 심사위원이 너의 작품을
두고 옛이야기 짜깁기가 심하고, 18, 19세기의 영국 시인
들을 모방한 듯한 문체와 수사가 마음에 걸린다고 한 적
이 있다. 그것 때문에 내가 부장과 많이 싸웠다. ‘표절’
이라는 말을 쓰는 부장에게 나는 우리 삶이라는 게 표절
의 연속이 아니냐는 궤변을 펼쳤던 것 같다. 나는 ‘표
절’을 미화하면서 글뿐만 아니라 삶 또한 의식적으로 무
의식적으로 옛사람들의 것들을 표절하는 것이 아니냐고
주장했다. 카를 융은 글로써, 표절한 니체를 변호했다고

주장했다.”

“……맞아요. 바이런도 다시 꼼꼼하게 정독하고, 밀턴, 그레이, 키츠, 셸리, 로웰도 다시 읽고 그랬어요. 밑줄 쳐가면서…….”

“말해 주어서 고맙구나. 다행이다.”

“제가 지금 멜레아그로스처럼 외삼촌들을 죽이고 있나요?”

“그것은 아니다.”

“선배도 꼬깃꼬깃 접어둔 저의 약점으로 저를 공격할 건가요?”

“아니. 힘을 잃었다. 부장이 너와 나의 관계를 알게 되었다.”

“관계라니…… 무슨 관계가 있는 듯이 말씀하시네?”

“같은 학교 같은 과 선후배 관계 말이다. 나는 신예작가 강신우가 한영애인 줄 꿈에도 몰랐다. 그래서 노골적으로 너의 작품을 변호할 수 있었다. 하지만 일이 이렇게 된 지금, 나는 내 후배에게 거액의 상금이 돌아가도록 힘을 실어주었다는 혐의에서 전혀 자유롭지 못하다. 부장은 ‘배신감’이라는 말도 했다더라. 아무래도 회사 떠나야 할 것 같다.”

“……선배, 그러면 같이 떠날까.”

“이러지 말아라. 처자식 있는 몸이다. 너는 아무래도

히포마네스를 또 하나 찾아내어야 할 것 같다.”

“저…… 불편해지기 시작했어요. 무서워지기 시작했어요. 저, 너무 멀리 와버린 것 같아요. 저 자신도 수습할 수 없을 정도로…….”

“수습할 수 있을 것이다. 알타이아의 장작개비를 기억하면…….”

멜레아그로스의 어머니 알타이아는 아들이 괴수를 죽였다는 소식을 들었다. 알타이아는 즉시 신전으로 달려가 신들에게 감사의 제물 드릴 차비를 했다. 그러나 아들의 승전보에 이어 곧 두 아우가 죽었다는 소식이 날아들었다. 알타이아는 두 아우의 부고를 받고 성이 떠나가게 울었다. 한동안 가슴을 쥐어뜯으며 울던 알타이아는, 금빛 제복을 검은 상복으로 갈아입었다. 그러나 알타이아가 울부짖은 것은, 두 아우를 죽인 자가 누구인지 알지 못했을 때였다. 오래지 않아 두 아우를 죽인 자가 누구인지 알고부터 알타이아는 더 이상 슬퍼하고 있을 수만은 없었다. 알타이아는 눈물을 거두고 두 아우의 죽음을 복수하기로 했다.

알타이아는 멜레아그로스를 낳은 직후 자기 손으로 감추었던 장작개비를 기억해 내고 그것을 찾아내었다. 그러고는 하인들에게 명하여 불쏘시개를 가져와, 아들과 같은 운명을 타고난 장작개비 태울 불을 지피게 했다.
알타이아는 이 불길에다 네 번이나 그 운명의 장작개비
를 던져넣으려다가 네 번이나 물러섰다. 아들에 대한 사
랑과, 아우들의 죽음에 대한 복수의 맹세가 어머니이자
누나인 알타이아를 괴롭혔다. 각각 아들과 아우들을 사
랑하는 마음이 알타이아의 가슴을 두 쪽으로 나누는 것
같았다. 아들을 죽이기로 마음을 다그칠 때마다 알타이
의 얼굴은 보기에도 민망할 정도로 창백해졌다. 그러나
아우들의 죽음을 생각할 때마다 그 얼굴에서는 분노의
불길이 이글거리고 두 눈에서도 불꽃이 번쩍거렸다. 표
정도 시시각각으로 변했다. 말하자면 한동안 무시무시한
얼굴을 하고 있는가 하면 어느 새 연민에 가득 찬, 자애
로운 얼굴이 되어 있는 것이었다. 무시무시한 얼굴을 하
고 있을 때는, 뺨을 타고 흐르던 눈물이 곧 말랐다. 그
러나 그 눈물이 마른 자국 위로는 새로 나온 눈물이 흐
르고는 했다. 이쪽으로 부는 바람과 저쪽으로 흐르는 조
류 사이에서 이쪽으로도 못 가고 저쪽으로도 못 가는 배
처럼 알타이아의 마음도 분노와 연민 사이에서 갈피를
잡지 못했다. 그러나 시간이 흐르면서 누나로서의 알타
이아가 어머니로서의 알타이아를 이겨내기 시작했다. 알
타이아는 죽은 아우들의 영혼을 피로써 달래어주기로 마
음먹었다. 아들을 죽이는 죄를 지음으로써, 원통하게 죽

은 아우들에 대한 죄의식을 닦고자 마음먹은 것이었다.

하인들이 지핀 모닥불에서 불길이 오르기 시작했다. 알타이아는 타다 남은 장작개비를 손에 들고 불길 앞에 서서 불길을 보며 외쳤다.

"이 불길을 화장단의 불길로 삼아, 내가 낳은 자식을 태울 수 있게 하소서. 징벌을 주관하시는 에리뉘에스 세 여신이시여. 제가 드리는 이 기이한 제물을 받으소서. 저는 이로써 아우들의 죽음을 복수하고 아들을 죽이는 죄를 지으려 합니다. 죽음은 죽음을 통해서 화해를 이루게 하고, 사악한 죄악은 사악한 죄악을 통하여 씻기게 하시며 살육을 통하여 살육의 갚음이 이루어지게 하소서. 이러한 죽음과 사악한 죄악과 살육이, 마침내 이 집 안을 파멸시킬 때까지 쌓이고 쌓이게 하소서. 친정 아비 테스티오스는 자식의 주검 앞에서 슬퍼하고, 지아비 오이네우스는 그 자식의 승리로 희희낙락할 수는 없습니다. 그럴 바에는 둘 다 슬퍼할 거리가 있어야 마땅한 것이 아닙니까?

아. 내 아우들아. 저승에 당도한 지 얼마 안 되는 내 아우들의 망령들아. 와서 내가 차리는 제물을 흠향하여라. 내 태에서 난 자식을 죽여 마련한 이 비싼 제물, 이 눈물겨운 제물을 흠향하여라.

아, 내가 왜 이렇게 서두르는 것이냐? 아우들아, 저

죄 많은 것의 어미인 나를 용서하여라. 마음은 원이로되 손이 말을 듣지 않는구나. 내 아들이 죽어 마땅한 죄를 지은 것은 나도 알고 있다. 그러나 내가 저 아이를 죽여야 한다니, 견딜 수가 없구나. 하면, 저 아이에게 벌을 내리지 말아야 할까? 너희 형제는 죽어 음습한 땅의 망령으로 떠도는데, 죽어서 한 줌의 재가 되었는데 저 아이는 이 멧돼지 사냥으로 칼뤼돈의 영웅이 되고, 칼뤼돈 땅을 다스리는 왕이 되어 부귀영화 누리는 것을 용납해야 하느냐? 안 된다. 그것만은 나도 용납할 수가 없다. 이 죄 많은 것도 너희들처럼 죽어야 한다. 죽어서, 아비의 희망, 제 아비의 왕국과 함께 저승으로 가야 한다. 제 아비의 왕국은 쑥대밭이 되어야 한다. 그러면, 아, 그러면, 어미가 자식에게 보이는 자애는 어쩌고? 부모와 자식을 잇는 사랑의 끈은 어쩌고? 내가 저 아이를 뱄던 열 달 동안의 고생은 어쩌고?

내 아들아, 차라리 네가 아기였을 때 저 장작개비와 함께 네 생명을 태워버렸더라면 좋았을 것을. 이 어미의 손으로부터 생명을 받았던 내 아들아. 이제는 그때 네가 받았던 생명을 되돌려 주어야 한다. 네가 한 일이 있으니 야속하다고 생각 말고 그 대가를 치러라. 이 어미로부터 두 번, 한 번은 이 어미가 너를 낳았을 때, 또 한 번은 불붙은 장작개비를 불 속에 꺼낼 때 받았던 그 목

숨을 어미에게 돌려다오. 네가 그 목숨을 내어놓기 싫거
든 이 어미를 어미의 아우들이 있는 저승으로 보내다오.

아, 내 손으로 이 장작개비를 태우고 싶다만 할 수가
없구나. 피투성이가 된 내 아우들의 모습, 이들이 죽어
가던 순간의 모습이 보이는 것 같은데도, 아들에 대한
어미의 사랑, 어미라는 이름이 이 결심을 깨뜨리는구나.
나같이 팔자가 기박한 것이 또 있을까…… 아우들아. 너
희들은 승리할 것이다. 그러나 너희들이 승리하는 순간
얼마나 무서운 일이 이 누이를 기다리고 있는지 아느냐?
그러나 승리해야 한다. 너희에게 승리를 안긴 후에 나
또한 너희 있는 곳으로 갈 것이다. 너희와, 너희 영혼을
위로하려고 내 손으로 죽인 내 아들의 뒤를 따라갈 것이
다.”

알타이아는 이렇게 부르짖고 나서 그 운명의 장작개비
를 불길 속으로 던져넣고는 고개를 돌렸다. 불길이 옮겨
붙으면서, 그리고 그 불길에 맹렬히 타오르면서 그 장작
개비는 신음했다. 아니, 알타이아의 귀에는 신음소리가
들리는 것 같았다.

현장에 있기는커녕, 궁전에서 이런 일이 일어나고 있
으리라고는 생각도 못하던 멜레아그로스에게 그 불이 옮
겨 붙었다. 그는 자신 보이지 않는 불길에 타고 있음을
알았다. 멜레아그로스는 불굴의 용기로 그 고통을 참아

내려 했다. 그러나 참을 수 있는 고통이 아니었다. 그는, 자신이 피 한 방울 흘리지 않고 죽어가고 있음을, 불명예스럽게 죽어가고 있음을 알고는 슬퍼했다. 그래서, 치명상을 입고 죽어간 안카이오스를 부러워했다. 그는 마지막으로 연로한 아버지의 이름, 형제들의 이름, 누이들의 이름, 그리고 아내의 이름을 불렀다. 어쩌면 어머니의 이름도 불렀을 것이다. 불길이 소진되자 그의 고통도 끝났다. 남은 불길 아래로 흰 재가 가라앉자 그의 숨결은 대기 속으로 증발했다.

— 오비디우스의 『변신 이야기』 중에서

작가의 말

창문 열고 바라보니 하늘은 저쪽

유행가의 노랫말들이 요즘 들어 마음에 절실하게 묻어 든다. 읽히는 시의 생명보다는 불리는 노래의 생명이 더 긴 것 같다. 시는, 물물의 핵심을 향해 똑바로 다가가 적확하게 무찌르기를 지향하는 것 같다, 그래서 시는 때로 시인의 진실 쪽으로 너무 가파르게 기울게 되는 것 같다. 노래는 물물의 가슴에 비수 들이대는 것이 두려운지 핵심을 피해 스치듯이 지나가는 것만을 지향하는 것 같다. 스치듯이 지나가는 그 짧은 순간 물물의 궁극적 실재를 투욱 건드리는 것 같다. 선사의 말씀 한 마디처럼 그렇게 투욱 건드리는 것 같다.

그런 노래 한 마디 부르고 싶었는데.

아, '창문 열고 바라보니 하늘은 저쪽' 이다.

2003년 초가을 과천 과인재에서

273

작품 게재지 및 게재 연도

- ……「옛이야기」,《문학사상》2000년 11월
- ……「노래의 날개」,《21세기 문학》2000년 여름
- ……「전설과 진실」,《세계의 문학》2001년 겨울
- ……「봄날은 간다」,《내일을 여는 작가》2003년 여름
- ……「지도」,《현대문학》2000년 9월
- ……「하모니카」,《현대문학》2002년 3월
- ……「삼각함수」,《동서문학》2000년 봄
- ……「보르항을 찾아서」,《동서문학》2003년 가을
- ……「알타이아의 장작개비」,《세계의 문학》2003년 겨울

노래의 날개

1판 1쇄 펴냄 2003년 10월 10일
1판 2쇄 펴냄 2003년 10월 25일

지은이 이윤기
펴낸이 박맹호
펴낸곳 (주) 민음사

출판등록 1966. 5. 19. 제 16-490호
서울 강남구 신사동 506번지 강남출판문화센터 5층 (우)135-887
대표전화 515-2000 팩시밀리 515-2007
www.minumsa.com

ⓒ 이윤기, 2003. Printed in Seoul, Korea

값 8,500원

ISBN 89-374-8032-8 03810